ESGUARD
bromera

ESGUARD

TÍTOLS PUBLICATS

5. *El silenci del mariner.* Toni Oliver
6. *Si la gran deessa ho vol.* Enric Lluch
7. *Manuscrit de mossén Gerra.* Josep Franco
8. *El justícia.* Joan Torró
9. *La sang dels francesos.* Mariano Casas
10. *L'esclau del Mercadal.* Dolors Garcia i Cornellà
11. *Júlia.* Isabel-Clara Simó
12. *Quan la llibertat s'amagava a les muntanyes.* Abel Caldera i Pujols
13. *Les cendres del cavaller.* Silvestre Vilaplana
14. *Un riu d'espigues.* Manel Ballart
15. *Vent d'Almansa.* Josep Franco
16. *Temps de conquesta.* Enric Lluch
17. *La llegenda del corsari.* Francesc Gisbert
18. *Dies d'ira.* Vicent Josep Escartí
19. *Cicatrius de 1714.* Andreu Martín
20. *Tirant lo Blanc.* Joanot Martorell
21. *Esperant la lluna plena.* Vicent Sanhermelando
22. *El tresor de Karim.* Jesús Mollà
23. *Els lluitadors.* Francesc Gisbert
24. *La mirada de Michelangelo.* Vicent Usó
25. *Ànimes negres.* Leandro Sagristà

Hi ha unes *Propostes didàctiques*, referides a aquest llibre, que es poden descarregar de manera gratuïta des de la pàgina web www.bromera.com.

© Edicions Bromera
Polígon Industrial 1 - 46600 Alzira
www.bromera.com
Disseny de la col·lecció: Enric Solbes
Coberta: Josep Baixauli Llinares
Impressió: Romanyà-Valls

1a edició en aquesta col·lecció: maig, 2005
12a edició en aquesta col·lecció: novembre, 2017
ISBN: 978-84-7660-078-8
DL: V-1558-2012

PAPER ECOLÒGIC
TCF LLIURE DE CLOR

FOTOCOPIAR LLIBRES
NO ÉS LEGAL

LLIBRE AMIC DELS BOSCOS
PAPER PROCEDENT DE FONTS RESPONSABLES

Les cendres del cavaller

Silvestre Vilaplana

XV Premi de Novel·la Ciutat d'Alzira

ESGUARD
bromera

A mon pare,
l'últim dels cavallers

Noble senyor Martí Joan de Galba,

Sentint arribar la fi dels meus dies i abusant de la confiança i la bona fe que m'heu demostrat els darrers anys d'aquesta malaurada vida meua, us envie aquests escrits. Sé que, en nombroses ocasions, m'heu socorregut amb préstecs justos, fins i tot generosos per la vostra part. Sóc conscient de la deferència i el respecte que heu mostrat envers mi i la meua obra i estic segur que, atés el cas, obrareu justament amb el que ara pose a les vostres mans.

Els anys en què vós m'heu conegut han estat especialment ardus per a mi. Coneixeu millor que ningú la meua situació personal i com han estat de grans les dificultats amb què m'he hagut d'encarar. De vegades, per la meua culpa, en altres ocasions pels colps ingrats de Fortuna. Tant se val ja, de tot això. Els vents negres de la mort s'arrapen al meu cor i sé que els meus dies estan complint el seu termini. I us assegure que, arribat a aquest punt, poques coses resten que encara facen bategar el meu cor amb ànsia. Gairebé no trobe ja plaer ni gaudint de la dolçor tèbia del cos d'una dona, ni assaborint els dolços i embriagadors vins de la meua terra, ni tan sols compartint una conversa càlida amb els vells amics.

Ara, que em trobe en l'edat avançada de cinquanta-cinc anys, sóc prou vell per a ser sincer amb mi mateix i per a adonar-me que la meua vanitat d'home només se sent recompensada per aquell llibre que vós teniu com a penyora i com a custòdia. Tantes vegades m'heu referit el plaer que us provoca la lectura de les desventures del meu protagonista, a tants cercles heu portat fragments de les meues irregulars planes, tantes vegades m'heu demanat aventures d'un nou personatge, que només a vós us puc confiar el darrer desig ocult d'un moribund.

Vull la vostra promesa que quan jo siga mort fareu que perdure la història del meu *Tirant lo Blanc* com el que mereix, com un llibre tan digne com els apel·lats *Flor de cavalleria* o *Lo Merlí*, que en un temps foren meus i que ara dormen a les vostres prestatgeries.

Si us demane açò no és només per l'amable opinió que teniu de la meua obra, ni tan sols perquè vós teniu prou potencial econòmic per a dur a terme aquesta empresa. Us ho demane perquè si vós no us n'ocupeu, quan jo siga mort, aquest llibre que comença a ser conegut arreu de la ciutat de València es perdrà en males mans i, com les flames en la nit, desapareixerà.

Potser aquesta serà una tasca sense recompensa, potser penseu que la vàlua d'aquelles planes no pot sobrepassar el somriure o el simple entreteniment en les hores buides dels dies de pluja. No és cert. Rere la simple aparença d'una narració fictícia hi ha molt més. Entre les seues línies, amagat en la tinta atapeïda, hi ha soterrat gran part del que jo he viscut o he anhelat. La història de Tirant es complementa amb la meua vida i n'és alhora espill i contrast. Sé que potser us costa d'entendre, però en els sisterns manuscrits que vós teniu hi ha fragments de la meua existència, retalls subtils de les hores joioses i de les hores infaustes dels meus dies.

Per això, per mostrar-vos aquesta semblança, he decidit escriure-us aquesta història, la meua història. No jutgeu que ho faig amb la intenció d'exhibir antigues grandeses que puguen alimentar la meua vanitat. Ni tan sols deduïu que ho faig per proporcionar-vos plaer o cridar-vos a la compassió amb la trista lectura dels meus dies. Ho faig, simplement, perquè vull que comprengueu millor el meu llibre, el meu *Tirant lo Blanc* i, en conseqüència, l'estimeu i l'ajudeu a sobreviure quan jo siga mort.

Ara, resseguiu les planes d'aquesta aventura. No és la d'un personatge de ficció, sinó la meua pròpia vida. Però, com en el meu *Tirant*, trobareu que aquesta torna a ser la peripècia d'un home amb un cor orgullós de cavaller en una època sense honor i amb un destí obscur marcat per la deessa cega.

Us promet la veritat, sense embuts. Sé que el temps s'esmuny i que, com un vi espés de la Toscana, pot difuminar els records. Però us assegure que el pou de la remembrança és ple i viu i que intentaré ser fidel relatant tot allò que va ocórrer. Seré honest i de la meua ploma només eixirà la veritat. Entraré en les fosques i antigues estances de la memòria i recordaré diàlegs, gestos, somriures i penes. Aquesta narració no és una ficció com el meu *Tirant*. No trobareu la voluntat cultivada dels mots, sinó la paraula aspra, el crit obert, el balbuceig maldestre de l'expressió, perquè és així com s'esdevenen els fets quan hom els viu. Sense perfecció i exactes alhora. Disculpeu, per tant, que el discurs siga matusser i penseu que, com menys literari us semble, més proper a la realitat serà.

Intentaré reproduir-vos els esdeveniments tal com van passar, les converses tal com les vaig escoltar o les vaig pronunciar. I, si en algun moment falte a veritat, no me'n culpeu. Potser la boira del temps és tan espessa que ja no puc arribar a veure o a recordar un rostre, una paraula, un sentiment. Us assegure, però, que les mancances que hi trobareu no seran mai causades perquè jo actue a manera de falsari o de mentider.

Com els antics cronistes, també he estat testimoni dels fets més importants del nostre temps. He contemplat com queien imperis sota el poder de forces invasores i he vist la covardia i la traïció dels que havien estat cridats a ser els millors homes del món. Tot ho he copsat i, fins ara, els meus llavis han estat segellats. El meu romanç, el que teniu a casa vostra, només beu petits glops d'aquesta vida que jo he viscut i que ara us referiré. Així, almenys vós sabreu del cert quina és l'època de Joanot Martorell i quins han estat els temps que han enfonsat la família més honorable de tota la Corona.

Llegiu-ho amb l'esperit obert, amb l'ànima pura, sense rancor ni odi. Feu-ho de la mateixa manera com us acostaríeu a una història que va passar fa mil anys. No us preocupeu per les conseqüències de les accions que us hi conte ni, tan sols, pareu esment en el fet que coneixeu la majoria dels personatges. Al capdavall, aquesta només és la història d'un home, tan simple com la de la majoria dels mortals.

Vaig sentir per primera vegada que havia deixat de ser un xiquet i m'havia convertit en home després d'una batalla. Em vaig adonar que un temps nou començava respirant l'alé agre de guerrers que amagaven la por de morir rere bravates insofribles, i embafat per l'olor dels licors ardents que travessaven el cos de moribunds que volien oblidar el dolor i la pena.

Feia poques setmanes que havia abandonat la llar familiar i, acompanyat del meu pare, Francesc, havia iniciat la meua vida de soldat. Fins aquell moment les comoditats de la vida ciutadana entre Gandia i València m'havien semblat un període d'absurda inactivitat. Les úniques conteses lliurades fins aleshores les havia fetes en nom del déu Amor; l'única activitat física seriosa havia estat la caça; l'única lluita, la de les paraules. Per això, el cor retronava dintre del meu pit quan vaig pujar al cavall i vaig moure les regnes per fer-lo avançar i anar cap a la guerra.

No volia mirar enrere. Sentia els sospirs de ma mare i de les meues germanes que, de la porta del casal estant, s'aferraven ansioses als mocadors, com si pressentissen l'esdevenidor. Els criats que havien de romandre a la casa familiar havien carregat els carros amb armes i queviures. Ens esperava el port de València i des d'allí un viatge fins a les costes llunyanes de Sicília, a servir el nostre rei.

Mon pare m'havia fet cridar dues setmanes abans. Els espies del rei, enviats des de Sicília fins a Nàpols, havien confirmat que la reina Joana s'estava morint. Calia veure qui era designat com el seu successor quan es confirmàs el traspàs. El rei Alfons havia estat dues vegades nomenat fill i hereu de la reina, però en tantes altres ocasions Joana havia canviat d'opinió i l'havia desheretat. Ara, al llit de mort, la monarca podia tornar a fer testament a favor d'Alfons i Nàpols seria nostra. El rei, des de Sicília, havia aixecat lleva i havia fet cridar el pare i alguns dels prohoms del regne al seu costat amb una doble expectativa: o negociar el testament de Joana o, si no quedava més remei, lluitar pels drets del nostre sobirà.

Per a ell aquella no era la primera aventura bèl·lica. Quinze anys abans, el 1420, havia acompanyat també el rei Alfons en una expedició, en aquell cas contra les illes de Còrsega i Sardenya. Aleshores, el seu valor i la seua destresa en l'ús de les armes l'havien fet destacar entre tots els cavallers. Recordava, sent un nen, l'eixida del seguici i la impressió que em féu mon pare a cavall partint cap a la guerra amb tota l'armadura brunyint. Ell no creia que en aquesta ocasió hi hagués perill de batalla o, almenys, així ho féu creure a ma mare que, en principi, s'oposava a la nostra marxa. Cap altre germà no ens hi acompanyaria. Quan m'ho va dir, vaig sentir l'orgull travessant-me les venes com un riu calent.

Jo tenia dos germans majors que haurien d'haver ocupat el meu lloc, sobretot Galceran, el primogènit dels Martorell. L'altre germà meu, Jofré, sempre delicat de salut i poc amant de les bregues, crec que en cap moment va passar pel cap de mon pare com a possible acompanyant.

Galceran va venir la nit anterior a la partida a les meues habitacions. Jo feia voltes desficiós sobre el llit, desitjant que l'alba aclarís les formes de la cambra i em donàs una excusa per a escapar d'aquella nit d'insomni. Em vaig maleir per no haver fet cas dels amics i haver anat a visitar alguna d'aquelles cases del port on, per un bon preu, un home pot trobar consol als seus neguits amb dones que duen garlandes de flors o de murta al cap.

Aquella nit de desvetlament em recordava moltes altres nits en què, quan encara era un nen, havia sentit arraulit a la cambra el pas lent de les hores nocturnes. Llavors, la impossibilitat de dormir era causada generalment per alguna de les històries que havia escoltat moments abans a la vora de la llar. Narracions que estimulaven la meua imaginació fins al punt de fer-me endevinar rere qualsevol ombra nocturna la pitjor de les fantasies de terror.

Ja no era un nen, no obstant això la meua imaginació continuava desbordada, malgrat que ara el neguit el causava la futura partida. Al començament vaig intentar, sense aconseguir-ho, que el son transportàs la meua ànima a les còmodes estances de Morfeu, però aviat vaig desistir-ne. Quan estava a punt de trencar-se la nit, Galceran em sobresaltà amb la seua entrada. Semblava que ell tampoc no podia dormir i havia vingut a visitar-me.

Era el major de tots els germans i això li permetia tots els privilegis de la primogenitura. Però darrerament semblava haver caigut en desgràcia davant dels ulls del pare per la mala administració que estava fent de les seues terres al senyoriu de Llíber i per la seua conducta llicenciosa, que ja era excessivament pública. A més, començava a escampar-se per tot València una certa fama de jugador i de persona despietada, especialment des que, defensant els interessos familiars a la vila de Murla, havia fet torturar els vassalls de Manuel de Vilanova, amb qui litigava per unes fites.

Mon pare l'havia fet avisar i Galceran havia deixat terres i muller i havia vingut a València a acomiadar-nos i a fer-se càrrec de tot el patrimoni familiar mentre el cap de la casa fos al costat del rei. El tarannà del meu germà era, en general, molt altiu. Li agradava donar l'aparença de noble ric i dedicava molt de temps a tenir cura del seu aspecte. Però aquella nit no tenia la faisó senyorívola que impressionava les dones valencianes ni el posat cruel que tant espantava els seus enemics. Més aïna semblava derrotat i poca cosa dins d'aquella camisa blanca, vella i descosida.

–Vendria la meua ànima per ser al teu lloc.

S'assegué en una butaca davant del meu llit i s'acaronà amb displicència la barba.

–Ho sé, però pots estar orgullós de restar ací. Tu tens la responsabilitat d'administrar els béns familiars i de tu dependran ara els interessos de la família.

S'aturà en sec i em mirà com si pensàs que estava fent-li burla.

–Els interessos de la família? De debò que no en saps res? No te n'ha dit res el pare?

S'aixecà de la butaca i s'acostà al meu llit. Semblava pensarós, amb un gest seu característic, que li havia vist en moltes ocasions. Es passà la mà pels llargs cabells com si dubtàs de contar-me alguna cosa. Em mirà de cua d'ull i, finalment, s'hi decidí.

–Aquest viatge és molt més que la resposta fidel a la petició del rei. Si el nostre pare no hi hagués volgut anar podia haver utilitzat qualsevol excusa sobre l'administració de les terres o qualsevol altre motiu banal, com han fet molts altres nobles. Però nosaltres no podem negar-nos-hi. La família està perdent els favors del rei i el pare necessita recuperar-los si vol que els Martorell continuem sent el que som ara.

–Aleshores? Vols dir que estem arruïnats? –em vaig alarmar.

–No, de cap manera, però perdem privilegis ràpidament. Aquests darrers anys que el rei és a Sicília i governa la reina han estat desastrosos per a nosaltres. Maria no ens té gens d'afecte. No ens perdona el bon tracte que donàrem a Margarida de Monferrat quan estava captiva a Cullera sota la nostra responsabilitat.

–Els Martorell sempre hem estat uns cavallers, no podíem fer cap altra cosa –vaig respondre de seguida amb to ofés.

Recordava llunyanament la imatge de Margarida de Monferrat, sempre trista, sempre solitària, apartada per voluntat pròpia fins i tot de la gent de la seua confiança. Com vós sabeu, era la mare de Jaume d'Urgell. El 1410 havia mort el rei Martí sense successor i a Casp es va decidir qui ocuparia la Corona a partir d'aleshores. Hi havia dos candidats: Jaume, comte d'Urgell, i Ferran d'Antequera, de la dinastia dels Trastàmara. Amb l'ajut inestimable del frare Vicent Ferrer, fou elegit Ferran, pare del rei Alfons. Jaume i els seus seguidors s'aixecaren i foren detinguts. La seua mare, Margarida, va ser empresonada amb el seu seguici al castell de Cullera quan mon pare n'era el batle.

–Uns cavallers? Som uns estúpids, els Martorell! –bramà Galceran–. Si el nostre pare m'hagués fet cas, hauríem ficat aquella meuca al forat més immund. Com havíem de tractar sinó la mare de qui pretenia usurpar el tron al nostre rei?

Vaig abaixar la veu fins a convertir-la en un xiuxiueig. Hi havia coses de les quals no es podia parlar en veu alta.

–Però tu saps que el pare tenia més simpaties per la dinastia dels Urgell que per la dels Trastàmara. I, a més, la nostra obligació era retenir-la, no assassinar-la.

–I així ens va. Ara heu d'anar a l'altra banda del món a demostrar com sou de fidels servidors del rei Alfons, mentre ací qualsevol bastard pot gosar enfrontar-se a la nostra família.

La llum del dia començava a filtrar-se pels finestrals i jo podia intuir les formes crispades a la cara del meu germà. Sabia que eren nombrosos els plets que darrerament l'assetjaven, però els creia deguts més a la mala administració que duia a terme que a complots contra la família.

–Per això és tan important que actues de manera correcta en aquest viatge. El pare està vell i cansat. Ja no és l'heroi de les campanyes de Còrsega. Depén de tu que recuperem els favors del rei. Ens hi van els interessos de la família.

Mon germà abandonà l'habitació quan començàrem a sentir el lleu brogit dels criats movent-se per la casa. Semblava que no volia que ningú sabés que havíem parlat. A fora, el servei preparava els darrers embalums de la nostra partida. Aviat eixiríem cap al port.

El pare va besar efusivament la mare, però, si el seu cor sentia emoció, no ho deixava intuir pels gestos. Els meus germans petits intentaven en va retenir les llàgrimes colpits per l'emoció. Les meues germanes, Isabel i Damiata, ploraven agenollades als peus del pare mentre li agafaven les mans esperant-ne la benedicció. Galceran romania en un segon terme, estava abstret i intentava no cridar l'atenció. El meu germà major només va aixecar la mirada un instant, per enfonsar-la en el meu esguard, fixament.

Vaig pujar al cavall i no vaig mirar més enrere. No volia topar-me amb aquells ulls insidiosos ni tampoc amb l'esguard humit de les dones de la família. Ja no era un nen, però alguna cosa dins del meu pit es ressentia en abandonar el cau familiar.

El port de València era un cafarnaüm de sorolls i d'olors. Nombrosos cavallers amb els seus criats es mesclaven amb pescadors i comerciants que s'escridassaven tot negociant el preu de les captures. A cada pas canviava la sentor que omplia els narius: ara la de la fortor espessa del peix, ara la de la dolçor d'un carregament d'espècies transportat des de l'Orient. I, enmig de tot, els soldats renegant i els cavallers intentant mantenir sobre els cavalls l'altivesa del seu llinatge.

El rei havia demanat discreció als qui pensassen viatjar cap a Sicília perquè en la guerra el factor sorpresa sempre és un bon ajut, però era més que evident l'embarcament de tropes. Em vaig enorgullir en veure que alguns dels cavallers més valerosos del territori coneixien i saludaven amb respecte el meu pare. Ell em presentà els que jo no coneixia anomenant-los a tots «estrenus cavallers».

Al port ens esperaven sis naus que s'unirien a Mallorca amb tres vaixells més per encarar tots junts el camí cap a Sicília. Les sis embarcacions configuraven un petit estol integrat per dues caravel·les i quatre galiots. Les caravel·les, amb espai a penes per a trenta soldats, semblaven petites envoltades dels majestuosos galiots, on podien encabir-se fins a dos-cents homes. A la dàrsena hi havia gent arribada de tots els territoris de la Corona, des dels comtats d'Empúries i del Pallars fins a Saragossa o les frontereres terres del sud.

Vam badocar una estona observant el formiguer de persones en moviment que ocupava el port. Em vaig quedar bocabadat per la bellesa i la fortalesa de les naus mentre mon pare m'explicava, de terra estant, la localització de les cobertes, l'alcàsser i el castell dels vaixells. Semblava que, envoltat d'aquell desori, hagués rejovenit vint anys. Els ulls li brillaven mentre em referia cadascuna de les parts de les naus i el seu ús.

Jo, evidentment, desitjava viatjar en el més gran d'aquells galiots, però el cap de família em va conduir a la més petita de les embarcacions, la que tenia un aspecte més fràgil. Una caravel·la anomenada *Santa Caterina*.

Els criats van pujar el nostre equipatge a l'embarcació. Allí, sorprenentment, hi havia també alguns dels cavallers que el pare m'havia presentat poc abans. Em sentia content de compartir la nau amb aquells valerosos homes. Els cavallers, amb absoluta tranquil·litat, bevien vi i reien sorollosament. No hi havia nervis ni por.

Mon pare em va passejar per coberta. Vam visitar el castell de proa i els canons, situats a la popa del vaixell, que permetien que la caravel·la, ràpida i mortal, fos capaç de fugir al mateix temps que bombardejava l'enemic. Em va mostrar els tres pals, robustos i poderosos, i va acaronar amb fermesa les tres veles llatines triangulars.

–Sé que desitjaves fer el viatge en algun dels galiots i que aquesta et sembla la nau més fràgil de totes, però t'equivoques. Aquesta és la millor.

–Però, els galiots són més forts i tenen més canons, més homes –vaig argumentar totalment convençut–. Hi cap més armament i són més estables damunt de la mar.

Va posar la mà al meu muscle i vaig poder sentir la força que encara conservaven aquells braços.

–Fill meu, si tot va malament, ens trobarem enmig d'una batalla en mar oberta. Quan comence la lluita, l'enemic colpejarà amb força les naus que li semblen una amenaça més poderosa: les embarcacions més lentes, on més homes puga matar i els vaixells que li semblen que causen més perjudici a les seues naus seran el seu primer objectiu. Nosaltres som més petits, però maniobrem més àgilment. Som un blanc difícil de bombardejar amb els canons i gairebé impossible d'abordar, però els nostres canons són tan forts com els seus i poden ferir amb la mateixa ràbia. Creu-me, som a la millor nau.

Malgrat ser ja un home dret i fet, em vaig sentir com un nen que comença l'ensenyament de les beceroles. Aquell era un món nou per a mi i no podia fer cap altra cosa més que obrir els ulls i aprendre'n. Els nervis deixaren pas a un cert estat d'eufòria. Estava content de ser camí de Sicília. Per fi em trobava entre cavallers i, com els amics del meu pare, també em sentia confiat i feliç.

Arribada l'hora de l'avemaria, baixàrem de la nau a terra ferma. Allà, el bisbe de València oficià la missa i ens encomanà a Déu perquè duguéssem a bona fi la nostra missió. Alguns dels homes ploraren en rebre la comunió. El meu cor vibrava d'ànsia i d'incertesa. Era hora de partir.

L'estol es posà en marxa ràpidament. A la nau capitana, hi viatjaven Joan i Enric, infants d'Aragó i germans del rei, que havien arribat una estona abans al port de València. No hi havia temps a perdre, els rumors sobre la mort de la reina Joana eren insistents. Pujaren a la nau capitana i, quan hissaren la bandera amb les quatre barres voleiant al vent, se sentiren crits i visques abrandats al rei Alfons.

Lentament, els remers allunyaren del port les naus i després, encara davant les costes de la ciutat de València, els mariners apujaren les veles. Els vaixells encararen rumb a Mallorca, la primera etapa de la nostra aventura.

A la caravel·la es posà de seguida de manifest qui estava acostumat a la mar i qui era la primera vegada que pujava a un vaixell. Tot i que era estiu i que la mar estava tranquil·la, quan encara es besllumava al fons l'horitzó de la costa valenciana, alguns homes començaren a sentir-se malament a causa del moviment del vaixell. S'agafaven als extrems de la nau i perbocaven miserablement. Alguns d'ells, els més joves, deien que no ho podien resistir i demanaven que els tornassen a terra o els llançassen per la borda, que aquella sensació era pitjor que la mort.

Em vaig sorprendre de comprovar com homes cepats es comportaven com dones espantadisses i cridaneres. No va ser l'única vegada que ho vaig veure al llarg d'aquell viatge. Els mariners més experts s'apiadaren d'ells i, entre riures i facècies, els donaren aigua amb gingebre i menta per tancar el cos. Poques hores més tard, la majoria ja havien millorat. Tot i això, alguns dels soldats passaren tota la nit a l'exterior del vaixell perquè deien que si hi entraven tornaven a sentir-se testavirats.

El viatge a Mallorca fou ràpid malgrat que els vaixells anaven a mitja vela. L'endemà al matí poguérem veure la figura retallada de l'illa. Havia passat la nit gairebé sense dormir però no a causa del mal de la mar que, afortunadament, no m'havia afectat en absolut.

A l'hora de sopar, el pare i jo havíem compartit taula amb els cavallers amics seus i, a poc a poc, el vi els havia anat desfermant la llengua. Havien recordat batalles antigues i anècdotes que em feren anar al jaç desitjós d'entrar en combat, ardent de sang i, evidentment, malalt d'insomni. Vaig dormir poc i vaig tenir somnis plens d'espases, banderes i cavallers.

Somniava dormint i també, somniava despert. Galceran m'havia parlat de quin era l'objectiu real del viatge, però jo servava una intenció oculta: tenir un comportament valerós i guanyar-me el títol de cavaller. Encara no havia fet mai res que meresqués aquest nomenament. I ara, sentia que tindria l'oportunitat de batre'm en armes i d'aconseguir-ho.

Al port de Mallorca se'ns havien d'unir tres galiots més, però el nombre de soldats disposats a anar a la crida del rei superava la capacitat dels navilis. Per això alguns dels cavallers mallorquins pujaren a les nostres naus.

També a Mallorca ens arribà la confirmació que la reina Joana havia mort i que, finalment, havia nomenat hereu de la corona napolitana el traïdor Renan d'Anjou. No teníem temps a perdre. Omplírem fins al capdamunt els vaixells de queviures i d'armes, demanàrem la protecció de Déu Nostre Senyor i salpàrem. Ja no hi hauria més aturades fins a Sicília.

La partida de Mallorca, la férem envoltats de les ovacions dels centenars de persones que havien vingut a acomiadar-nos. Era evident que a Mallorca encara s'havia guardat menys que a València el secret de la lleva d'homes. El rei havia desaconsellat fer parada a Sardenya, ja que aquella zona estava molt propera als territoris del duc de Milà i era massa arriscat ser detectats pels espies genovesos.

El viatge fou molt intens. Les històries d'aventures bèl·liques i cavalleresques acompanyaren els dies de navegació. De fet, era l'única cosa que podíem fer. El petit grup de mariners professionals conduïen la nau sense problemes i la resta, soldats i cavallers, ens limitàvem a menjar, beure i esperar.

A casa sempre havia viscut un ambient de cavalleria. El pare havia estat adobat cavaller pel rei Martí en agraïment per la seua valuosa actuació en bé de la Corona. Quan parlava de Martí, sempre li deia el Gran Rei. En nombroses ocasions m'havia contat anècdotes que mostraven la bona relació que hi havia entre els dos homes. El meu avi, Guillem de Martorell, també havia estat nomenat cavaller pel mateix rei molts anys abans. Per això jo desitjava seguir la traça marcada pels meus predecessors i ser digne també de ser-ne adobat.

Aquest esperit cavalleresc sempre ens havia estat imbuït a tots els mascles de la família. Recordava des de ben petit com el pare ens ensinistrava en el maneig de les armes. Primer amb espases de fusta, després amb espases de puntes romes i, finalment, amb l'acer refulgent de les espases dels cavallers. És un exercici dur i sa per a un nen aixecar l'espasa de sis pams, la més indicada per a la guerra, i moure-la amb habilitat. Cada lliçó pràctica, mon pare la completava explicant-nos el significat de cadascuna de les armes del cavaller. Encara ara, passats tants anys, em sembla recordar la seua veu profunda il·lustrant-nos. Mai no ho he oblidat.

–L'espasa és l'arma més noble i de més dignitat que un cavaller pot portar. El pom de l'espasa significa el món que el cavaller és obligat a defensar, la cruera significa la Creu de Jesucrist. El cavall implica el poble; l'elm és l'ànim que no ha de faltar al cavaller i la llança, la voluntat de fer enrere tots aquells que vulguen fer mal a la Veritat i a la Fe.

Després, ens feia dir un per un tots els significats dels esperons, la cuirassa i les altres parts de les armes defensives i ofensives. Galceran sempre protestava per com eren de difícils aquells simbolismes. Però a mi sempre em semblaren lògics i vertaders.

Al vaixell vaig tornar a escoltar velles aventures narrades en infinitats d'ocasions a les nits d'hivern a València i a Gandia, i vaig gaudir escoltant noves històries. Especialment, els fets d'armes gloriosos dels almogàvers. Els noms dels capitans Berenguer d'Entença, Balasc d'Alagó i Roger de Flor poblaren les nits de soroll d'armes, sang heroica i traïcions forasteres. Cada nit, quan anava a dormir, sentia bategar al pit, com un nen, la febre d'aventures i anhelava arribar a Sicília.

I, a més d'aquestes narracions històriques, els cavallers es delien per les llegendes i les històries sobrenaturals. Em resultava curiós que homes tan valerosos i rudes creguessen en el poder de les ànimes i dels esperits. Més d'un duia amagat sota les robes algun amulet protector al qual confegia poders immensos i miraculosos. Enmig de tantes faules, en algunes ocasions no sabia distingir la veritat de la ficció. Aquells dies circulava entre els soldats la història de l'aventurer Espèrcius que, com monsenyor sant Jordi, havia aconseguit derrotar un drac a la llunyana illa de Lango. Vaig escoltar desenes de versions d'aquells fets, cadascuna diferent, cadascuna adornada amb detalls més intensos, més reals. I molts dels que ho contaven juraven sobre les tombes dels seus avantpassats que la història que ells narraven era la certa, que ells així ho havien vist o els ho havien contat de primera mà.

Mon pare semblava intranquil. En nombroses ocasions vaig tenir la intenció d'apropar-me a ell i confirmar les paraules del meu germà Galceran. Però era difícil trobar un moment d'intimitat en aquell vaixell atapeït, i les escasses oportunitats en què coincidírem tots dos sols no m'hi vaig atrevir. Només quan albiràrem les costes de l'illa de Sicília hi trobàrem un moment. Aleshores va venir al meu costat, em va posar una mà al muscle com acostumava a fer i em va confessar el seus temors:

–La meua ànima se sent pertorbada i intranquil·la. No crec que aquest viatge acabe bé. Hi ha massa eufòria.

–Què voleu dir pare? No us entenc.

–Mira els cavallers. Han passat el trajecte bevent i jugant. No es preocupen de les seues armes, ni tan sols estan amoïnats per la possible batalla. Estan fent el pitjor que pot fer un soldat: pensar que ha vençut abans de lluitar.

Jo, que també estava contagiat de l'optimisme de les tropes, no volia creure el que insinuava, i atribuïa el seu neguit a l'edat i a la manca de vitalitat que li ve associada.

–Però, pare, som el millor exèrcit del món. I a més el nostre rei ens espera a Sicília amb més homes. Què hem de témer? De segur que els genovesos i el duc de Milà no gosen plantar-nos cara. No haurem ni de lluitar.

Negà amb el cap, indecís. Llegia als meus ulls la mateixa irreflexió dels meus companys.

–Potser tens raó, fill meu –em colpejà amigablement el rostre–. A la millor tot són dèries d'un home que s'ha fet massa vell per a combatre, però tot i això no puc evitar tenir un mal pressentiment.

Per tot Sicília s'estenia semblant sensació, hi havia un ambient entre bèl·lic i festiu. Era imminent l'enfrontament amb els genovesos i ningú no dubtava que el rei Alfons aconseguiria el control de Nàpols. A Sicília, hi havia moltes més notícies de primera mà sobre la reina Joana de Nàpols i centenars de rumors sobre el seu insadollable desig sexual. De tots eren coneguts els nombrosos amants que havien visitat el seu llit. Entre ells, el duc d'Anjou i el mateix rei Alfons, que es guanyaren el títol de successors en una incruenta batalla a l'alcova de la reina. El rei Alfons, en dues ocasions.

Es deia que ningú com ell, acostumat a manar, per a ser l'amant perfecte d'una lleona incontestable. Els rumors sobre l'activitat sexual d'aquells dos monarques i els seus combats amorosos circulaven en cançons i romanços humorístics per les tavernes de tota la península. Fins i tot, es comentava que la causa real de la mort de la reina Joana havia estat una malaltia. La mateixa que matava sovint les prostitutes dels barris portuaris de les ciutats.

Vam reposar durant alguns dies al campament que havia fet construir Alfons al costat del port de Palerm. L'estiu a la Mediterrània era càlid i l'estada en aquelles tendes fou agradable. En pocs dies ens restablírem del viatge i ens vam aguisar per a l'assalt final a Nàpols. Mentrestant, el rei va rebre en audiència els més destacats cavallers arribats de tots els territoris de la Corona. Quan feia tres dies que érem a Sicília ens va correspondre l'honor d'acudir davant la seua presència.

La cort d'Alfons a Sicília era increïble. La fastuositat envoltava cadascuna de les estances del palau del monarca. A mesura que t'apropaves al saló del tron, els teixits eren més rics, els quadres més bells, l'or més brillant. Jo no havia vist mai el rei. La meua família havia tingut tracte sovint amb els diferents monarques, però ja feia temps que el rei Alfons no acudia a València i les escasses vegades que hi havia anat els darrers anys havia fet curta estada a la ciutat. No obstant això, jo coneixia la seua dona, la reina Maria. L'havia vista en alguna ocasió assistint a la missa de la catedral de València els dies més assenyalats. Però ara, veient la magnífica figura del rei asseguda al tron, no podia imaginar una parella més dispar en tot l'univers. El contrast entre aquella dona fosca, arrugada i malagradosa i la bellesa esponerosa i altiva del rei, malgrat tenir ja quaranta anys, era demolidor. El matrimoni s'havia produït per qüestions d'estat i Maria, tret de ser germana de Joan II de Castella, no podia tenir cap al·licient per a Alfons.

Quan vam entrar a l'estança, ens vam agenollar respectuosament davant d'ell.

–Els Martorell, de nou al meu servei.

–Sempre ho hem estat, majestat –replicà mon pare.

–Sí, això crec. Però feia temps que no d'una manera tan activa.

El pare em va mirar de reüll. Era evident la prevenció del rei envers nosaltres, però ell era gat vell en assumptes de la cort.

–Cada temps necessita unes accions distintes. En temps de pau, fidelitat; en temps de guerra, combat –i sense deixar contestar al rei continuà–. Us presente el meu fill, majestat.

–Així que aquest és el famós Galceran.

–No, majestat. Aquest és el meu fill Joan, Joanot Martorell. Ha vingut amb mi des de València a combatre per vós.

El rei em mirà amb curiositat mal dissimulada. Vaig sentir l'esguard del rei avaluant-me amb mirada crítica. Les cames em tremolaven però em vaig mantenir ferm.

–Ho celebre. En cas de combat, els Martorell sempre han estat cavallers valents.

–Encara no sóc cavaller, majestat –vaig gosar dir–. Espere algun dia ser digne de ser-ne adobat.

El rei va somriure.

–De segur que ho seràs –va mirar el pare i ens acomiadà amablement.

Quan eixírem, jo estava impressionat. No parava d'explicar al pare tot allò que havia vist i escoltat, com si ell no hi hagués estat present. Fins que va passar una llarga estona no em vaig adonar que no deia res.

–Què us passa, pare. No us trobeu bé? Potser heu agafat febres de mar?

–La visita ha estat un fracàs.

–Un fracàs, però què dieu? –estava atònit per aquelles paraules–. El rei ha estat molt agradable i fins i tot m'ha somrigut.

El pare em mirà com a un nen que no és capaç d'entendre res.

–No ens ha explicat els seus plans. No m'ha demanat consell per a afrontar la batalla i sap que jo tinc molta experiència militar. El rei Martí mai no hagués actuat així.

–Però Alfons no és el rei Martí i vós no formeu part dels seus consellers. És lògic que no us explique els plans d'atac.

–El pitjor de tot és que crec que ni tan sols té pla d'atac. No creu que siga possible una batalla i això és una estupidesa indigna d'un rei.

Em sentia dolgut amb el meu pare i pensava que aquelles opinions eren fruit del ressentiment cap al monarca. Em vaig allunyar d'ell. Preferia la companyia alegre i sorollosa dels altres cavallers que desbordaven eufòria i vi.

A Sicília em vaig trobar molts coneguts. Hi destacava Jaume de Vilaragut. Jaume era el segon fill del baró d'Olocau i veí nostre. Només era una mica més gran en edat que jo i ja havia adquirit fama de cavaller valerós i d'estar sempre en totes les trifulgues, militars o no, en què podia ficar-se. Com que no era l'hereu i no havia d'administrar els béns familiars, havia decidit dedicar la seua vida a l'exercici de les armes, per al qual estava ben dotat tant de força com d'esperit. El seu físic corpulent i una cicatriu, record d'alguna antiga baralla, li donaven l'aspecte ferotge d'un lluitador implacable. El que realment era.

No ens havíem trobat abans perquè Jaume acabava d'arribar dels territoris de Lleó. Havia anat allí buscant l'enfrontament amb Suero de Quiñones. Aquest cavaller havia mort Esbert de Claramunt, amic de Vilaragut, de manera poc ortodoxa i Jaume volia venjança.

Suero de Quiñones estava defensant un pas d'armes al pont d'Órbigo, per on havia decidit que ningú no pogués passar mentre no acomplís els seus vots. Aquest cavaller, tan valent com vanitós, es passejava cada dijous amb un argolla al coll com a símbol de l'empresonament amorós que patia. Havia declarat que no es deslliuraria d'aquesta captivitat i, per tant, no deixaria lliure el pont, fins que en aquell pas d'armes no es trencassen tres-centes llances amb altres tants cavallers. Un dels seixanta-vuit aventurers que gosaren desafiar Suero de Quiñones fou el cavaller Esbert de Claramunt, que morí en la lliça. Jaume de Vilaragut reprotxava a Suero que el seu jove amic no tenia una armadura en condicions perquè era massa alt per a la petita cuirassa heretada que duia, i que això li havia causat la mort. Quan Jaume arribà al pont d'Órbigo, Suero de Quiñones havia estat declarat lliure del seu vot pels jutges i no l'havia pogut desafiar. Tot i això, durant mesos havia intentat provocar el cavaller lleonés, però aquest havia fet vots de no combatre mai més i el meu amic es va quedar amb les ganes de fer efectiva la revenja.

Tenir Jaume entre les tropes era motiu de contentació i això va augmentar encara més la meua confiança en la victòria. Però mon pare continuava taciturn, ni tan sols compartia les bravates i les diversions dels seus companys de cavalleria. Els homes del campament, mentre esperaven l'ordre d'atacar, passaven el dia exercitant-se amb les armes, bevent i calmant els seus ardors combatius amb les prostitutes sicilianes. Dones ardents, de cossos extremats i anques arredonides que satisfeien de sobres la fogositat de tota la tropa amb una alegria envejable.

Jo compartia experiències amb aquells homes. Especialment m'agradava passar els dies amb els vells amics del pare. Em complaïa d'escoltar-los perquè eren cavallers amb moltes aventures viscudes, amb moltes batalles bregades i que tenien naturalitat i gràcia per a contarles. Ells també m'acolliren al seu costat de bon grat. Els feia gràcia que el fill de Francesc Martorell tingués més coneixements de llatí que d'armes, de poesia més que de combats. I els feia gràcia, sobretot, perquè endevinaven en mi el mateix esperit lluitador que habitava els seus cors.

Potser us sorprendrà saber que la meua educació havia estat molt acurada. Des de ben petit el pare em proporcionà els millors mestres perquè entenia que un bon cavaller havia de dominar l'ús de les armes i de les lletres. Sovint, ens deia que la vida a la cort era tan complicada com la més desigual de les batalles a camp obert i que calia estar-hi preparat.

Confesse que en algunes ocasions vaig patir, més que vaig gaudir, les classes de gramàtica, retòrica i dialèctica, com sabeu les tres matèries que formen les tres arts liberals del trívium. Mai, però, no vaig poder accedir amb èxit a les disciplines del quadrívium. La geometria, l'aritmètica, la música i l'astronomia estaven molt lluny de les meues intencions i de les meues possibilitats. El meu esperit anhelava més l'acció de les armes que les ensopides hores traduint poemes o traçant figures geomètriques. Tot i això, amb el temps, i en ocasions en contra de la meua voluntat, la meua cultura va esdevenir superior a la mitjana dels altres senyors valencians.

Un matí el pare em cridà a la seua tenda. Al seu costat seia un home petit de posat seriós que jo no havia vist mai. Al seu davant, un munt de documents cobrien totalment la petita taula de fusta rere la qual es trobava assegut.

–Joanot, seu –m'indicà mon pare–. Hem de parlar.

Vaig prendre cadira en silenci. Notava una gravetat desacostumada en el seu to de veu.

–Aquests darrers dies sé que m'has vist pensarós i has tingut la bona educació de no interferir en les meues cavil·lacions.

L'altre home mirava indolentment el meu pare i jo no feia sinó assentir a tot el que deia, expectant. Fins que el pare declarà les seues intencions.

–Ho he rumiat molt i he decidit canviar el testament i nomenar-te a tu hereu universal dels meus béns.

El cor em féu un salt.

–Però pare, el vostre hereu és Galceran. Ell és el primogènit, no podeu despendre'l dels seus drets naturals.

El pare mirà l'altre home. Va fer un gest de dubte, potser mesurant la conveniència dels seus mots i, al capdavall, parlà amb sinceritat.

–Crec que ja saps quin és l'estat de la nostra hisenda. A més, estem perdent privilegis i, si continuem així, d'ací a pocs anys no serem res.

–Ara tot canviarà. Estem ací al costat del rei, combatrem valerosament, vencerem i ell ens ho agrairà amb noves consideracions. La nostra situació millorarà.

–T'equivoques, Joanot. Ets jove i idealista i encara has d'aprendre a veure les coses tal com són i no com desitjaries que fossen. Al rei no li interessa què ens puga passar a nosaltres allà a València. Ni tan sols crec que tinga pensament de tornar-hi mai més. El seu objectiu és la Mediterrània. Ara vol Nàpols, després potser Gènova.

–Però res no canvia si sóc jo o és el meu germà l'hereu de la família. I encara més, no cal que feu ara un nou testament. Vós encara heu de viure molts anys. Ja tindreu temps de tornar-hi a pensar quan siguem a casa.

El pare negà amb el cap. S'assegué al meu costat i parlà en veu baixa.

–Aviat entrarem en combat i no estic segur si hi sobreviuré. Cal resoldre el tema del testament abans de partir. Potser ja estic vell per a la guerra, però no tant per a no entendre que Galceran no pot administrar els béns familiars. Si ho manega ell, tot desapareixerà abans de deu anys.

–No sou just amb el meu germà. Ell us estima i...

–Tens raó. Si fos just, el desheretaria totalment i jo encara li permetré conservar el senyoriu de Llíber, que és molt més del que mereix. Ja vas veure que la seua fama d'ingrat i desobedient havia arribat fins a les orelles del rei. Com ha de mantenir, doncs, ell la família?

–Esteu fent una injustícia amb els meus germans. I per què no Jofré?

Em mirà fixament i no contestà. Aquella mirada era més que una resposta.

–Està decidit.

–Doncs, espereu almenys uns dies i repenseu-vos-ho, per favor. Torneu a reflexionar una vegada més. Deixeu que el temps i la prudència siguen els vostres consellers, tal com sempre m'heu dit.

Mon pare esbufegà.

–Ets tan tossut com un ase vell. Una setmana. I després...

L'endemà arribà la notícia que ens havíem de preparar per a l'assalt definitiu de Nàpols. Tot i que només s'iniciava el mes d'agost, el rei preferia no arriscar-se i prendre la ciutat abans que començassen les tempestes de la tardor i fos més difícil la navegació.

El rei va visitar el campament per encoratjar les tropes. Ell mateix ens acompanyaria en l'expedició. L'estratègia prevista consistia a acostar la nostra flota a la ciutat de Nàpols i esperar la rendició covarda de Renan d'Anjou quan veiés la multitud de tropes que amenaçaven la ciutat. Tan segur estava el monarca de la victòria que fins i tot abandonaria les comoditats de l'illa de Sicília i ens acompanyaria fins a Nàpols. Volia ser el primer a posar un peu a l'illa quan el d'Anjou es rendís. Pretenia augmentar així la seua llegenda de conqueridor. Aquella confiança ens meravellà. Res no podia fallar.

Quan el rei ens hagué parlat, oírem missa, arreplegàrem les armes i ordenadament ens dirigírem cap als nostres vaixells, que ja estaven completament aparellats esperant-nos al port.

Tots vam quedar fascinats davant de l'espectacle que ens oferí el vaixell on pensava viatjar el rei. Era un galiot impressionant. Encara que només tenia una arboradura de tres pals, la seua eslora era immensa. La mitjana tenia tres veles quadrades, a la castellana, que juntament amb les triangulars llatines del altres pals li confegien, una vegada desplegades, una aparença sòlida i guerrera. Però, sobretot, aquest velam permetia, en dies de vent, una velocitat inabastable. El vaixell, a més, estava profusament decorat. La fusta del buc estava tallada amb escenes de batalles i nimfes despullades, tan ben esculpides que podies resseguir la suavitat dels cabells de les dones o acaronar-ne delitós un dels pits nus. Les bateries dels poderosos canons estaven situades a sota del castell. A sobre, garlandes de flors naturals simulaven un jardí esponerós. Podeu imaginar la impressió que causà en mi aquesta extraordinària nau.

Alfons IV de Catalunya i V d'Aragó, a qui agradava apel·lar-se el Magnífic o el Magnànim, estava exultant. Preveia que allò seria una desfilada triomfal. A tal punt arribava la confiança del rei que dins del seu enorme vaixell hi havia desenes de nobles, administradors i ambaixadors que només tenien el paper d'espectadors convidats i que menjaven i bevien sense mesura asseguts en butacots de vellut. De soldats, ben pocs. A penes la guàrdia personal i uns quants mariners.

Vam pujar a la nostra caravel·la. Van sonar tabals, trompetes i anafils quan el rei donà l'ordre de partida. El soroll es va multiplicar amb els crits nascut de les goles valeroses de la tropa. Els soldats s'encomanaven a Déu, feien càntics de victòria i fatxendejaven sobre les dones napolitanes que tindrien sota els seus cossos quan acabàs aquell viatge.

Durant el trajecte, els cavallers anaven lluint i polint l'armadura. Jo vaig afilar l'espasa neguitós. No sabia si volia usar-la o no. Era millor que el d'Anjou es rendís, però anhelava entrar en combat, participar finalment en un fet d'armes que em convertís en digne de ser adobat cavaller. El meu amic Jaume de Vilaragut no havia pogut acompanyar-me en la caravel·la. La seua intenció era anar a l'avantguarda, amb el primer dels galiots. Jo hauria volgut acompanyar-l'hi, però mon pare no m'ho hauria permés mai.

El trajecte des del port de Palerm fins a Nàpols no devia ser gaire llarg. A mesura que ens hi apropàvem, els vigies afinaven la vista per intentar descobrir la presència d'algun vaixell genovés. A bord, molts dels cavallers començaren a posar-se l'armadura. Jo, per imitació, vaig començar a col·locar-me també la meua. Però el pare, que encara no havia obert la boca en tot el viatge, m'ho impedí irat.

–Es pot saber què fas? T'has begut l'enteniment?

–Em prepare per a la batalla, com ho està fent la majoria, pare.

–Només a un boig o a un estúpid se li acut posar-se l'armadura en un vaixell.

–Però, i si hi ha un atac?

–Si hi ha un atac i caus a l'aigua, ets home mort. Les armadures són bones per al combat a terra o per a passejar-les per la ciutat davant de les meuques com pensen fer tots aquests jactanciosos. Però si ens ataquen, tots els que porten l'armadura i caiguen a l'aigua moriran arrossegats pel pes.

Mon pare havia anat apujant la veu perquè els soldats que eren a prop el sentissen. Vaig veure més d'un dubtar i traure's apressadament la cuirassa amb una certa torbació d'esperit.

Érem prop de l'illa de Ponça quan va ocórrer el desastre. Els vigies continuaven comprovant que no hi hagués cap embarcació en la distància. Encara navegava al davant el galiot del rei, però, a mesura que ens atansàvem a Nàpols, anà prenent posicions més endarrerides en previsió d'un possible atac. Els vaixells viatjaven tots junts, formant un estol magnífic que fendia les aigües i deixava un rastre de neu al seu darrere.

A la llunyania, vam veure una barqueta de pesca. Tots creguérem que es tractava d'algun pescador de l'illa. Vam observar com la petita embarcació s'atansava cap al primer dels galiots, el que obria l'expedició.

Amb curiositat, ens vam acostar a la borda. El petit vaixell, que semblava abandonat, enfilava directament cap a la proa de la nau capdavantera. Vaig sentir riures i algú que s'apiadava de l'ànima del mariner, probablement adormit, que es dirigia inconscient cap a la mort.

Vaig mirar a l'horitzó. A la dreta, s'intuïa Ponça. A l'altra banda, només la mar tranquil·la. Des de la nau que semblava que anava a rebre l'impacte de la barqueta, els mariners i els soldats feien brams i intentaven cridar l'atenció del presumible mariner somnolent. Però tot era en va. La barca s'encaminava irremissiblement cap al galiot. Tothom es preparà per a sentir el colp, però l'impacte ens sorprengué a tots. En el mateix moment en què la barqueta colpejava la fusta, esclatà una forta explosió que omplí el galiot de flames.

La nau estava plena de pólvora i anava conduïda per un suïcida. Coberts sota lones hi havia oli i quitrà, que ràpidament prengueren. Un fum negrenc s'elevà com un núvol maligne. El desconcert fou tremebund. Véiem impotents com els membres de la tripulació del vaixell saltaven a l'aigua i intentaven acostar-se els altres navilis per refugiar-s'hi. El vaixell on viatjava el rei s'allunyà de la resta i es mantingué al darrere.

De sobte, aparegué un estol de naus gairebé al damunt nostre. Semblava que havien sorgit del no-res. Cap dels nostres vigies no les havia vistes arribar. A mesura que se'ns apropaven, vam comprendre per què no les havíem detectades. Molt hàbilment, havien cobert les naus amb teles enormes de color blau marí i els guaites no les havien distingides en la distància.

Com que l'atac ens havia sorprés a tots, els canons no estaven encara preparats. Però els dels genovesos sí. Desenes de projectils començaren a caure a sobre nostre. La proximitat dels vaixells facilità que els fos més senzill encertar els objectius. Els capitans intentaren dispersar l'estol, però quan ho aconseguiren, tres de les galeres estaven ja ferides de mort. Quan els nostres canons començaren a disparar, ja eren quatre les naus inutilitzades.

Dins de la confusió regnant, em vaig sorprendre de la serenitat del pare i de l'encert de les seues previsions. La nostra petita caravel·la fou la primera a poder-se separar del grup, la primera a disparar i també la primera que féu blanc damunt d'una embarcació genovesa. El llançament va tombar l'arbre d'un dels galiots.

Els capitans genovesos tenien ben apresa la lliçó i sabien perfectament quina era la nostra disposició. Intentaren envoltar-nos i es dividiren en tres grups amb l'objectiu que nosaltres quedàrem enmig d'un triangle mortal. Aleshores, llançaren fletxes enceses a les veles per provocar un incendi en els vaixells i aturar-ne la possible fugida.

A la meua nau hi havia tràfec d'homes amunt i avall, ara amb aigua per sufocar un petit incendi, ara amb pólvora per als canons. De reüll, veia com una de les caravel·les del nostre costat s'enfonsava definitivament. Els soldats que caigueren a l'aigua amb l'armadura posada intentaven nadar inútilment mentre feien esforços per traure's la cuirassa.

El galiot reial enarborà la bandera de retirada. Ràpidament, els navilis intentaren maniobrar per escapar del setge dels genovesos i refugiar-se en alta mar. Però l'enemic sabia preveure els nostres moviments perfectament i, de manera molt hàbil, impediren la fugida situant-se de costat davant nostre.

Dues embarcacions s'acostaren veloçment cap a la nau on viatjava el rei i l'abordaren, cadascuna per un costat. Vam veure de seguida que el preciós galiot no resistiria l'atac. Les enormes veles a penes s'inflaven amb l'aire lleu de l'estiu i els remers movien amb dificultat l'enorme pes del galiot. I a bord, ni tan sols hi viatjaven bastants soldats per a defensar el monarca. Quan una de les nostres naus aconseguí apropar-se per ajudar el vaixell del rei, ja era massa tard. Alfons estava en mans de l'enemic.

Però no per això els genovesos apaivagaren els seus atacs, ans al contrari, els repregueren amb més força ara que sabien que regnaven la decepció i la confusió entre les tropes. Volien aniquilar la flota catalana i no n'acceptaven la rendició.

A sobre nostre, la pluja de fletxes enceses botà foc, finalment, a la part superior de dues de les veles de la caravel·la. El capità tingué l'habilitat suficient per a esquivar el setge i, malgrat les condicions, eixir a mar oberta. Al nostre darrere, la majoria de les naus cremaven o eren abordades pels genovesos. Amb les darreres canonades, aconseguírem encara colpejar la línia de flotació d'una de les naus que havia assaltat el vaixell reial, però res més. L'única cosa que podíem fer era escapar.

Ateses les circumstàncies, no podíem anar gaire lluny; per això, el capità va posar rumb a Sardenya. Si aconseguíem arribar al port de Sàsser, estàvem salvats. Les nostres veles encara cremaven. Alguns dels mariners, els més agosarats, intentaren apagar-les i es jugaren la vida pels seus companys pujant pels pals de la nau. Al fons, encara es veien les flames dels vaixells i se sentien els crits esgarrats dels que se sabien morts. Els altres romaníem en silenci. En pocs minuts havíem passat de l'eufòria a la més amarga de les derrotes. Era el dia cinc d'agost de l'any del Senyor de mil quatre-cents trenta-cinc i el sol lluent de l'estiu semblava riure's de la nostra tristor.

I encara no s'havien acabat les nostres penalitats. De fet, les meues estaven a punt de començar. Les veles de l'arbre major estaven apagades, però encara es podien veure petits fils de fum enlairant-se des dels extrems. L'olor de cremat ens omplia els narius i sovint ens feia estossegar. Restàvem tots en silenci mentre cobríem les poques milles que ens separaven de Sardenya, territori del rei Alfons i el refugi esperat per tots nosaltres. Gairebé a les envistes de la ciutat de Sàsser vam sentir un soroll estrepitós i un petit terratrèmol sacsejà la caravel·la. L'arbre principal s'havia esquerdat i havia caigut a sobre de la nau. Hi va haver de nou una confusió extrema: laments, sang a sobre de la coberta, homes que intentaven traure de damunt dels ferits els gruixuts fragments de l'arbre i l'espessa manta de les veles. El vaixell va fer una sotragada que quasi ens va fer perdre l'equilibri. Les juntures de la carcassa de la nau s'havien obert per efecte del colp i començava a filtrar-se aigua per les quadernes de la caravel·la. Se sentien multitud de xiscles. Alguns cridaven demanant ajuda, nafrats i immòbils per les ferides que els havia produït el despreniment del pal; uns altres ploraven pel pànic en veure que el vaixell s'enfonsava. Ací i allà podies sentir crits que donaven ordre d'ajudar a traure l'aigua de la nau amb cubells o de serrar algun fragment de l'arbre per traure els entrapats. I jo, enmig d'aquell brogit, buscava desconcertat el meu pare.

El vaig trobar assegut prop de la coberta d'estribord. Semblava estar en perfectes condicions, però, quan m'hi vaig atansar, vaig descobrir-li la ganyota de dolor i vaig veure el gest, la mà agafant-se la part dreta del pit.

–Pare, què us ha passat? Us trobeu bé?

–L'arbre –parlava amb dificultats, estrafent la veu–, l'arbre m'ha colpejat en el pit.

Jo també vaig cridar demanant ajuda, però el metge de la nau tenia massa ferits per atendre. Mentrestant, vaig col·locar el meu pare ajagut i el vaig cobrir amb una manta. El ritme al damunt del vaixell era frenètic. Alguns atenien les nafres dels soldats, uns altres intentaven traure l'aigua, i la resta, o bé llançaven a la mar les restes de les veles i el pal, o bé intentaven taponar les fuites d'aigua que amenaçaven de desbordar-nos.

Teníem a la vista Sàsser quan se sentí un fort colp dins del vaixell. I després, un soroll i una tremolor com si es desconjuntàs la totalitat de la nau. Aleshores, començà a entrar-hi aigua a borbolls i, al cap de poc de temps, el vaixell començà a escorar-se. Tots els tripulants ajudàvem a traure l'aigua, però aviat es va fer evident que no arribaríem a port, que la caravel·la s'enfonsaria abans irremissiblement. Aleshores, va nàixer la desesperança i els homes es comportaren com bèsties i molts honorables cavallers només es preocuparen de salvar la seua vida.

Les barques que tenia la nau per a un cas de naufragi havien quedat destruïdes amb la caiguda de l'arbre; per això, els que sabien nadar es llançaren directament a l'aigua. La costa era a prop i es podia guanyar sense gaires dificultats. Els ferits començaren a gemegar. Ells no hi podrien arribar.

Vaig mirar mon pare i ell em va fer gest que saltàs a l'aigua. Jo sabia nadar perfectament. Els banys durant l'estiu a la costa de Gandia i de València, els jocs infantils sobre l'arena, les curses sobre la mar càlida de la Mediterrània m'havien convertit en un gran nadador i sabia que podria arribar a la costa sense problemes. Però no volia deixar que el pare morís ofegat.

Ell també sabia mantenir-se en l'aigua, però no podia fer-ho en aquelles condicions. Us confesse que van ser moments de total confusió, les idees no acudien al meu enteniment. El vaixell cada vegada s'inclinava més i prompte entraria l'aigua sobre la coberta. Al meu entorn sentia els crits d'impotència dels que sabien que moririen i els resos desesperats d'aquells que es preparaven per a reunir-se amb Déu. Tots els homes que podien nadar ja havien saltat a l'aigua i començaven a guanyar la costa. Alguns, de l'aigua estant, giraven la vista cap a la caravel·la i ploraven. Potser per impotència, potser per vergonya d'abandonar aquells homes valerosos a la ventura.

Vaig voltar pel vaixell buscant alguna cosa que em servís per a rescatar mon pare. En un extrem de la nau vaig veure dos petits troncs que havien tallat de l'arbre caigut i els vaig lligar a una planxa de fusta. No sabia si allò resistiria. Vaig agafar el pare i el vaig encordar pel pit a aquella làmina de llenya. Vam saltar tots dos a l'aigua. La planxa li immobilitzava la part davantera del cos i impedia que s'enfonsàs. Malgrat els crits de dolor que proferia a cada petita ona que el sacsejava, vaig aconseguir arrossegar-lo fins a la platja tot estirant d'ell. Afortunadament, érem ja ben a prop de Sàsser i, encara que esgotat per l'esforç, vaig aconseguir arribar sa i estalvi a l'arena. No tots tingueren la mateixa sort. A penes havíem saltat a l'aigua, la caravel·la s'enfonsà definitivament i els tripulants ferits que hi romanien van morir.

La ciutat de Sàsser ja coneixia la notícia de la nostra derrota. Un altre dels vaixells de l'estol havia arribat al port feia poques hores. Des de la platja, m'ajudaren a portar mon pare fins a una sala on havien anat dipositant tots els ferits. Allí, mentre l'atenien, em vaig assabentar del resultat desastrós de la nostra aventura naval. El rei era captiu a mans del duc de Milà, i amb ell havia estat capturada gran part de la cúpula militar de la Corona, els infants d'Aragó, germans del rei, i una bona part dels millors cavallers del nostre país. Vaig preguntar pel meu amic Joan de Vilaragut, però ningú no sabia si era mort o viu.

La sala dels ferits era plena de gom a gom. Als nostres malalts s'afegien les víctimes de l'altre vaixell, que havia estat atacat amb fúria pels genovesos i que havia arribat poc abans que nosaltres amb nombrosos ferits i cremats. Els gemecs i els plors es convertien en una lletania maleïda, en un presagi. Per a la majoria d'aquells homes, el dolor era irresistible i era habitual sentir crits desesperats. Per intentar evitar el patiment, estabornir els sentits i combatre la roentor i el sofriment, els soldats prenien licors d'alta graduació. L'olor de suor, vòmits, herbes remeieres, podridura i por t'omplia els narius, com un violent perfum de mort. Ni tan sols les fulles d'eucaliptus, que cremaven permanentment en un dels racons, suavitzaven la fortor que colpejava el visitant en posar el primer peu en la cambra.

Allà, assegut esperant algun signe de millora en la salut del meu pare, veient amb impotència com, a poc a poc, el seu pit anava fent-se primer blau i després negre, veient com a cada respiració aquell home s'atansava amb prestesa a la mort, vaig prendre consciència que ja era un home i que els fets que s'esdevenien en aquell moment, que aquelles circumstàncies, marcarien per sempre la meua vida.

Mon pare s'adonà de seguida que anava a morir. Potser esperà un parell de dies jugant amb l'enganyívola esperança per si de cas el seu pronòstic era equivocat, però havia estat en massa batalles, havia vist morir massa gent en combat per a deixar de conéixer perfectament quin era el seu estat. A trenc d'alba del tercer dia m'obligà a buscar un notari. Jo m'hi vaig resistir. Fer testament em semblava que era com signar la seua sentència de mort, però no em deixà cap altra opció. La seua veu estava convertint-se en una ranera agònica i cada paraula li costava un esforç suprem de pronunciar.

Jo no sabia a qui acudir. Vaig preguntar a un dels cavallers amics del meu pare, que badocava trist en companyia dels altres soldats pel port de Sàsser esperant notícies del seu rei. M'acompanyà a la recerca d'un notari. Joan Bolufer, prestigiós escrivà que sovint segellava els acords entre cavallers en aquella illa, acceptà de seguida encarregar-se dels nostres assumptes. Tots dos acudiren en presència de mon pare. La redacció de les darreres voluntats fou ràpida. Mon pare revocava l'anterior testament signat a València i en subscrivia un de nou en el qual em deixava a mi com a hereu universal de tots els seus béns, excepte del senyoriu de Llíber, ja governat pel meu germà. El notari eixí amb el document a la mà i me'l lliurà solemnement.

No vaig poder fer que el pare canviàs d'opinió. Durant dos dies intentà, amb veu rogallosa, convéncerme que aquella era la millor solució per a la família i m'aconsellà amb saviesa per a futures actuacions. Després ja no parlà més. Es mantingué amb febres altes durant uns quants dies; mentrestant, la respiració anava fent-se-li més fatigosa i es queixava de dolors per tot el cos. Els metges l'atenien amb el respecte que el seu nom i el seu valor mereixien, tot i saber que era inútil. Bullien caps de moltó amb bon vi per posar-li estopades al cap i alleugerir-li així el dolor i la febre, i procuraven que res no li faltàs mentre traspassava la fosca frontera de la mort. Fins que, finalment, una vesprada deixà de respirar.

El vaig soterrar a la vora del mar, mirant cap a l'oest. La mateixa mar de València, la mateixa color de sol i blau, el mateix dolor de l'enyorança, la mateixa pena. Ara, jo havia de creuar aquell espai immens d'aigua i tornar a casa.

No va ser fàcil trobar un vaixell que em conduís a la meua terra. La caravel·la amb què havia arribat dormia al fons de la mar. Com per al meu pare, tampoc no hi havia hagut salvació per al vaixell en què, amb tanta il·lusió i esperança, m'havia embarcat. Amb les notícies de la derrota de Ponça, la situació comercial havia esdevingut molt incerta i a penes eixien naus cap a València. La Mediterrània era ara un lloc insegur. Mentre no se sabés en què resultaria l'empresonament del rei Alfons a Milà, els mercaders, porucs, no gosaven aventurar-s'hi.

El mateix dia de la mort del pare, arribà a Sàsser la notícia del traspàs de Leonor, la mare del rei. Havia finat en assabentar-se de la derrota i de la posterior captura dels seus fills. Els crits de dol se sentiren pels carrers de la ciutat, que es vestí de negre per fora com ja ho estava per dins. El dolor que jo sentia per la mort del pare em semblava compartit per tota la ciutat, coberta de color negre i de silenci.

El duc de Milà, Felip Maria Visconti, havia guanyat prestigi com a estrateg i corrien molts rumors per tot Sardenya sobre quin seria el seu pròxim moviment. Els més pessimistes parlaven d'ell com d'un home sense entranyes que era capaç de matar el nostre rei sense vacil·lar, els més optimistes parlaven d'un home ambiciós i d'un hàbil manipulador que s'avindria a cobrar un rescat pel rei i pels seus germans sempre que fos generós. Les dues coses eren certes: el duc i el rei Alfons ens guardaven una sorpresa.

A Sardenya, hi arribà, camí de Milà, un grup d'ambaixadors enviats per la reina Maria. El seu objectiu era aconseguir la llibertat del rei a qualsevol preu. Setmanes més tard, en van tornar amb un aspecte de felicitat evident. La seua missió havia estat un èxit. Ningú, però, no en donà cap explicació. Aviat se sabria què havia passat. Mentrestant, l'infant Joan, germà del rei, tornava lliure cap a la Península i jo hi tornava amb ell.

L'eixida del port de Sàsser fou totalment distinta de la partida sorollosa que havíem gaudit a València i a Mallorca. Ningú no vingué a acomiadar-nos, ningú no ens victorejà. Al port no hi havia famílies saludant; als cors no hi havia il·lusió. Només tristesa i cansament. A bord de la nau, veia allunyar-se la costa agresta de Sardenya. Sentia als meus ulls l'esguard preocupat del pare fitant el blau immens mentre, a poc a poc, s'esborrava el litoral abrupte de l'illa.

El primer dia de viatge, l'infant Joan de Navarra no va eixir de la cabina. A penes l'havíem vist quan s'embarcava. Era una figura eixuta, un home malcarat i macilent que ni tan sols va voler saludar els passatgers, la major part cavallers i soldats que havien intentat combatre valerosament pel seu germà i que ara tornaven a casa ferits, vençuts i desmoralitzats.

Com podeu imaginar, els comentaris sobre les circumstàncies de l'alliberament de l'infant i aquesta ràpida tornada a casa es multiplicaren. Encara eren un misteri els resultats de l'acord amb el duc de Milà, però es parlava de la quantitat de trenta mil ducats d'or pels tres germans. El més curiós del cas és que mentre el parador del rei Alfons i de l'infant Enric encara era un enigma, Joan tornava capcot a les terres de Navarra.

L'estat de la mar va ser dolent durant tot el viatge. Acabàvem d'iniciar l'hivern i les pluges i les tempestes fustigaven el nostre vaixell amb virulència i el feien inclinar-se perillosament i incòmoda. Per sort, ja m'estava convertint en un bon mariner i vaig suportar perfectament les maregasses sense cap problema. Entre la resta dels soldats que hi tornàvem van repetir-se les mateixes escenes de l'anada. Molts d'aquells homes juraren per la seua ànima immortal de no pujar a un vaixell mai més mentre fossen vius.

La nau no es dirigia a València, tenia com a destinació Barcelona. Des d'allà, l'infant Joan de Navarra pensava anar a les seues terres. Per a mi era un alleujament fer parada a Barcelona. Tot i que m'imaginava que la meua família sabia les noves de la desfeta de Ponça, de ben segur que no coneixien quin era el nostre estat perquè no havia pogut enviar cap escrit a València. No hi sortia cap correu. De tota manera ho preferia així, tampoc no sabia com explicar-los el final del pare. Sentia temor de presentar-me davant de ma mare i dir-li que el pare havia mort. Temia la seua mirada, els seus ulls, el seu dolor. De Barcelona estant, pensava enviar un correu per explicar-li la situació i, un cert temps després, covardament, tornaria a la meua ciutat.

Les costes de Barcelona es retallaren al fons de l'horitzó un matí emboirat. La broma ens havia acompanyat els dos darrers dies i, per això, no havíem pogut albirar la ciutat fins que gairebé hi érem. El trajecte, des d'aleshores fins que vam poder tocar les fustes del port barceloní, el vam recórrer en només un instant. Malgrat la circumstància, hi hagué un crit de joia nascut de les goles anhelants de tots els soldats i dels cavallers. Estàvem vius i érem a casa. Més d'un s'agenollà, encara en la nau, i donà gràcies a Déu per tanta fortuna. Era el primer dia de gener de l'any mil quatre-cents trenta-sis.

Un dels cavallers amb qui vaig fer amistat al vaixell em va hostatjar a casa seua. Era el jove Joan de Ladernosa. Durant el trajecte vam afermar la nostra amistat fruit de pensaments semblants i d'afinitats d'acció. Ell ja havia estat nomenat cavaller, encara que no havia realitzat cap fet d'armes destacat. Però el rei l'havia adobat després que el seu pare fes un préstec de molts sous a la Corona per a les campanyes militars d'Alfons. Em va irritar aquell trencament de les normes cavalleresques i també, no ho negue, vaig sentir una fiblada d'enveja. Jo no havia pogut rebre l'ordre de cavalleria en aquella malaurada expedició però, honestament, sabia que tampoc no havia fet res per a meréixer-ho.

Vam partir immediatament. A penes vam esperar, per pura cortesia, que Joan de Navarra abandonés la nau juntament amb el seu seguici. Els seus criats ens havien dit que la intenció de l'infant era restar a Barcelona només el temps just per a reposar i, després, tornar al seu territori. No tenia intenció d'embolicar-se mai més en els assumptes dels seus germans. Però estava equivocat.

La casa dels Ladernosa posseïa el gust magnífic dels cavallers clàssics. Sobrietat i bellesa harmònica en les formes, suavitat i dolçor en els guarniments. Em van rebre com un fill que tornàs de la guerra. El cap de família recordava amb estima el meu pare, amb qui havia combatut en les campanyes de Còrsega i Sardenya. Assabentat de la seua mort, m'acollí al seu costat amb tendresa i afligit pel traspàs de qui tant havia admirat. Ell mateix envià un dels seus criats perquè fes de correu i portàs a ma mare noves sobre la mort del pare i l'avís de la meua propera presència a la ciutat de València.

Durant uns quants dies vaig trobar un oasi de tranquil·litat que no recordava des de feia moltes setmanes, des que em vaig embarcar cap a Nàpols. Però no podia entretenir-me gaire. A penes uns dies per a meravellar-me de la bellesa de la ciutat, per a afermar els lligams d'amistat amb Joan de Ladernosa i vaig haver de partir de retorn a casa. Vaig agrair de tot cor l'hospitalitat de la família i, acompanyat d'un criat, vaig iniciar a cavall el camí cap a València.

Plovia abundosament quan vaig entrar a la ciutat, amb aquell excés violent, irreverent, com només cau la pluja a la meua terra. La roba, xopa sota la pesada capa, semblava que s'afeixugava a cada passa que m'acostava a la meua llar i sentia l'ànima ardent d'ànsia. A les alforges, notava com el testament gairebé bategava.

Ma mare em va rebre llagrimosa, vestida de negre com tota la casa. Els criats i les meues germanes també havien tintat de foscor les seues robes i els somriures semblaven haver-se esborrat del brogit de la llar. Vaig referir molt succintament els fets de Ponça, no volia detallar-los la lenta agonia del pare. Volia estalviar-los aquella crueltat inútil. A ells, ja els havien arribat notícies de la batalla i mil rumors sobre la situació del rei Alfons. València era un niu de maledicències i hipòtesis, però jo no tenia ganes d'escoltar-les. Estava molt cansat i una espessa mandra m'abassegava. Em sentia a recer de tot en el caliu de la llar familiar i durant dos dies a penes vaig eixir de les meues cambres. La família va respectar el meu aïllament i em va deixar dormir i madurar encauat rere la penombra suau de la soledat.

Finalment, uns quants dies més tard, vaig acudir a les habitacions de ma mare. La vaig trobar que brodava acompanyada de la meua germana Damiata i de les criades. Quan em veié, féu un gest i el servei va abandonar la cambra, lentament, girant el cap amb mirades encuriosides. Aleshores, féu també el mateix gest a Damiata.

–No vull, mare. Jo també vull parlar amb Joanot.

Ma mare em mirà interrogativa. Jo sentia debilitat per la meua germaneta i no li podia negar cap desig, ni en aquelles circumstàncies.

Em vaig asseure davant de ma mare, vaig traure el testament i li'l vaig lliurar. A penes el mirà. No l'agafà, i continuà brodant com si res.

–Què vols que faça jo amb això? Ton pare sabia perfectament què disposava... i sempre decidí amb saviesa.

–Però, què he de fer ara? Què m'aconselleu?

–Parla amb un notari, crec que el primer pas és fer l'inventari dels béns.

–I Galceran? Què pensarà el meu germà de tot açò?

Damiata es va cobrir la boca per amagar un crit de sorpresa. Fins aleshores no havia comprés què era aquell document. Ma mare la mirà un instant, reprenent-la, i després continuà.

–Galceran haurà d'assumir la voluntat del pare. Què pot fer si no? A més, estic segura que ton pare no l'ha deixat sense res.

Ma mare no deixava de sorprendre'm. Coneixia perfectament les intencions del seu espòs. I em vaig sentir estúpid per no haver-ho suposat.

–Li dóna Llíber.

–Aleshores, ja en té suficient. Més del que es mereix fins i tot –s'aixecà de la butaca i deixà la tela que estava brodant a terra–. Joan, crec que ton pare va prendre una decisió encertada nomenant-te hereu, ell no era home de deixar-se emportar per rauxes. Des d'aquest moment tot el pes de la família descansa en tu i, sincerament, no crec que puga estar en millors mans.

L'endemà de matí, Galceran entrà violentament a la meua cambra mentre dormia i em despertà de manera brusca.

Jo encara estava mig somnolent, sorprés per aquella visita intempestiva. Em vaig incorporar amb dificultat, refregant-me els ulls de son.

–És cert? El pare t'ha nomenat hereu?

M'agafà de la pitrera de la camisa de dormir i l'aixecà cap amunt. Veia els artells del seu puny marcats amb força a poca distància del meu rostre.

–Ets un malparit. Has aprofitat el viatge per convéncer el pare i aconseguir per a tu tota la riquesa de la família.

Era força incòmode parlar en aquella situació. Em va venir al cap la idea de colpejar-lo i de fer que m'amollàs de seguida, però vaig tenir prou seny per a controlarme. Aquella no hagués estat la manera d'actuar que mon pare esperava de mi.

–T'assegure que no. Vaig intentar impedir-ho, però el pare ho tenia decidit ja des d'abans que partíssem.

M'empenyé amb força cap enrere. El jaç esmorteí la violència de l'espenta.

–Açò no quedarà així. T'ho assegure.

Féu mitja volta i sortí. Estava clar que Damiata havia explicat la situació al meu germà aquella mateixa nit. Em vaig quedar pensarós. Des d'ara hauria d'anar amb compte què deia i davant de qui parlava. Ma mare, com sempre, havia tingut raó en intentar fer-la fora.

L'endemà vaig rebre la visita del notari Pere Andrés. Havia vingut en nom de Galceran a confirmar l'autenticitat del testament. Li'l vaig mostrar en presència de ma mare i de Damiata, que no digué una paraula en tota l'estona. Volia que totes dues fossen testimonis de la verificació. El notari va mirar el testament en silenci. Va comprovar les clàusules i les signatures. Quan hagué acabat, ronquejà una mica i, sense dir res, se n'anà.

Aquella mateixa vesprada hi tornà. Tenia un missatge del meu germà. Només acceptaria el testament, amb totes les clàusules si, a més del senyoriu de Llíber ja estipulat en el testament, ma mare i jo mateix ens fèiem càrrec d'un petit deute que havia acumulat Galceran en els darrers temps.

–Quin deute? –cridà la mare.

–Bé..., els negocis del vostre fill no han estat molt afortunats darrerament, senyora.

Ma mare em mirà fixament.

–A quant puja el deute? –vaig indagar.

El notari em va passar un full escrit. A sota hi havia escrita la quantitat de vint-i-sis mil sous. Era una xifra astronòmica. No comprenia com havia pogut endeutar-se fins aquell punt, el meu germà. Aquella despesa deixaria la hisenda familiar molt més esquifida que no ho estava. Però jo, tot i que sabia que aquell testament era legal i que el meu germà no podria fer-hi res, no volia exposar els Martorell a judici públic. L'honor de la família quedaria en entredit i això jo no ho volia. Vaig doblegar el paper i me'l vaig guardar.

–Digueu al meu germà que accepte el seu deute.

El notari assentí satisfet, però ma mare reaccionà abans que el notari giràs cua.

–Amb la condició que si Galceran no té cap fill legítim, a la seua mort el senyoriu de Llíber torne a la família. A Joanot o a qui quede viu. –Ma mare s'adreçà a mi en veu més baixa.– Com a mínim, assegurem les nostres terres.

Galceran feia anys que era casat, però fins aleshores no havia tingut cap fill amb la seua dona. Tothom començava a pensar que potser ella era erma. Galceran no ho podia ser perquè ja tenia reconeguts un parell de fills bastards. Per això, ma mare havia exigit aquella clàusula. Segurament la seua dona no infantarà cap fill, per tant, Llíber només estaria fora de les propietats de la família una temporada. Amb el temps tot el patrimoni tornaria a estar junt.

El notari repetí el gest d'assentiment davant de la proposta de ma mare.

–Estic segur que ho acceptarà.

Saludà respectuosament i eixí de la casa.

Aclarit el problema de l'herència del meu germà, m'havia de fer càrrec de tota la família. No solament de les rendes familiars i dels deutes, sinó que havia de procurar pel bé tots els seus membres. Estava sota la meua mà directament el benestar de ma mare i dels meus germans Jofré i el petit Jaume, el de les meues germanes Damiata i Isabel i, indirectament, el de Galceran i la meua germana Aldonça, casada de poc, però que seguia sent una Martorell.

Començà, llavors, un període de febrosa activitat. M'ocupava dels negocis familiars i intentava amb dificultats endreçar els assumptes del meu pare. Ell havia estat un gran cavaller i, juntament amb el meu avi, havien aixecat el casal familiar sempre a recer dels reis. Ara que els Trastàmara governaven, la situació s'havia fet més dificultosa perquè havíem perdut els favors reials i mon pare no havia sabut adaptar-se a la nova situació.

Jo cobrava les rendes dels senyorius que encara eren nostres i, a més, intentava estalviar perquè hi havia, en una perspectiva no molt llunyana, una nova despesa de diners: el dot de les meues germanes solteres. Tant Damiata com Isabel ja estaven en edat de començar a pensar en noces. Damiata ja feia temps que era una dona i si no hagués estat per la inestable situació de la família, probablement ja hauria estat casada o, com a mínim, promesa en matrimoni. Isabel encara no. Era la petita i la seua aparença malaltissa i el seu posat feble encara la situaven fora de l'atracció dels homes. Isabel potser mancava de la bellesa de la germana major, però era més alegre i més dolça i a mesura que es feia més gran creixia també la tendresa del seu caràcter. La meua obligació com a cap de família era procurar un casament digne per a elles i profitós per a tots els Martorell.

Passat el dol inicial, començàrem a recuperar una certa normalitat. Rebíem parents i amics que alegraven les nostres ànimes. I, encara que ma mare continuava amb el negre rigorós, les meues germanes ja es permetien suavitzar una mica la color de la tenebra. Galceran va tornar a aparéixer per casa poques setmanes més tard de la signatura del document amb el seu notari. No estava feliç, però sabia que amb aquell acord li havíem fet un gran favor.

Per aquella època va venir a visitar-me Jaume de Vilaragut que havia tornat de Sicília feia pocs dies. Havia sobreviscut sense problemes a la batalla de Ponça. Havia lluitat valerosament tant com havia pogut, fins que l'havien desarmat i capturat. Ell em va explicar els fets ocorreguts amb Alfons perquè els coneixia de primera mà. Jaume havia estat un dels cavallers arrestats al costat del rei a Milà durant les setmanes que el monarca havia romàs empresonat.

Jaume estava cansat de tanta batalla i de tant de viatge i tenia ganes d'evadir-se. Amb ell vaig recórrer algunes de les cases de dones de més renom de la comarca. No entraré en detall contant-vos açò, car no interessa a la història i no és motiu d'orgull. Però sí que us diré que Jaume, en qüestió de dames, era insaciable. A elles els atreia aquell posat de cavaller poderós i brutal, i ell encalçava qualsevol faldilla que es posàs al seu abast. Asseguts en una de les posades del port, completament borratxo i amb una dona sobre les seues cames a qui de tant en tant acaronava els pits, em va contar els fets de Milà i el desengany que havia patit amb el rei.

–La resistència va ser gairebé nul·la a bord del galiot. No hi havia pràcticament amb què lluitar i el rei va demanar que no hi hagués batalla perquè, en cas de lluita, la seua vida corria perill. Per això, la presa del vaixell es féu sense vessar a penes ni una gota de sang. Mentrestant, al seu voltant, les altres naus eren destrossades per les tropes genoveses i els soldats queien morts en nom seu.

»Amb el seu mateix galiot, el rei i els nobles van ser duts a Milà. Allí, Felip Maria Visconti, el duc, ens va rebre a tots molt amablement i ens va dir que, més que els seus presoners, havíem de considerar-nos els seus convidats temporals. A mesura que passaven els dies, observàvem com el temps que passava el nostre rei en companyia del duc era major, i observàvem també com aquella cordialitat forçada del començament esdevenia veritable amistat.

Jaume féu un altre glop, besà la xica en la boca i tornà a posar-li la mà sobre el pit a través d'una obertura que li havia fet en la camisa. Després continuà.

–Al començament ni es miraven i al final es besaven en la boca com a signe de respecte. Per això, quan arribaren els ambaixadors per negociar el rescat, el duc i el rei ja tenien emparaulat un acord.

Jaume féu un colp violent sobre la taula i la jove que tenia al damunt gairebé va caure a terra.

–I és que els dos fills del diable havien decidit dividir-se el territori. El nord per al duc i els milanesos, el centre per al papa i el sud per a Alfons. I així passarà.

Havia aixecat tant la veu que els clients de les taules properes giraren la vista i ens miraren de manera incriminadora. Malparlar del rei Alfons era un delicte que podia pagar-se amb la mort.

Vaig voler emportar-me el meu amic per evitar mals majors. Jaume es va alçar amb dificultats. Va besar passionalment la dona en la boca i vam eixir a respirar l'aire suau de la primavera. Es va recolzar sobre el meu muscle i vaig poder sentir el seu alé alcohòlic.

–Quan tinga prou diners, Joanot, agafaré una nau i una tripulació valerosa i navegaré pels mars conquerint-ho tot. Tot, ho entens? I ho faré per a qui millor em pague, i no per a reis traïdors que només s'interessen per ells mateixos i tant els fa què els passe als seus súbdits. Ho faré per mi, per mi i per l'honor més gran de la cavalleria.

Ho havia dit cridant enmig del carrer. Era evident que afirmant aquelles coses no el podia deixar anar solt. A València hi havia molts homes armats fidels a Alfons, i Jaume de Vilaragut podia tenir problemes seriosos si se'n trobava algun. Amb l'ajuda de dos criats el vaig portar a ma casa. Durant unes quantes setmanes, va romandre hostatjat al meu casal, però el seu esperit bel·licós era incompatible amb la tranquil·litat relativa de la ciutat de València. S'avorria i cada vegada bevia més. Jo no el podia acompanyar totes les nits i en algunes ocasions, quan tornava, tenia marques de baralles i de colps. Per tota la ciutat era coneguda la seua fama de guerrer i d'home busca-raons. Per això, malgrat el seu comportament, ningú no s'atrevia a reptar-lo en duel, ni tan sols cap marit, encara que fos més que sospitosa la relació del meu amic amb la seua esposa.

Jo temia que una nit un grup d'assassins el cercaren i li feren la pell.

Un matí es va presentar davant meu i em va dir que se n'anava. Hi havia rumors de noves batalles a Itàlia i es delia per partir.

–Sé que tu no pots venir amb mi encara. Quan tingues solucionats els teus afers, t'espere.

El vaig envejar amb tota l'ànima. Jaume tenia la vida que jo hagués desitjat, ell podia fer allò que per a mi estava vedat. La meua responsabilitat com a cap de família podia més. Tenia l'obligació de sanejar els comptes familiars i pensava complir-la. Jaume de Vilaragut partí. Abans de marxar, m'abraçà fraternalment. Després, muntà a cavall i es dirigí cap al port on ja l'esperava un vaixell. Mentre veia com la silueta de Vilaragut s'allunyava, em vaig sentir absolutament sol i aclaparat per tot el que m'esperava.

Els negres núvols que cobrien la hisenda dels Martorell s'esvaniren. Vaig vendre alguns petits pobles i vaig aconseguir, encara que amb un patrimoni més reduït, que els nostres cofres tinguessen moneda. Per fi aconseguíem una certa estabilitat i de nou el cognom Martorell fou ben considerat entre els nostres iguals.

Fruit d'aquesta millora, fou la celebració d'una festa a casa nostra. Des de feia molts anys no s'havia acomplert cap esdeveniment a la llar dels Martorell. Volia que el nostre rescabalament tingués repercussió i es fes evident la nostra prosperitat recuperada.

Vaig enviar una carta a la reina convidant-la-hi i vaig fer el mateix amb els representants de les millors famílies valencianes. Tots, excepte la reina Maria, hi acudiren. L'àpat fou fantàstic; com podeu suposar, vam tenir cura de tots els detalls. Els millors capons i les millors gallines delitaren els convidats. Els vins més dolços i perfumats alegraren els nostres esperits i els massapans i confits endolciren els paladars més exigents, mentrestant els músics harmonitzaren la nit amb els seus sons suaus.

Tothom semblava feliç. Les meues germanes eren festejades per alguns cavallers i reien felices. Isabel, més tímida, passà gairebé tota la nit rebent les atencions del cavaller Ausiàs March, fill del famós soldat i poeta Pere March. Ausiàs era un home seriós i molt ben relacionat amb el rei Alfons. Vaig pensar que aquell podria ser, en un futur pròxim, un matrimoni molt adient per a Isabel. I aviat vaig iniciar els contactes per al prometatge.

Quan acabà la nit, em sentia molt content. Tot havia estat perfecte i, encara que les despeses foren altes, aquella vetlada havia significat el retorn oficial dels Martorell a la vida pública que els pertanyia. Ara, n'esperava les conseqüències beneficioses.

Les setmanes posteriors molts dels components de la noblesa tornaren a visitar el nostre casal. Alguns per parlar amb mi i uns altres, simplement, per festejar les meues germanes. Era un clar símptoma que la nostra situació havia arribat a un punt d'inflexió en la festa d'aquella nit. Semblava que tot canviaria.

Durant mesos, em vaig acostumar a aquesta vida de gran senyor. M'agradava sentir com en la meua presència la gent s'inclinava cortesament. Gaudia amb els comentaris mig xiuxiuejats sobre la gestió feta al capdavant dels interessos dels Martorell. I em complaïa en l'exhibició, de vegades impúdica, de dones solteres i de dones casades, davant meu.

Damiata també havia atret definitivament l'atenció dels homes. Començava a ser festejada especialment per Joan de Montpalau, un dels cavallers amb més renom de la ciutat. En aquelles setmanes es féu quotidiana la seua presència al nostre casal. Montpalau era un home de mitjana edat que ja començava a tenir dibuixats als cabells alguns fils blancs. Era molt solvent econòmicament. Les seues rendes assolien uns valors gairebé incalculables. I, tot i la diferència d'edat i que Montpalau tenia una certa fama de seductor, la meua germaneta es veia feliç al seu costat.

Una vesprada entrà Damiata a la meua cambra mentre treballava. Començava a fosquejar i ja a penes podia distingir les xifres que, maldestres, havien escrit alguns dels meus administradors en els pobles més llunyans. Per això m'alegrà rebre la seua visita. Tancà la porta i s'assegué al meu davant. Em vaig adonar que tenia els ulls enrogits d'haver plorat.

–Què et passa, Damiata? Quina cara que portes?

Damiata era la nena consentida de la casa i sovint qualsevol petitesa era convertida per ella en una catàstrofe. No em vaig preocupar en notar-la així. No era la primera ocasió en què veia com acudia davant del meu pare amb llàgrimes als ulls per haver transformat en drama alguna ximpleria. Ara, jo havia recollit el paper de conseller i jutge per a tots els afers de la casa i era a mi a qui evidentment havia de dirigir-se.

–He de parlar seriosament amb tu.

–Què passa, Damiata? –vaig fer d'endeví–. Quina criada t'ha fet enutjar?

–No, no és res d'això. És un assumpte d'extrema importància.

Es cobrí el rostre amb les dues mans.

–He estat enganyada.

–Enganyada? Què vols dir? Enganyada per qui?

–Per Joan de Montpalau.

Vaig pensar que Montpalau potser havia discutit amb ella per alguna fotesa. Confiava en Montpalau. De fet, era familiar nostre, encara que llunyà. Son pare i el meu eren cosins. I era dels pocs que en els temps difícils no ens havia deixat de costat. Per això i pels vincles familiars, tots el consideràvem un més dels Martorell. En moltes ocasions, ja abans del festeig dels darrers temps amb Damiata, havia compartit amb nosaltres la taula i el vi. Era benvingut a casa nostra i estimat per tota la família.

–Però què t'ha fet Joan? –jo no acabava de prendre'm seriosament la meua germana i hi vaig fer burla–. T'ha fet trampes als escacs?

–M'ha deshonrat. Em va dir que era la seua esposa. I ara ho nega.

A Damiata li costava moltíssim expressar-se. Les llàgrimes li impedien oferir un discurs coherent i jo cada vegada m'impacientava més. Finalment, enmig de sospirs i plors, Damiata s'explicà. Ella i Montpalau havien celebrat bodes sordes. Com sabeu, és una manera de celebrar el vincle matrimonial que està admés legalment i als ulls de Déu encara que en els nostres dies a penes s'usa, i ja aleshores només solia utilitzar-se quan una de les parts de la família no estava d'acord amb el matrimoni o quan el desig dels enamorats era superior a la seua paciència. Joan de Montpalau i Damiata semblava que havien decidit emprar aquesta disposició.

La meua germana es feia entendre amb dificultat pels sanglots mentre explicava el procediment. Jo també coneixia perfectament la cerimònia del matrimoni secret i no em va caldre gaire més explicació. Entraren junts a la cambra d'ella, declamaren davant d'un crucifix la tradicional fórmula de consentiment mutu *per verba de praesenti*. Primer *ego te recipio in meam*, per la qual l'home acceptava la dona, i després la resposta: *et ego in meum*, per la qual Damiata consentia ser presa. Més tard, es despullaren i feren la seua diversió. Damiata fou desflorada. No hi havia hagut engany. Aquell matrimoni era legal.

Quan Damiata acabà de parlar, jo tenia ganes de matar. La meua germana havia estat ultratjada. Vaig agafar el cavall i em vaig presentar a casa de Montpalau. Un criat em va dir que el seu senyor no hi era i em va demanar amb altivesa que tornàs en un altre moment. Vaig traure una daga i la vaig posar al coll del criat que m'impedia passar. El criat perdé tota l'arrogància a l'acte i, esporuguit, confessà que el seu senyor havia decidit retirar-se durant unes setmanes a una de les seues propietats. Entre llàgrimes pregà que el cregués i que no el matàs. S'havia orinat al damunt.

La situació no podia quedar així. L'honor dels Martorell havia estat burlat amb l'afront a Damiata. Montpalau havia de pagar-ho. O es casava amb Damiata o moriria.

De retorn a casa, vaig fer venir un secretari i vaig redactar un cartell de deseiximent. En virtut d'aquell escrit i des d'aquell mateix moment, Joan de Montpalau esdevenia, als ulls del món, enemic meu en tant que no acceptés les meues condicions. Vaig seguir el procediment cavalleresc, que vós coneixeu tan bé, i vaig dictar el text i el vaig fer copiar immediatament a sota amb les mateixes paraules. Després, tal com és pertinent, vaig col·locar les lletres ABC entre les dues còpies i vaig dividir els escrits partint les majúscules. Així, fent encaixar les dues còpies, es podia comprovar, en cas de dubte, l'autenticitat del document. Finalment, els vaig signar.

Esperava que Joan de Montpalau recogitàs. Sovint, després d'unes bodes sordes l'amant dubtava i una petita pressió de la família aconseguia que l'enamorat complís el jurament. Aquest era el risc que comportava un matrimoni secret i la causa que cada vegada siga menys habitual. Les dames no solen fiar-se de les paraules dels amants. Prefereixen un document i una cerimònia pública.

Vaig enviar un criat amb la carta. No volia que allò degeneràs en una batalla a ultrança encara, per això a l'escrit li vaig recordar, en primer lloc, l'hospitalitat i la confiança que a casa nostra li havíem hagut i, després, li feia observar quin pagament ens estava fent del nostre capteniment. Només al final de l'escrit l'amenaçava amb un combat a mort, al Juí de Déu, si continuava negant-se a complir la paraula donada. La meua actitud era la correcta. Com a cap de la família, no podia obrar de cap altra manera i Montpalau havia de saber-ho.

Aviat van córrer rumors per tot València. Tot i que la nostra ciutat és gran, sempre ha tingut una especial atracció morbosa per aquests assumptes, i jo aleshores encara no podia ni intuir que amb el temps també faria ús d'aquest interés. La notícia, primer amb discreció i després més obertament, començava a difondre's.

Mentre esperava rebre notícies, vaig tornar a parlar amb Damiata. No és que no cregués la seua paraula, però davant d'un greuge tan gran volia assegurar-me que els fets havien ocorregut tal com ella m'explicava. No volia que tot fos un malentés o, pitjor encara, un enginy de Damiata per aconseguir marit. Ja sabeu de la invenció de les dones que sovint creuen veritat allò que somnien i usen de falsedat sens pietat. No seria la primera vegada que una dama es casava utilitzant la mentida com a arma. Entre llàgrimes, gemecs i juraments, la meua germana em confirmà paraula per paraula tot el que m'havia dit en la primera ocasió. No hi cabia dubte.

La llar dels Martorell tornava a ser el sepulcre de quan va morir el meu pare. Ma mare passava els dies a la capella resant i sense voler parlar amb ningú. Galceran va venir per encoratjar-me. Però jo sabia que, realment, l'únic que estava fent era descansar en mi el pes de l'honor de la nostra germana. Si Montpalau es negava a casar-s'hi, jo hauria de combatre.

Quatre dies més tard, Montpalau contestà. I ho féu de la pitjor manera que podia. Si hagués negat que havia mantingut qualsevol tipus de relació amb la meua germana, es podria haver pensat que allò era, com jo vaig sospitar en principi, un estratagema de Damiata per atrapar l'home estimat i el seu honor podia haver quedat sa i estalvi. Però Montpalau no féu tal cosa. Rebutjà haver fet jurament de matrimoni a Damiata i no desmentí haver-hi mantingut relacions. L'honor de Damiata, per tant, estava més que ultratjat, condemnat. A més, Montpalau es permetia el luxe de fer el fatxenda i acceptava la batalla a ultrança proposada al final de l'escrit. Com a part requerida, triava les armes i em donava un termini de sis mesos per a buscar un jutge que fos adient.

A més, fixà aquesta lletra de batalla a les portes de la catedral de València. Com vós sabeu, és costum fer enganxar les lletres en llocs públics per tal que tothom s'assabente dels afers entre el requeridor i el request. Però ja aleshores no es feia gairebé mai en assumptes tan delicats com el que ens afectava, per raons òbvies. Ara la ciutat de València, si encara quedava algú que ho ignorava, sabria que Damiata havia perdut la virginitat i, si no era Montpalau, li seria molt difícil trobar un marit que l'acceptàs desvirgada. Si Montpalau no ho hagués fet públic, tot podia haver quedat en un rumor i, encara que amb dificultats, amb els anys podria haver trobat algú disposat a casar-se amb la meua germana, perquè ja sabeu que el temps és l'amant de l'oblit i que els vents i els diners cobreixen tota màcula.

Vaig embogir. Ràpidament ens creuàrem una sèrie de lletres de batalla per fixar el lloc i la data del combat. Vaig acceptar, sense quasi pensar-hi, totes les condicions de Montpalau. L'únic que volia era veure'l mort. Havia deshonrat la meua família i ens havia humiliat. Ens havia costat molt tornar-nos a aixecar i, ara, quan quasi ho havíem aconseguit, esdeveníem la riota de tota la noblesa valenciana.

Els negocis familiars es van haver de quedar de costat. L'honor s'imposava a tots els plantejament econòmics que tenia prevists. Així m'havia ensinistrat mon pare i així havia de ser. El problema més urgent era buscar algú que ens fes de jutge en la batalla. Montpalau m'havia posat un termini i, si en aquest període de temps no en trobava, jo també quedaria sense honor, com un covard.

L'ambient al nostre voltant es veié afectat per aquest afer. No sols perquè Damiata havia perdut l'esperança del matrimoni i ara, com ma mare, es passava el dia tancada a la seua habitació, resant, plorant i sense parlar amb ningú; sinó perquè la resta dels Martorell vam haver de suportar que les converses es tallaren quan nosaltres apareixíem o que, fins i tot, l'altra germana, Isabel, veiés com el seu enamorat Ausiàs allargava tant com podia les visites a casa nostra. L'odi em pujava a batzegades intenses. Volia matar Montpalau amb tota l'ànima, necessitava la batalla per a véncer-lo, que es confessés vençut i mentider, o que morís en la lluita. Volia la seua sang en la meua espasa.

Em vaig adonar que, a través de les cartes que ens enviàvem, Montpalau intentava ajornar, amb absurdes petiteses de jurista, el moment de la baralla. Aquesta ridícula actitud em féu notar que Montpalau estava espantat. Un cavaller no hagués actuat mai d'aquesta manera. Era una mostra més de la seua covardia de seductor enredaire.

Trobar un jutge de lliça era complicat. El rei Alfons no podia esdevenir-ne mai, ja que com vós sabeu, les regles de la cavalleria prohibeixen que un rei siga jutge entre dos súbdits si no hi ha pel mig un cas de traïció. I, per a acabar-ho de complicar, la reina Maria s'assabentà del nostre afer. De fet, tot València el coneixia i el comentava i, per tant, no fou estrany que la notícia arribàs també, entre missa i missa, a la monarca.

Un matí es presentà un lacai i amb indolència em lliurà un escrit pel qual em feia saber que la reina Maria m'esperava immediatament. El mateix lacai m'acompanyà en silenci durant tot el trajecte. En arribar, vaig ser conduït davant la presència de la sobirana escortat per quatre soldats.

Maria havia envellit molt des de l'última vegada que l'havia vista. La roba negra que tradicionalment vestia semblava, com ella, rebregada i cansada. El rostre havia guanyat en severitat i els llavis prims tenien un rictus d'ofensa permanent. Potser ja havia perdut l'esperança que Alfons tornàs al seu costat. Corria el rumor que el rei no sols continuava capficat i batallant per aconseguir Nàpols, sinó que a més havia perdut el cap per una italiana que li feia el paper de reina al llit i fora d'ell.

–Els rumors no són bons.

Semblava que la reina m'havia llegit el pensament i em vaig enrojolar. L'accent de Maria era terrible. Havia arribat des de Castella feia molt de temps i a penes s'havia interessat per aprendre la llengua de la nació en què regnava. Després de la marxa del rei, havia omplert la cort de gent procedent de Castella més interessada a aprofitar-se dels beneficis reials que a treballar pel poble que regien. Aquests nobles castellans eren els mateixos que feien de consellers a la reina i que no entenien ni respectaven els drets dels nostres Furs.

–Com dieu majestat?

Encara era amb un genoll a terra, esperant el permís per a alçar-me. La reina me'l donà amb un gest i vaig incorporar-me. Maria s'aixecà del tron i féu unes passes per l'estança. Al seu voltant, els consellers mantenien la distància i observaven la reina per si desitjava alguna cosa.

–Deia que no m'agraden els comentaris que sobre vós es fan.

–A la meua conducta no se li pot fer cap retret –havia après alguna cosa del meu pare–, ni tampoc a la meua fidelitat envers vós i el rei Alfons, majestat.

–Diuen que esteu buscant jutge per a una batalla a ultrança –continuà sense fer mostra d'haver-me escoltat.

–És un deure defensar l'honor de la família i una batalla al Juí de Déu és en aquest moment...

La reina esclatà i m'interrompé violentament.

–L'honor de la família? N'estic farta de tanta estupidesa! Només Déu pot decidir quan un home ha de morir. Preteneu tacar de sang les vostres mans per un assumpte d'alcova? I, a més, posar Déu pel mig? Millor hauria fet la vostra germana de tancar les cames a hora i de posar-se a resar per la seua salvació.

Sentia pujar la indignació al meu rostre, que em bullia. Si hagués estat un home l'hauria morta allà mateix.

–Majestat, si ja heu acabat –la vaig interrompre–, tinc coses a fer.

Em mirà amb odi. A la reina no se la podia interrompre i encara menys ningú podia permetre's el luxe de decidir quan havia d'anar-se'n. Els soldats feren un gest cap a mi. La reina els mirà i s'aturaren. Després continuà amb el mateix to agressiu.

–Intente comprendre els vostres sentiments. Sé que veniu d'una família de molt de prestigi en aquestes terres, però a Castella, la premissa principal és l'obediència i vós no teniu humilitat per a saber que, quan els monarques parlen, heu de callar i obeir.

–Disculpeu majestat, en aquestes terres sempre hem estat molt respectuosos amb els nostres sobirans, però els reis no solien ofendre ni insultar els seus vassalls.

La reina envermellí d'ira i em parlà a crits.

–Us previnc que teniu prohibida la celebració de qualsevol batalla a ultrança dins dels meus territoris. Si ho feu sereu castigat amb severitat. Teniu prohibit l'enfrontament amb el meu súbdit Joan de Montpalau. Ho heu comprés?

–He escoltat les vostres paraules, majestat.

La reina es girà d'esquena.

–Podeu marxar!

Sentia la cremor de la ràbia travessant-me la sang. Podeu imaginar fins on arribava la meua indignació. La ira era senyora del meu pensament. Vaig eixir del palau i vaig tornar a casa a galop, forçant la pobra bèstia fins al límit, intentava descarregar la meua ràbia esperonant el noble animal. No sabia què fer. Si contradeia la reina tindria problemes però, i l'honor de la meua germana? I l'honor de la família? Montpalau podia negar-se a acceptar una batalla amb l'excusa que la reina li ho havia prohibit. Aquella humiliació als Martorell no podia quedar així.

Vaig entrar a les estances de ma mare. Estava agenollada davant de la seua petita capella i orava en silenci.

S'aixecà quan m'hi veié entrar i s'assegué en una de les butaques envellutades de la sala. Li vaig veure ombres fosques sota els ulls. No feia gaire que acabava de plorar.

–Què ocorre? Quina mala nova em dus ara?

Ma mare em coneixia els sentiments tan sols mirantme als ulls. El meu cor havia estat sempre transparent al seu esguard.

–La reina Maria m'ha prohibit l'enfrontament amb Montpalau.

Ma mare s'estrenyé les mans. Semblava que havia agafat fred i la seua veu sonà desmaiada.

–I què podem fer davant de les ordres de la Corona?

–No ho sé del cert. El cor em demana no fer cas de la reina. Què puc fer si no? Si Montpalau no és vençut, l'honor dels Martorell estarà embrutit per sempre.

–I, aleshores, la llei?

–El dret dels cavallers està per damunt de la infàmia dels senyors. Això m'ho ensenyà el pare i si ell estigués viu faria el mateix.

Ma mare somrigué.

–Llavors, ja tens la decisió presa. No et cal el meu consell.

Em vaig asseure als seus peus, com quan era un xiquet.

–De la manera com ocorreran les coses haurem de gastar molts diners.

–I vols la meua autorització, no? –m'acaronà els cabells–. No et cal. Ja et vaig dir en una ocasió que tu ets el cap de la família. Les teues decisions són les decisions de tots. De tota manera, no crec que cap Martorell preferisca les terres a l'honor.

Els mots de la mare foren un bàlsam per a la meua atribolada ànima. Tenia la seua llicència i el seu consol i volia començar a moure'm de pressa. Però la ràpida reacció de la reina ens sorprengué i no ens va donar temps a iniciar els afers. L'endemà mateix ens arribà una provisió de la Cancelleria Reial en què s'exigia que es complís una ordre d'embargament contra el meu pare, la meua mare i el meu germà Galceran. Aquesta resolució venia d'un plet de tres anys abans amb el mercader Vicent Granulles per un deute degut a una exportació comercial que no arribà a bon port.

Ara, casualment, havia eixit la sentència i, casualment també, anava en contra nostra. Com a hereu, vaig haver de fer front al pagament, que era molt elevat. M'exigien dos-cents florins més cent quaranta ducats d'or. No cal que us diga com va quedar d'afeblit el nostre patrimoni amb aquesta despesa. Els escassos rendiments pecuniaris que havia aconseguit extraure els darrers mesos van quedar reduïts gairebé a no res. Precisament, el que pretenia la reina Maria. Dificultar-me la recerca d'un jutge i avisar-me de què podia passar amb els Martorell si persistia en la meua actitud.

Però si la reina pensava que amb aquesta provisió de la Cancelleria havia aturat els meus propòsits, havia de quedar ben decebuda. A cada pas, l'afer de Damiata esdevenia una qüestió més personal. La meua còlera bullia com l'oli, la ràbia m'encegava i el desig de justícia m'abassegava les entranyes.

I encara més quan, una setmana més tard, Joan, el germà del rei, va emetre des de Navarra un guiatge a favor de Montpalau a petició del braç militar de les Corts del regne. Era més que evident que Montpalau tenia bons padrins i que volia tancar-me totes les portes. Però jo no estava disposat a deixar-me vèncer. Encara no havia nascut ningú que pogués pretendre passar per damunt d'un Martorell i se'n sortís.

Hauria desitjat que els jorns fossen més llargs per guanyar temps. Montpalau tesava les circumstàncies dient-me que si no trobava un jutge a temps el deshonor era meu, tot i saber que ell mateix estava barrant-me les opcions. Vaig escriure a l'infant Enric d'Aragó, l'altre germà del rei, explicant-li l'assumpte i em contestà autoritzant l'ampliació del termini de recerca del jutge a vuit mesos. Montpalau no s'ho esperava, però no podia negar-se a obeir la paraula de l'infant i va haver d'acceptar-la. El conflicte començava a implicar massa gent important i a crear expectació entre tots els cavallers del territori. Alguns amics de la família van venir a veure'm amb bones paraules i amb la intenció que abandonàs la idea del combat. No era una bona decisió enfrontar-se a la voluntat de la reina.

–I l'honor de la meua germana? –els preguntava de seguida.

Abaixaven el cap en silenci. Per a ells, no existia cap honor violentada perquè no hi havia hagut promesa de matrimoni, sinó acceptació del desig carnal. Si Montpalau, vençut, no confessava la seua infàmia, Damiata quedaria marcada per sempre.

Havia de moure'm amb rapidesa si volia que el combat se celebràs. Tenia les idees clares, però el problema principal era que els terminis perien amb rapidesa i jo necessitava temps per a posar les coses en ordre. Vaig fer avisar el meu germà Galceran i el vaig posar al corrent de la situació. Vaig signar un document davant notari pel qual, en la meua absència, Galceran prenia el control dels negocis de la família i podia utilitzar els diners i les terres tal com li plagués, amb la salvaguarda que ma mare sempre havia d'estar d'acord amb les seues decisions. Després vaig partir.

De nit, com si fos un lladre i per evitar que els espies de la reina se n'assabentassen i m'impedissen el viatge, vaig fugir acompanyat del meu germà petit Jaume i d'un escàs grup de criats i de servidors. A la porta del casal, ens abraçàrem tota la família com quan vaig partir cap a Nàpols amb el pare. Com aleshores, Galceran quedava al comandament i jo partia cap a la incertesa. Passaria molt de temps abans que no tornàs a veure ma casa, però jo encara no ho sabia. M'emportava en la memòria una imatge trista. Al fons les meues germanes, Damiata deshonrada i Isabel cada dia més pàl·lida, amb les seues noces gairebé paralitzades amb el cavaller Ausiàs March; el plor de ma mare de música de fons i jo, combatent incert, que partia a protegir l'honor d'aquell petit caliu familiar que veia fràgil i indefens.

Vam arribar a Barcelona ràpidament. La família Ladernosa ens va acollir amb la mateixa amabilitat de la vegada anterior. Ells mateixos em posaren en contacte amb un prestador quan jo no vaig voler acceptar els seus diners. Joan m'acompanyà a parlar amb Joan Miqueli, que era el representant d'uns mercaders llombards que estaven establerts a Milà: Venturini i Felipo de Baromeis. Amb ells vaig negociar uns pagarés posant com a fiança algunes de les terres que encara posseíem. Foren justos.

En aquells moments, tothom sabia quina era la finalitat d'aquells diners i, encara que qualsevol que fes aquell préstec sabia que s'arriscava a posar en contra seua la cort sencera de la reina Maria, els Baromeis eren especialment sensibles en aquest assumpte i s'hi arriscaren. Una germana dels Baromeis també havia estat deshonrada. L'home que ho féu va ser perseguit i mort sens pietat per Venturini, que es rabejà en la violència quan el seductor es confessà vençut.

Encara era a Barcelona quan m'arribaren notícies d'una carta de deseiximent de Galceran a Ausiàs March, promés d'Isabel. Semblava que Galceran havia agafat seriosament el paper de cap de la casa i ara defensava els interessos de l'altra germana, potser amb ímpetu excessiu. Però jo tenia suficients problemes amb l'afer Damiata i confiava en el bon juí d'Ausiàs, potser més que en el del meu germà, perquè tot quedàs en no res.

I tenia un assumpte primicer per resoldre. L'obligació assumida com a requeridor de la batalla m'obligava a trobar un jutge per al Juí de Déu. Atés que Alfons no ho podia ser, havia de buscar per altres corts algun monarca que ho acceptàs. Vaig enviar cartes a les corts més properes. La família Ladernosa féu ús de les seues relacions per fer-les arribar als llocs pertinents. Algunes quedaren sense resposta, en altres casos, refusaren la judicatura i m'enviaren un escrit amb excuses més o menys acceptables, però rere les quals es veien les pressions de la Corona. Finalment, algú es mostrà disposat a fer de jutge. No vaig voler perdre el temps, no fos cas que canviàs d'idea, i em vaig preparar immediatament per a la partida.

Em vaig acomiadar dels Ladernosa tot agraint-los la seua amabilitat i vaig fer tornar el meu germà Jaume a casa. Galceran necessitaria ajuda i consell de com més gent millor. Els criats van restar amb mi, per ajudar-me en el meu viatge, en el meu llarg viatge.

La mar ja no em feia por, ni tan sols aquella mar agresta dita Atlàntica en honor als habitants del continent perdut. De nit, elevant-nos en el petit galiot a causa de les ones i sota la tempesta, intuïa les majestàtiques figures dels atlants en cada esclat de llum sobre l'escuma. Dempeus, al costat del timoner, la pluja i la mar m'esguitaven de sal i de fred el rostre. Volia veure la costa, les roques aixecades de l'illa d'Anglaterra. El lloc on Fortuna tornaria a jugar a caprici amb la meua vida.

Tenia tots els salconduits signats; per tant, en desembarcar a Plymouth, vam ser tractats amb amabilitat pels senyors del territori. El segell del rei d'Anglaterra obria totes les portes.

Jo no entenia la seua llengua gutural, tan distinta de la nostra. Havia sentit parlar italians, castellans i francesos, i en tots trobava musicalitat, paraules, tons que em recordaven el meu idioma natural. Ara, havia d'acollir-me al llatí, la llengua franca, per fer-me entendre per aquells homes blanquinosos i descurats.

La meua destinació encara estava lluny i jo anhelava arribar-hi com més prompte millor. Per això vam descansar breument al port i després, amb rapidesa, ens vam dirigir per terra a la cort londinenca. Els paisatges humits i verdosos es difuminaven per la boira gairebé perenne, que feia esdevenir aquells camins nebulosos uns espais màgics on, d'un moment a l'altre, esperava l'aparició de la figura del màgic Merlí surant sobre el blanc. Era a la terra de la cavalleria i la meua ment, encara que cansada, s'enlairava recercant un món mític enmig d'aquells boscs.

De camí, vam topar amb un grup de comerciants que feien la mateixa ruta. Ens hi vam afegir per tenir algú que ens posàs al dia dels costums del lloc i que ens entretingués durant la resta del viatge. El mercader que organitzava l'expedició era un home gros amb una gran barba retallada. Havia viatjat per tot el món i parlava una barreja de llengües molt estranya que resultava divertida i, de vegades, incomprensible. Gairebé no ens preguntà res. Era d'aquelles persones que parlen sense aturador i que no es preocupen de les opinions dels altres. Ens comentà que tornava a Londres després de vendre les seues mercaderies a França, però aprofitava el viatge de tornada per portar a la capital anglesa teles de brocat i vi. Esperava fer un bon negoci amb les festes que estaven previstes per a unes setmanes més tard. El rei havia ordenat la celebració de torneigs, balls i mascarades i això atrauria molta gent de totes les contrades. El comerciant pensava augmentar els seus guanys amb aquell esdeveniment.

Entre acudits i facècies ens parlà del rei. No cal dir que aquell tema m'interessava profundament. Faltaven pocs dies perquè em trobàs amb el monarca que havia accedit a celebrar el meu combat i estava desitjós d'agrair-li el seu capteniment. Pensava que el comerciant alabaria el rei Enric, però sorprenentment abaixà el to perquè no l'escoltàs ningú. Encara que, amb la veu tan profunda que tenia, era gairebé impossible no sentir-lo.

–El rei està boig.

–Com dieu?

Assentí repetidament.

–Alguns diuen que està maleït o que és massa jove per a tenir seny, però el que passa és que la seua ment està malalta.

–No pot ser –el mirava per notar algun símptoma de plagasitat, com si allò fos l'inici d'un dels múltiples acudits amb què ens havia obsequiat durant el trajecte.

–No, us ho dic seriosament. Jo he servit als seus metges productes portats des de l'altra banda del món. Plantes exòtiques d'on els metges extrauen pólvores per calmar-li la bogeria. Quan el rei té un rampell de follia, la cort tremola. No seríeu el primer home que és ajusticiat allà mateix i per les seues mans. Així que, si us hi acosteu, aneu amb compte. No el feu enutjar.

Estava totalment atònit. El rei d'Anglaterra, a qui jo havia imaginat com a paradigma de la cavalleria, esdevenia en boca d'aquell home un dement perillós. No obstant la meua confusió, vaig agrair sincerament els consells del mercader i em vaig prometre interiorment d'estar alerta.

No tornà a parlar del rei. Hi havia massa gent al nostre voltant i el comerciant no se sentia de gust amb aquell tema. Canvià d'assumpte i ens féu riure amb diverses anècdotes inversemblants durant la resta del trajecte. Es plaïa molt de narrar aventures, jo suposava que imaginades, amb els personatges més estrambòtics. Es notava que havia fet milers d'hores de camí i que havia aprés a matar el temps per les sendes contant aquelles folgues.

Londres tenia una color marró i humida. Els afores de la ciutat arreplegaven la població de classe més baixa. A la capital anglesa, aviat ho descobriria, plovia sovint i la terra romania humida molt de temps, i així produïa fangars per tota la ciutat que donaven un aspecte de brutícia i sordiditat als carrers, especialment quan s'ajuntaven amb les restes escatològiques dels habitants. El comerciant ens va advertir que anàssem amb compte per aquells indrets dels encontorns de la ciutat. De fet, a penes hi vam entrar, col·locà dos mercenaris fortament armats al davant de l'expedició. Volia que actuassen com a mesura de dissuasió per a qualsevol lladregot que tingués la pretensió de robar-nos. I no era fútil aquella decisió. Als ulls de la gent que ens creuàvem hi veia encesa l'enveja i l'avidesa.

Ja dins de la ciutat ens vam acomiadar molt afectuosament del comerciant, que s'oferí per a tot el que em fos necessari, i em vaig dirigir a palau amb els meus homes. Les cartes i els salconduits no ens estalviaren haver de passar tres controls abans de ser rebuts per un dels consellers del rei. Després, ens aposentaren en unes luxoses cambres. Havíem d'esperar que el rei tingués un moment per a rebre'ns. I l'instant de retre-li respecte no va arribar fins uns quants dies més tard. Mentrestant, em vaig entretenir visitant el palau i la ciutat i començant a aprendre la llengua i els costums del país.

Londres era una ciutat bulliciosa, però no com València. Hi havia molt de tràfec de gent d'ací cap allà, tant com al meu país, però no notava aquella alegria sorollosa de la meua terra. Es podia percebre, a més, una por poc dissimulada per tot allò que tingués a veure amb el rei: soldats, funcionaris, espies. Una prevenció clamorosa que es traduïa en mirades de reüll i en una desconfiança cap a qualsevol desconegut, com jo, que fes preguntes poc convenients.

Això no obstant, després de véncer la prevenció de la població, vaig poder conéixer la vida i l'opinió que es tenia del rei. Enric VI de Lancaster, rei d'Anglaterra i d'alguns territoris de França, era encara un jovençol. Els francesos oscil·laven entre el neu Enric i Carles, que tenia la cort a Bourges, i que era reconegut com a rei per la majoria dels francesos. Durant el període de regència no havien parat els problemes amb França i, encara, a Londres escopien a terra quan sentien el nom de Joana d'Arc, que amb la seua valentia havia expulsat els anglesos d'Orleans feia gairebé deu anys.

Enric VI estava a punt d'arribar a la majoria d'edat i ja intentava actuar com a rei. No era bo que la institució monàrquica estigués sota les mans d'un nen i l'entorn d'Enric de Lancaster ho sabia. Per això s'intentava donar la imatge que era el mateix rei qui governava.

Vaig haver de compartir i de pagar algunes begudes per a aconseguir obrir els llavis closos i desfermar les llengües més lligades. Londres, sempre superpoblada, començava a omplir-se encara de més gent. El rei havia anunciat festes per a unes setmanes més tard, coincidint amb l'aniversari del monarca. A les festes l'esdeveniment central serien els torneigs. Començaven a arribar a la ciutat cavallers amb la pretensió de competir. I, juntament amb aquests, una munió de busca-raons, prostitutes, comerciants i comediants que sabien que durant la celebració de la competició es podia guanyar molt d'or.

Aquesta aglomeració de gent feia que no fos estrany assistir a baralles violentes entre cavallers milhomes que preferien la gresca tavernària a la veritable batalla en la lliça, i veure sovint algun lladre escarnit quan era agafat robant. La justícia anglesa era summament estricta i es va fer habitual durant molts dies la visió de cossos que penjaven en cadafals com a eina exemplificativa.

Finalment, com us he dit, una vesprada el rei em va cridar a la seua presència. Em vaig vestir amb les millors gales, molt ben abillat amb gipó de brocat i, al damunt, amb un jaseran de malla. La roba digna per a estar al davant d'un monarca. A Enric VI li estava agraït per acceptar ser el meu jutge en el combat contra Montpalau i estava desitjós de marcar una data per al combat i poder, per fi, netejar el nom de la meua família. Però no oblidava les paraules del comerciant i per això romania a l'aguait.

La majestuositat del saló del tron em deixà bocabadat. Ni la cort d'Alfons a Sicília podia comparar-se amb aquella ostentació d'or i de luxe. Es feia evident que el rei pretenia que tothom que arribàs al saló del tron estigués convençut que es trobava davant del monarca més ric de tota la cristiandat. Amb aquest aparat es reforçava la dèbil imatge de rei nen que fins aleshores havia patit. Però he de reconéixer que, davant aquella magnificència, no podies dubtar de la solidesa de la monarquia anglesa. El camí cap al rei estava marcat per patges vestits amb gipons d'argenteria amb el cos brodat i amb les calces també brodades i adornades amb perles. Quan els veies, pensaves que si els servents vestien com si fossen emperadors, quina no devia ser la riquesa de qui els manava.

Era dia d'audiències. Ambaixadors, rics comerciants i nobles de tota mena esperaven torn per parlar amb el rei, retre-li respecte i demanar-li favors i prebendes. Enric seia al tron flanquejat per dos consellers. Destacava a la seua dreta el duc de Bedford, regent del país. Al seu darrere, algunes dames de la cort assistien avorrides a la sessió. Quan vaig ser cridat, vaig travessar lentament el passadís que conduïa a la seua presència. Era una audiència pública i vaig ser mirat amb certa curiositat pels anglesos. Encara que jo no era una excepció, la presència de gent procedent de l'estranger despertava la tafaneria d'una cort avesada gairebé sempre a les mateixes cares.

Em va sorprendre la imatge d'Enric. Vestia una túnica de color porpra i, com a ornament, només duia al cap una petita corona d'or encastada de robins. Era un jove de disset anys que es veia de lluny que pretenia semblar de més edat. Duia els cabells llargs, rossos, deixats anar sota la corona, i apuntava una barba escassa i clapada amb pretensions d'envellir un rostre massa infantil, massa tibant.

Em parlà amb un llatí clar i entenedor després que un dels consellers xiuxiuejàs alguns mots a la seua orella.

–Martorell *ex urbe Valentia*, benvingut al nostre país.

–Gràcies majestat. Sóc el vostre servidor.

–Tinc entés que heu vingut a satisfer un deute d'honor.

–En efecte, majestat. La meua germana ha estat deshonrada i per això us demane humilment que sigueu el jutge en una batalla a ultrança per rescabalar l'honor de la meua família.

Enric de Lancaster assentí. Li vaig lliurar la correspondència que havia mantingut fins aleshores amb Montpalau. Un dels consellers la va agafar, la va llegir breument i va fer que sí amb el cap.

–Ens plau de ser jutge per honor –digué el rei en entendre la validesa del procés–. Seguint les normes de la cavalleria, quan tingueu la data acordada amb el vostre contrincant, nós assistirem en qualitat de jutge imparcial al vostre enfrontament.

–Gràcies, majestat.

–Mentrestant, teniu el nostre permís per a habitar a Anglaterra i viure com un dels nostres súbdits, respectant els nostres costums i les nostres lleis.

–Així ho faré, amb estima i consideració.

Em vaig agenollar i vaig iniciar l'eixida. Ho havia de fer lentament, amb el cap cot i sense donar en cap moment l'esquena al rei tal com marquen els costums d'aquell país. Quan estava a punt d'abandonar la sala, el rei tornà a adreçar-se'm.

–Donzell Martorell, aviat hi haurà un torneig a Londres. Mentre espereu notícies del vostre país, seríeu tan amable de participar en aquesta competició que a nós plau tant?

No era la meua voluntat embrancar-me en aquell moment en una competició armada, però no podia negar-me sota cap circumstància a la petició del rei. No volia ni podia permetre'm el luxe de contradir-lo.

–Serà un plaer satisfer els vostres desigs, majestat.

Tot i que havia estat completament seriós durant tota l'audiència, ara el jove monarca somrigué com un nen entremaliat.

–Perfecte. Ens agradarà veure com combat la gent del vostre país.

Deixant de banda la participació en el torneig, el més important era que, finalment, havia aconseguit el jutge per a combatre amb Montpalau. Vaig enviar ràpidament el meu procurador Francesc Oliver cap a València, amb l'autorització d'Enric de Lancaster i els salconduits per a Montpalau perquè pogués reunir-se amb mi a Londres. Em sentia satisfet. Aviat, pensava, venjaria l'honor de la meua germana i tornaria a València.

Però mentrestant només podia esperar. Em vaig inscriure al torneig, tal com m'havia ordenat el rei, i em vaig dedicar a aprendre els costums del país. Entre la gent que vaig conéixer aquelles setmanes, destaca Richard Beauchamp, tutor del rei Enric i comte de Varoic. Havia estat un gran guerrer en la seua joventut i ara, en la vellesa, havia esdevingut un home prudent i savi. A més, Beauchamp era descendent del famós Guillem de Varoic, que segons el romanç anglonormand havia estat un heroi en la lluita contra els invasors danesos. L'actual comte també era un home molt valerós i tenia un reconegut prestigi com a lluitador i home assenyat. Es contava que en una certa ocasió havia lluitat durant tres dies seguits, cadascun amb una personalitat distinta. El primer jorn, ocult sota el nom d'El Cavaller Verd; el segon, amb el nom d'El Cavaller Expectant; i el tercer, amb el seu propi nom. I en tots els combats havia resultat vencedor. Me'l presentà el canonge valencià Vicent Climent, que residia a Londres des de feia anys i que tenia molt bones relacions amb tots els nobles de la cort.

Ens vam fer amics de seguida. M'ensinistrà sobre els costums del lloc i, sobretot, sobre alguns dels manaments principals de la cavalleria i dels seus usos antics. Ell sí que era un autèntic cavaller. En el seu esperit residia la força interna d'aquells pocs que són dignes de prendre el nom de fills de l'ordre de cavalleria. Ens acostumàrem a passejar pels voltants de la fortalesa del castell de Windsor sempre que el rei Enric no el necessitava. Gaudíem de la companyia mútua, ell perquè veia en mi un deixeble volenterós i jo perquè retrobava la imatge del meu pare en els seus consells, en la seua experiència i en la seua estima.

Fou en el decurs d'una d'aquelles passejades que vaig conéixer Lady Elisabeth. En general, les dones angleses em semblava que tenien la mateixa color blanquinosa i malaltissa que també trobava en molts homes, i no em resultaven gaire atractives. Els cabells rossos o rojos de les femelles els donaven un aspecte tan diferent de les dones mediterrànies que jo coneixia, que sovint les mirava amb curiositat, en algunes ocasions, ho confesse, no exempta de desig. I encara que sovint aquest aspecte em produïa una sensació estranya, quan vaig veure Lady Elisabeth em vaig quedar impressionat per la seua bellesa.

Elisabeth era la cosina del rei i una de les dames més belles i més influents de la cort. Estava promesa amb el duc d'Alimburg. Era un matrimoni concertat que servia al rei per a lligar a la seua persona un dels nobles més poderosos del país. Jo havia sentit parlar d'ella i del seu atractiu a molta gent de la cort, però no l'havia vista mai fins aleshores. Quan, acompanyat de Beauchamp, la vaig descobrir, vaig restar sense paraules. La seua pell blanca, gairebé transparent, els seus cabells rojos i arrissats, els seus ulls clars, purs, m'extasiaren. Cada detall era bell per si mateix i tot junt formava un conjunt que em va colpir fondament.

Venia a avisar Beauchamp que el rei sol·licitava la seua presència. Em va saludar amb un somriure quan Varoic ens va presentar. Vaig envermellir com un jovençol. Ella se'n va adonar i va somriure més intensament. Vaig pensar que potser estava acostumada que els homes es ruboritzaren al seu davant però jo em vaig maleir per la meua estupidesa i per la poca traça que havia demostrat.

Coneixia el propòsit de la meua estada a Londres i va ser molt amable d'animar-me. La seua veu dolça pronunciant malament les erres del meu cognom féu vibrar el meu interior com un diapasó. Quan ens vam acomiadar es va emportar el meu cor.

Beauchamp va notar el meu trasbals i, abans de partir per reunir-se amb el rei, em va aconsellar prudència.

–Les fletxes de l'amor, amic Martorell, sovint fereixen on no deuen. Vós no esteu en situació d'enamorar-vos. I encara que els amors prohibits siguen atraients, per la vostra seguretat us aconselle que poseu la mirada en uns altres ulls. El duc d'Alimburg no és conegut ni per la paciència ni per la serenitat en els seus actes, sinó per la violència del seu caràcter. No seríeu el primer a morir a causa de la mirada d'aigua de la seua promesa.

Amb el cap cot i enrojolat com un xiquet renyat per son pare, vaig negar amb indiferència cap interés per Lady Elisabeth. Beauchamp va somriure incrèdul i va partir a buscar el rei.

Però Beauchamp tenia raó i jo no podia llevar-me del cap el somriure, la pell, els cabells d'Elisabeth, el seu to de veu pronunciant el meu nom, el seu esguard. Durant molts dies vaig intentar en va fer-me el trobadís, però no aconseguia veure-la. I aquella situació m'enervava. A penes dormia i no podia concentrar-me en res. A més, ni tan sols tenia el consol de distraure'm amb la conversa de Beauchamp, que havia partit no se sabia on a petició del rei.

Debades vaig intentar calmar el meu esperit. Vaig visitar tavernes per intentar esbravar el meu ardor. Cercava dones en qui pogués trobar algun tret que em recordàs els d'ella: el seus ulls, la seua dolçor, algun signe que em servís de parangó. Però en cap no trobava la delicadesa dels seus trets, la lluïssor de la seua mirada, la picardia del seu somriure.

Vaig jaure amb moltes dones. Intentava, d'aquesta manera, refrenar aquella ànsia que m'amarava, aquell desig brutal que em transportava i m'embogia. Però al capdavall no aconseguia res més que sentir-me brut i, curiosament, infidel.

Quan dies més tard la vaig tornar a veure i em va tornar a somriure, vaig saber del cert que aquell sentiment era el mateix que els trobadors cantaven en els seus poemes.

El canonge Vicent Climent vingué a visitar-me en més d'una ocasió. Tenia molts projectes i aviat marxaria cap a altres països, però, mentrestant, es preocupava dels seus compatriotes a terres angleses. Amb ell vaig compartir moltes converses. Climent era religiós i no comprenia certes debilitats del cor i de la carn i sovint discutíem perquè el seu cànon de vida no acceptava un món de cavallers on el manament de «no mataràs» s'incomplia amb assiduïtat. Jo argumentava que també el papa feia servir un exèrcit i proclamava la necessitat d'una croada en contra dels infidels per rescatar Terra Santa on, naturalment, havia de morir molta gent.

–Amic Martorell –em responia condescendent–, quan Déu parla de no matar no es refereix als animals, als quals matem per alimentar-nos. I a fe que us dic que si els musulmans no estan batejats no han adquirit la categoria d'éssers humans, sinó que són com les bestioles del bosc perquè no coneixen ni estimen la paraula de Nostre Senyor Jesucrist.

Aquesta conversa i unes altres de semblants foren suscitades en més d'una ocasió amb Climent, sempre amb un resultat d'algunes hores de discussió poc enriquidora. Especialment, el canonge ens retreia, als seglars, els nostres pecats carnals. Clamava contra el vici, la posició grossera, l'actitud animal i, sobretot, contra la voluptat de les dones. Climent, però, no comprenia que de vegades el cos impel·leix els homes i, llavors, natura mostra sa feblesa. I, si Déu ha volgut crear d'aquesta manera les seues criatures, qui som nosaltres per mudar la seua voluntat?

Us he de confessar que sempre m'han cansat les discussions amb els religiosos, perquè tard o d'hora acaben utilitzant l'argument de la fe i de la paraula de Déu per a imposar les seues opinions. No obstant això, Vicent Climent fou una agradable distracció durant aquells dies d'espera i tingué prou paciència per suportar amb cordialitat els meus pensaments, segons ell, herètics.

S'acostava el torneig i encara no havia rebut noves de València. Estava molt impacient. Imaginava que potser abans de les notícies arribaria el mateix Montpalau disposat a combatre. Ansiejava saber-ne alguna cosa. D'altra banda, la meua bossa començava a notar les despeses del viatge i de l'estada a Anglaterra. I tot i que encara em quedaven prou fons del préstec dels germans Boromeis, jo pretenia que sobrassen diners per a esbandir aviat tots els deutes de la família. Els béns dels Martorell n'havien d'eixir tan escassament perjudicats com fos possible.

Dos dies més tard, va arribar una llarga carta de Galceran. El meu germà em posava al dia dels esdeveniments que havien ocorregut a València durant aquelles setmanes. En primer lloc, em parlava del meu procurador. Francesc Oliver havia arribat a València i havia portat les cartes adreçades a la família que jo els havia tramés en què els explicava la meua situació. Després, quan pretenia lliurar la citació a Montpalau per al combat, havia estat detingut per ordre de la reina Maria. La detenció havia estat ordenada perquè la muller del Magnànim volia impedir fos com fos la batalla entre dos dels seus vassalls. No era la primera vegada que Maria feia el mateix. Ella era la sobirana i n'exercia a la seua voluntat.

Oliver romania encara empresonat i la lletra citatòria del rei d'Anglaterra havia estat confiscada per la reina. Galceran em deia que estava fent tots els possibles per alliberar el meu procurador i em demanava que, d'Anglaterra estant, intentàs fer pressió a través dels ambaixadors del rei.

A més, Galceran em parlava d'un altre assumpte que trasbalsava la pau familiar. El meu germà havia enviat una nova carta de deseiximent a Ausiàs March, promés de la meua germana Isabel. Ausiàs estava ajornant la cerimònia nupcial amb excuses econòmiques que es resumien en la por de no cobrar l'elevat dot de trenta-tres mil sous que corresponien a Isabel. Galceran acabava el seu escrit dient-me que no em preocupàs, que aquell assumpte, el resoldria ell sense cap problema.

No obstant això, era evident que no podia estar tranquil. Vaig acudir al meu amic Beauchamp i el vaig posar al dia de la situació amb Montpalau. El comte de Varoic va prometre que faria tot el que pogués per ajudar-me. Ni tan sols els monarques, deia, estaven per damunt del dret dels cavallers. Però mentrestant, hauria d'esperar, esperar i esperar.

A Londres ja estaven acabant els preparatius de les festes en commemoració de l'aniversari del rei Enric. Cada vegada era més evident que el que es volia amb aquestes celebracions era acontentar la població, que desconfiava amb excés del jove rei. El monarca necessitava atraure's el favor del seu poble. Per això, hi havia previst un mes de distintes celebracions que, per bé que empobririen l'erari públic, convertirien Londres i els voltants en un lloc de peregrinació de cavallers i negociants i en un espai d'esbargiment per al populatxo.

La segona vegada que vaig veure el rei fou en la inauguració oficial de les festes. Tenia un posat seriós i la mirada perduda. En dues ocasions, el duc de Bedford l'hagué de traure de l'ensopiment en què semblava haver caigut i l'hagué d'eixorivir i fer que el monarca es fixàs en els actes que davant seu tenien lloc. Vaig pensar que, potser, li havien donat alguna de les medecines que el comerciant amb qui havia arribat a Londres havia dut des de l'altra banda del món.

Però en realitat, jo no tenia gens d'interés en el rei. Anhelava que les festes començassen perquè sabia que allí podria veure la meua estimada. La meua única pretensió era retrobar Elisabeth, i aquest desig em fou concedit. Fins i tot, vaig ser afortunat i vaig poder seure gairebé al costat d'ella. Ocupàvem seients al mateix cadafal i, d'allà estant, observàvem els balls i els teatres que ens oferien dansaires i actors. Vaig passar tota la vesprada sense atendre en absolut a l'espectacle. A cada instant el meu esguard es dirigia cap a la cosina del rei. Al començament, encreuàrem la mirada i, avergonyit, vaig saludar cortesament i vaig abaixar els ulls. Per segona vegada em vaig reflectir en els seus ulls, i ella semblà envermellir també. A la tercera coincidència, Elisabeth paregué molesta, s'assegué encarcarada i mai més no mirà cap on jo estava. Semblava abstreta per l'espectacle. Jo temia haver-la ofesa amb la meua toixesa i no vaig poder gaudir, si és que ho havia fet abans, de res del que ens oferiren els comediants.

Crec que mai no m'havia comportat així abans, i jo ja no era un marrec inexpert. Havien estat moltes les dones que havien jagut amb mi, moltes les muralles que s'havien enfonsat amb dolces paraules, amb tendres carícies. No era un jove inexpert que perd el cap per qualsevol somriure incitant. Feia molts anys que havia après les beceroles del joc de l'amor i coneixia tots els estratagemes del nen cec per a conquerir els cors, tant de dones solteres com de casades. Però sempre havia cregut que aquell sentiment descrit pels poetes era només la vestimenta luxosa del vell joc de la passió. Allunyat de les meues terres, em sentia desconcertat, i no per la violència d'un cavaller superior en forces, sinó per la dolcesa d'un mirar color d'aigua.

No recordava haver-me sentit d'aquesta manera en presència de cap dona, ni en la primera ocasió que l'escalfor tèbia d'un cos femení em féu vibrar d'emoció i de plaer. Era una criada jove de nom Sara i jo devia tenir tretze o catorze anys. Vingué a la meua cambra i es ficà al meu llit. Per primera vegada, vaig veure el cos totalment nu d'una dona. Vaig acaronar totes i cadascuna de les corbes i redonors que el formaven, i vaig besar aquella pell de carícia sota el guiatge expert de la criada. Sara s'oferí sense embuts, conscient de ser ella la que inaugurava per a mi un món ignot i delitosa de conduir la meua descoberta.

L'aprenentatge va ser llarg i ple de gaudi. Mai no he pogut esborrar de la meua ment el tacte d'aquells pits, l'arèola fosca atraient com un càntic de sirenes, els malucs generosos i el ventre ardent com la porta a un paradís de plaers. Durant mesos, Sara em descobrí les arts de l'amor i m'inoculà un verí del qual mai no m'he pogut guarir. Aquest món de passions que hagués desitjat compartir amb Elisabeth, esdevenia impossible perquè ara, de nou jove inexpert, no encertava a acostar-me a l'origen del meu neguit.

Quan l'espectacle acabà, Elisabeth se n'anà ràpidament i no vaig poder retre-li els meus respectes. Em sentia buit i trist i feia mil càbales sobre la possible ofensa que havia provocat en el seu cor el meu capteniment.

A l'eixida, vaig ser testimoni d'un atac d'ira del rei envers un criat que havia trepitjat lleument i involuntària la llarga capa del monarca. Enric VI va enrojolar-se d'enuig fins prendre un to violaci. Va colpejar ell mateix el criat amb un fuet i va ordenar de recloure'l a la presó indefinidament. Vaig sorprendre mirades de complicitat entre els homes de confiança del rei que no encertaven a calmar-lo. De sobte, es va posar les mans a les temples, va dir que tenia mal de cap i va partir cap al palau. Fins i tot en el meu estat de confusió personal, em vaig adonar que aquell no era el capteniment que hauria de tenir un monarca i que, davant d'una actuació tan extremada, el millor que podia fer era véncer Montpalau i tornar ràpidament al meu país.

L'endemà de matí començava el torneig. Enric havia fet millorar el lloc tradicional per a les llices, l'Smithfield, davant de l'Aldersgate. Havia fet construir un born, un nou camp de lliça on celebrar les competicions esportives. Ja gairebé des del dia anterior, el lloc estava ple de gent que bevia, menjava i deia procacitats tot esperant l'inici de les lluites. El born estava perfectament delimitat amb tanques de fusta i adornat amb els colors i els símbols del rei. Aquestes tanques, com sabeu, limiten l'espai de combat i eviten que els cavalls topen quan els cavallers lluiten amb la llança. Però açò no cal que us ho explique.

La diferència amb els torneigs habituals era que en aquesta ocasió podien participar tant cavallers com aquells que no ho eren i pertanyien a la noblesa. Jo encara no n'havia estat adobat i, tot i que servava aquell desig ocult, sabia que aleshores la meua preocupació havia de ser una altra. Ja tindria temps en el futur per a assolir, si n'era mereixedor, l'ordre de cavalleria.

El torneig duraria uns quants dies i, a diferència dels celebrats al nostre territori, es dividiria en tres parts. La primera, en la qual jo competiria, eren les justes. En aquest tipus de competició contendien guerrer contra guerrer. Qui vencia passava a la ronda següent fins que hi havia un únic guanyador. La segona part de les competicions era l'enfrontament entre quadrilles de cavallers. Aquesta competició aixecava molt d'interés perquè molts d'aquests grups pretenien, a més de la glòria de la victòria, ser contractats com a mercenaris pels nobles més adinerats. La tercera part era la de la celebració i la concessió dels premis.

L'expectació aixecada pel torneig era molta. No sols tenien intenció de combatre-hi els homes més valerosos d'Anglaterra, sinó que pensaven participar-hi cavallers originaris de França, Portugal, Castella i Catalunya. L'interés era tan gran que havia vingut a veure les justes gent procedent de tot el món. Per tant, eren molts els nobles que havien apostat els seus pavellons vora el camp de lliça i, en els escuts, es veien dibuixades les armes dels més magnífics i valerosos cavallers. Seria molt llarg contar-vos cadascuna de les figures i llegendes que hi havia pintades, però us diré que, aquells dies a Londres, em semblava que la resta del món havia quedat deserta de cavallers.

Aquella mateixa matinada arribaren noves notícies des de València. Jo encara era despert. A penes havia aconseguit que el meu pensament s'allunyàs de la imatge d'Elisabeth i viatjàs cap a les fosques estances del son, quan un criat em va portar una carta de Galceran. Semblava que la situació començava a resoldre's. Francesc Oliver, el meu procurador, havia estat alliberat i havia lliurat la meua carta a Joan de Montpalau. Ara, el traïdor ja no tenia excusa. Jo havia acomplert la meua part del tracte. El jutge estava buscat. Si no venia a Londres, quedaria deshonrat.

Em sentia feliç per les notícies procedents de València, però el meu pensament continuava ocupat en Elisabeth i el comportament distant que havia mostrat envers mi. Tenia l'esperança de reveure-la aquell mateix matí durant la celebració del torneig i de poder intercanviar amb ella algunes paraules de gentilesa.

El dia anterior havia fet preparar la meua armadura. Els meus criats l'havien polida fins a fer-la refulgir. Havien comprovat l'estat de les corretges i havien suavitzat les arestes del metall i les frontisses amb greixos perquè no em nafrassen la pell i s'articulassen bé les juntes.

Els servents havien muntat la tenda en una zona ombrívola. Tot i que el clima d'Anglaterra és molt més fred que el del nostre país, la primavera anunciava la presència de l'estiu i, amb el pes de l'armadura, el cos suava abundosament.

Al pavelló hi havia disposada una taula amb menjars i begudes per recuperar les forces entre justa i justa. L'hora de començament del torneig s'acostava. Molts cavallers passaren a saludar i a fer la cortesia abans del torneig. La justa que estava a punt de celebrar-se era un exercici entre cavallers i nobles aspirants pensat com a diversió i per a major glòria de la cavalleria, no era una batalla a ultrança. Però em vaig adonar que aquelles manifestacions de gentilesa servien per a comprovar la fortalesa física de l'adversari abans que es col·locàs l'armadura.

El canonge Vicent Climent vingué acompanyat de Beauchamp a desitjar-me sort. El clergue se sentia doblement feliç. D'una banda, havia trobat en mi un compatriota que l'escoltava i li contava noves de la seua terra; de l'altra, podia parlar de nou la nostra llengua i deixar de banda aquell anglés embarbussat que tant ens costava d'entendre.

Els heralds feren el sorteig de la competició. Els cavallers érem davant de l'herald major, presents mentre els nostres noms s'aparellaven. Tots estaven atents al contrincant, però jo no en feia cas. La meua mirada escapava debades cap a les grades on pretenia veure el rostre d'Elisabeth.

El sorteig féu que em correspongués lluitar en segon lloc i contra William Bradford, un jove i noble cavaller vingut des del nord del país. Era un home de petita estatura, però molt robust. Em va mirar de reüll i es va dirigir a la seua tenda a preparar-se per al combat.

Els meus criats m'ajudaren a despullar-me i a posarme, damunt del gipó de cotó, la cota de malla i l'armadura. No sé si vós us heu vist mai en tal empresa. De seguida vaig sentir el pes feixuc i l'engavanyament de les cuixeres, genolleres i gamberes que em dificultaven el moviment. Després, el faldatge i les cuirasses pectorals i dorsals, que convertiren el meu pit en un espai protegit, però escalf. El bacinet amb la careta, el mantenia un criat a les mans mentre jo pujava al meu cavall, abillat també per a evitar que patís cap dany amb la testera, els pitrals i els flancalets.

Des de la tenda, vaig sentir el brogit de la gent que escridassava. Un dels contrincants del primer combat havia caigut. Vaig agafar l'espasa i la vaig embeinar. Només combatríem amb llances fins que un dels dos caigués a terra. Com sabeu, s'exigia que tot cavaller dugués les armes de combat ben prestes. Em vaig col·locar el bacinet i, finalment, vaig agafar la pesada llança amb la mà dreta. Era una asta amb les puntes romes per a evitar les ferides; d'aquestes llances, a Anglaterra, en deien armes reials. A més, tenien a la punta cera gomada per a impedir que cap esberla ferís alguns dels competidors. No obstant això, sempre han sovintejat els accidents en aquest tipus de combats. Un criat em va lliurar l'escut que vaig recolzar, amb la mà esquerra, sobre el cavall. Lentament, vaig conduir el cavall cap a la lliça. Sentia, esmorteïda dins de la careta, la cridadissa del poble barrejada amb la meua respiració. Em vaig situar a la part del camp que em corresponia. Al fons veia la figura de l'altre cavaller abillat com jo mateix i movent el cavall nerviosament. No sentia les paraules que el mestre del camp pronunciava. Sabia que devia estar presentant-nos, dient el nostre nom, el nostre llinatge i el nostre lloc de procedència, després alabaria el nostre suposat valor i, finalment, esperaria un gest del rei per a donar l'ordre d'iniciar el combat.

Aquell era el senyal que jo esperava per a començar a cavalcar cap al meu enemic: el so de les trompetes després que el rei atorgàs el permís. I el món desapareixent dels meus ulls. Només el cavaller, cada vegada més a prop, i els instints d'alçar l'escut per allunyar del meu cos el xoc amb la llança i colpejar la còrpora del meu adversari amb l'arma. Bradford tenia l'avantatge de ser d'escassa estatura i podia gairebé protegir tot el cos amb l'escut. Però jo el vaig colpejar en la zona baixa de l'arma defensiva i vaig aconseguir que el colp giràs l'escut cap endins i baquetejàs el cavaller entre la cuirassa i el faldatge. M'havia inclinat cap endavant i, com que els meus braços eren més llargs que els seus, la meua llança se li estavellà en el cos abans que ell poguera tocar-me. Es va desequilibrar i el mateix pes de l'armadura va fer que caigués a terra. S'aixecà una remor de crits. Vaig saludar cortesament el rei i vaig tornar a la tenda. Allí m'esperava Beauchamp amb un somriure de satisfacció evident.

–Santa Maria val! Heu estat magnífic! Quina habilitat per al combat!

Em vaig traure el bacinet, que em dificultava alenar.

–Sou molt amable, però ha estat senzill. El meu contrincant no tenia el físic adequat per a un combat amb llança.

–Us burleu de mi? No hi ha contrincant més difícil de véncer que un home petit i fornit. Hauríeu de sentir-vos feliç. Fins i tot, el rei s'ha sentit impressionat per vós.

Els criats m'ajudaren a traure'm l'armadura mentre parlava amb el meu amic. Cada peça que em llevava m'alleugeria el cos tant que em semblava que, en traure'm tot el metall, podria volar.

–Gràcies, venint de vós, aquestes paraules tenen per a mi molt de valor.

Se sentiren al fons víctors del públic i Beauchamp mirà cap a l'exterior de la tenda amb interés.

–Me n'hi vaig. El torneig continua i vull gaudir d'aquest magnífic espectacle. Descanseu que haureu de combatre almenys dues vegades més avui i vull que guanyeu.

El segon combat, el vaig resoldre molt fàcilment. A penes vaig haver de rebre un petit colp sobre l'escut. Aquesta vegada a la tenda no m'esperava Beauchamp, sinó Elisabeth. Venia acompanyada d'una criada que ja havia vist unes altres vegades al seu voltant. Vaig pensar que devia ser la seua dama de confiança. Era una dona de mitjana edat, amb uns cabells lligats enrere que barrejaven la color vermella amb el blanc escadusser d'algun cabell.

Em vaig sorprendre molt de trobar a la meua tenda la cosina del rei. Podeu imaginar amb quin plaer vaig rebre la visita. Vaig balbucejar una salutació poc encertada i li vaig donar les gràcies per la seua visita.

–Sou un home valerós. He vingut per donar-vos l'enhorabona. Tot el camp parla de vós i de l'habilitat per al combat que teniu.

–Fortuna està del meu costat avui.

–Doncs, vull desitjar-vos que hi continue i que arribeu molt lluny en aquest torneig.

–Sabent que vós esteu de la meua part, el guanyaré.

Elisabeth va somriure i, sense dir res més, va eixir del meu pavelló seguida de la criada, que em mirava amb un esguard entremaliat.

Vaig sentir crits a fora, però no podia desxifrar a què es devia aquella remor de veus. El meu cor estava transportat per l'aroma dolça que havia deixat la presència d'Elisabeth a la tenda. Dubtava si havia fet bé amb aquella galanteria, si no havia anat massa lluny. I vaig començar de nou a maleir-me per la meua poca traça amb aquella dama. Encara estava acabant de despullar-me de la cota de malla, quan entrà Beauchamp capficat.

–El torneig s'ha suspés.

–Com? Per què?

–No heu sentit els crits? Tant us ha emmalaltit la visita de la cosina del rei que ara sou sord? –Em va mirar fixament esperant resposta i en veure que jo no deia res, em donà compte dels fets.– Un dels cavallers ha mort i el rei ha decidit ajornar la competició fins demà.

El comte de Cardiff havia tingut mala sort. En caure abatut pel contrincant, el cavall havia relliscat i havia caigut damunt del cap del cavaller. Havia mort a l'acte.

–De tota manera, Martorell, vós no feu millor cara que el pobre comte. Sembleu un esperit eixit de la tomba. Us han ferit?

–No, em trobe perfectament. Només és aquesta calor que...

Beauchamp somreia irònicament.

–Joanot, aneu amb cura. Les calors exagerades no són gaire bones per a la salut. Vós ja m'enteneu.

I eixí de la tenda. Vaig tardar uns segons a reaccionar. Quan vaig traure el cap fora del pavelló per cridar Beauchamp, vaig veure Elisabeth acompanyada de la criada, Beauchamp i un cavaller que no coneixia. El cavaller retreia alguna cosa a la criada que mirava a terra amb la sang al rostre. Elisabeth i Beauchamp no deien res, però semblaven incòmodes per aquell atac d'ira. En veure'm, Beauchamp trobà la possibilitat de posar fi a aquella escena.

–Ah, Martorell! Veniu i us presentaré el duc d'Alimburg, el promés de Lady Elisabeth.

Vaig mirar Elisabeth i aquesta va abaixar la vista. Vaig saludar fredament Alimburg. Mentrestant, la criada d'Elisabeth va aprofitar per fugir ràpidament del davant de la vista del duc.

–Us he vist lluitar, Martorell. Espere que les nostres llances s'encreuen al llarg del torneig.

–Jo també ho espere. Serà agradable combatre contra vós.

–El duc d'Alimburg –intervingué Beauchamp– vol guanyar el torneig per nomenar la seua promesa reina de les festes.

Beauchamp va veure la meua cara de desconcert i m'ho explicà amb un somriure burleta:

–En les nostre justes, el guanyador té l'obligació de nomenar entre totes les dames la reina del torneig, que serà la que lliure els premis quan finalitzen els combats. I, evidentment, el duc vol ser el campió i fer que la reina siga la seua promesa.

–No es podria fer millor tria –Elisabeth mirava el terra–. I a fe que jo en faria la mateixa.

El duc va semblar desconcertat. Dubtà si el que havia dit era una gentilesa a la seua promesa o una falta de respecte cap a ell; per això, somrigué lleument i s'acomiadà.

Jo també vaig girar cua i vaig tornar a la tenda amb una ràbia infinita i amb ganes d'enfrontar-me a aquell milhomes, humiliar-lo i arrossegar-lo per terra com un porc covard.

Aquella nit vaig descobrir que la poesia pot ser un coixí on descarregar els sentiments, un amic fidel a qui descobrir la teua ànima. Vaig compondre un poema a l'estil dels trobadors dedicat a la meua estimada. Us en reproduïsc ara i ací una cobla perquè entengueu quin era el meu estat d'ànim en aquells dies llunyans. Tingueu la cortesia de no riure-us de mi i compreneu quin patiment m'enfosquia l'ànima aleshores. Ja prediquen els frares que la pitjor malaltia que pot afectar l'home és la de l'amor, perquè converteix assenyats cavallers en estúpids inconscients. Jo, simplement, us proporcione una prova més per a aquesta argumentació.

Tristors i penes ja m'abracen de mort
en febles hores i en les lànguides nits,
car dir-vos no puc l'amor que jo us port
i tot són planys i plors en el meu pit.

L'endemà no hi havia torneig. Era divendres, dia de passió, sabeu que les normes de la cavalleria impedeixen que es faça cap contesa en jorn sagrat. Assistírem de matí a la missa oficiada a la catedral i la vesprada, cadascú la dedicà a allò que li plagué. Jo frisava perquè arribàs l'endemà i vaig consumir el dia neguitós i impacient.

Quan el sol nasqué el segon dia del torneig, el meu cor estava anhelant combatre. Ja no era només una competició en què participava pel manament del rei sinó que, des de la jornada anterior, s'havia convertit en un desig personal d'abatre el promés d'Elisabeth. Em delia per sentir el soroll metàl·lic i cru del cos del cavaller caient a terra. Volia sentir els crits del públic victorejant la meua gesta i volia, sobretot, que Elisabeth s'adonàs del meu valor i de la meua força.

Aquell dia vaig batallar amb tota l'ànima. Els meus tres contrincants caigueren a la primera embranzida. I fins i tot Beauchamp notà la meua agressivitat.

–No sé què us passa avui –em digué admirat quan vaig acabar la primera lliça–. Contendiu com en una batalla a ultrança. Si ahir éreu tot tècnica, avui sou, sens dubte, abrivament i esperit.

Si fins aleshores m'havia desentés dels meus antagonistes, ara vaig començar a observar-los, a intentar esbrinar els seus defectes i a aprofitar-los. El duc d'Alimburg, de la seua banda, també guanyava totes les conteses. Era evident la mestria d'aquell cavaller amb les armes. Tenia una habilitat sorprenent, sobretot amb la cavalcadura. Després d'un dels seus combats, em veié entre el públic i m'assenyalà ostensiblement amb la llança. Ell també ansiejava lluitar contra mi i tingué el mal comportament cavalleresc de fer-ho públic. Tothom s'adonà del seu gest i començaren a córrer els rumors i les apostes.

Però jo no estava preocupat per això. El meu neguit aquell dia era causat perquè no havia pogut veure Elisabeth en tota la jornada. Inútilment la cercava entre la gent. El meu malestar era tan evident que Beauchamp, com sempre, s'adonà de tot.

–Si busqueu Lady Elisabeth, ho feu en va. Avui no es trobava bé i ha decidit romandre a casa seua per descansar.

No calia excusar-me dient que no havia pretés veure-la. Beauchamp em llegia els pensaments.

La jornada transcorregué sense a penes incidents. Només un cavaller amb la cama trencada i més d'un amb contusions diverses. El rei se sentia satisfet, per això va rebre a la seua tenda els quatre cavallers que restàvem en el torneig. A més del duc d'Alimburg i jo mateix, havien guanyat totes les llices el cavaller Martuff i el duc de Brest, que havia vingut des de Bretanya per participar-hi. Aquest era un homenot de nas ganxut i mirada un poc guerxa, però amb una musculatura que destacava fins i tot amagada sota les robes. L'endemà seria el meu primer contrincant, i es mantingué a relativa distància meua i mirant-me fixament en tot moment. Potser avaluava la meua forma física.

El rei ens va rebre assegut en una butaca de vellut vermell, vestit només amb un gipó de seda i amb una copa de vi a la mà. Feia calor i un esclau el ventava amb un flabell gegantí. Enric posava cara d'avorriment però, tot i això, ens va acollir amablement.

–Podeu estar contents, nós estem orgullosos de vosaltres. Combateu amb valor i seguint amb honor les regles de la cavalleria. Esteu honorant-nos amb el vostre abrivament.

Tots abaixàrem el cap en senyal de respecte i de modèstia.

–Aneu i descanseu. Demà serà el darrer dia de competició i un de vosaltres en serà el guanyador.

A l'eixida, el duc d'Alimburg em va aturar agafantme pel braç.

–Sembla que els nostres camins s'encreuaran demà.

–Encara hem de véncer un combat abans de trobarnos en la lliça. I seria una manca de cortesia no considerar els nostres adversaris, el valor i la força dels quals han estat contrastats en totes les jornades del torneig. No és segur el nostre enfrontament.

Somrigué lleument i em mirà amenaçadorament.

–Ens trobarem. No ho dubteu.

Jo també desitjava aquell combat, més que no pas ell, però no m'agradà aquell posat fatxenda del duc. No era cavallerosa aquella actitud. Quan vaig arribar a les meues habitacions, m'esperava una sorpresa.

Gairebé a la porta de les meues estances, mig amagada en la foscor, hi havia una forma que s'intuïa d'una dona. La figura era pràcticament invisible emboçada sota una capa fosca i coberta amb una caputxa. Després de l'ensurt inicial, m'hi vaig acostar lentament. Ella s'apropà a la llum que desprenia el meu canelobre i la vaig poder veure.

–Em coneixeu? –digué mentre es descobria el rostre.

La vaig reconéixer de seguida i el meu cor es va alterar.

–Sou la serventa de Lady Elisabeth, la seua dama de confiança.

–El meu nom és Mary. He vingut a parlar amb vós.

–Us envia ella? –No vaig poder evitar que la meua veu sonàs esperançada.

–No, la senyora no faria mai una cosa així. Si sabés que he vingut em faria fuetejar públicament.

La vaig fer entrar a la meua cambra. Vaig convidar-la a seure però ella es negà amb un lleu moviment del cap. Durant uns instants quedàrem en silenci.

–Què desitgeu, doncs, de mi?

Els ulls de la criada brillaren amb picardia i un somriure maliciós es dibuixà en els seus llavis.

–Seré franca amb vós. Sé que em perdonareu.

No li vaig dir res però estava expectant. Ella continuà.

–He vist com mireu la meua senyora i crec que...

–No n'heu de fer res, d'això –vaig protestar enèrgicament.

–Us equivoqueu. Estic de part vostra. La meua senyora també se sent tocada per les fletxes del desig, però ella està promesa amb el porc del duc d'Alimburg i creu que el seu honor està per damunt de tot.

–I no és així?

–De què serveix l'honor quan s'és infeliç?

Aquella no era una actitud correcta per a una serventa i no sabia si traure de la cambra a colps de peu aquella alcavota o bé seguir-li el joc. Temia fer alguna cosa que desagradàs la meua estimada, però alhora sentia que aquella podia ser una oportunitat d'apropar-me a Lady Elisabeth. Finalment, com quasi sempre a la meua vida, va guanyar el cor al seny.

–Què voleu que faça? Què preteneu de mi?

–Si desitgeu la meua senyora jo us ajudaré.

–Desig? Jo no he parlat de desig.

–Però la vostra mirada sí. Jo ja sóc prou vella per a distingir què vol un home. Aquestes carns comencen a estar toves, però han estat tibants en un altre temps i us assegure que han rebut moltes mirades com les vostres. Sé reconéixer els pensaments dels homes.

Em sentia més incòmode a cada instant. Aquella dona es permetia amb mi un to que em disgustava.

–I per què hauríeu d'ajudar-me?

–Per amor i per venjança. Estime la meua senyora i odie el duc d'Alimburg. Ja veieu quin tracte em dóna –somrigué ostensiblement i em mostrà una renglera de dents blanques on faltava un clau–. I, a més, sé que sou una persona generosa. Voleu més motius?

Vaig negar amb el cap. Començava a aprendre que els diners solen ser la millor de les raons per a totes les disputes.

–Veniu amb mi i jo faré que estigueu amb ella.

Era ja nit plena quan vaig eixir de les meues cambres acompanyat de la criada. Tots dos anàvem coberts amb capes fosques per passar discretament ocults entre les ombres. Els carrers de Londres de nit no eren un lloc molt recomanable, especialment ara que havien arribat busca-raons d'arreu del país. Mentre caminava gairebé a cegues rere la donzella de Lady Elisabeth, duia presta l'espasa. Afortunadament, no trobàrem ningú en tot el trajecte i vaig poder tornar a embeinar l'arma en arribar a la nostra destinació. La donzella em mirà burleta durant tot l'itinerari, però no digué res.

Ens aturàrem davant d'un enorme jardí. Mary em féu entrar a la casa per la porta del servei. Elisabeth vivia prop de palau en un casalot enorme, en companyia del seu pare i d'alguns dels seus germans. El coneixement de la casa per part de Mary aconseguí que evitàrem la presència de tots els habitants: els senyors i els criats. Però no va ser gens fàcil. A les fosques i agafat per la mà de la criada, vaig recórrer passadissos interminables i vaig creuar amb sigil portes i estances mentre, en algunes ocasions, sentia veus de fons i remors de gent movent-se per la casa. Fins que, finalment, Mary es va aturar davant d'una porta. Va obrir-la lentament intentant que les frontisses no grinyolaren, va mirar dins i es va apartar.

No gosava traspassar el llindar. La criada em mirava mofaire, esperant que em decidís.

–Preferiu que me'n vaja?

–No! –em vaig alarmar.

Si em deixava allí, no sabria la manera d'eixir de la casa sense ser vist. Per tant, hi vaig entrar. Era una petita estança amb un llit i un enorme armari que ocupava tota la paret. Em vaig quedar mirant Mary confús. La criada va tancar la porta i va somriure. Es va dirigir cap a un moble de fusta treballada que hi havia al fons de l'estança i va obrir-ne les portes. A dins, vestits de diversos colors i llençols omplien els prestatges. Es dirigí cap a un lateral i apartà la robada que ocupava l'extrem esquerre del moble. Amb un ganivet va apartar una petita lleixa de fusta. Al darrere, hi havia un forat.

–Mireu-hi.

Em vaig apropar lentament al forat i vaig posar-hi l'ull. Era a l'habitació contigua a la d'Elisabeth. A través de l'envà, vaig veure la meua estimada. Jeia damunt del llit, a penes il·luminada per una espelma, mentre llegia un preciós llibre d'hores. Com que feia calor, Elisabeth duia a sobre només una camisa de dormir blanca.

Em vaig adonar que Mary havia desaparegut del meu costat quan la vaig veure aparéixer a la cambra de Lady Elisabeth. La donzella va adreçar una mirada gairebé imperceptible cap on jo em trobava i després es va adreçar a la seua senyora. A penes podia sentir què deien i encara menys perquè aleshores el meu coneixement de l'anglés no era encara suficientment bo per a poder comprendre exactament tot el que allí dins es comentava. Però amb les poques paraules que vaig escoltar i entendre, vaig intuir tot el significat dels mots que es pronunciaren.

–Dormiu, senyora, que es fa tard.

Elisabeth tancà el llibre i el deixà sobre el moble contigu al llit.

–Aquesta nit farà molta calor –afirmà Mary–. Poseuvos fresca o no podreu dormir. La xafogor és intensa.

I mentre deia això, s'acostà a Mary i li descordà les cintes de la camisa de dormir. A través de l'obertura, vaig poder veure els pits de la meua amada. Aquella blancor, la turgència, l'arèola carmesí encara ara, passat tant de temps, són presents en el meu pensament com si ho estigués vivint en aquest moment.

–Tanqueu els ulls. Jo restaré ací fins que estigueu adormida.

Elisabeth mormolà un bona nit i s'ajagué així, amb els pits descoberts que als meus ulls eren dues pomes del paradís. Mary agafà l'espelma i l'atansà dissimuladament al cos de la seua senyora per mostrar-me la bellesa de la seua ama. I tot això ho feia per fer-me plaer. I a fe que, ara que sembla que han passat segles des d'aleshores, encara em produeix complaença el record d'aquell cos, d'aquella bellesa tan pura.

No sé quant de temps vaig romandre mirant el cos d'ella, aprenent-lo, intuint sota la seda de la camisa la seda de la pell que no es mostrava. Finalment, Mary apagà l'espelma i tornà a la seua cambra, on jo era amagat. Quan hi entrà vaig apartar la mirada del seu rostre. Em sentia amb les galtes roents per la vergonya i el desig.

–No us en podeu queixar, senyor meu. Heu pogut veure la bellesa de la meua senyora. I aquest, si m'ho permeteu, només serà el primer pas. A partir d'ara, si em doneu llicència, li parlaré de vós. Unes bones paraules en el moment adequat i canviarà la percepció de les coses. Estigueu tranquil, us ajudaré perquè sé que sou un home generós.

Em va traure de la casa, de nou a través d'un laberint de foscor i passadissos. Vaig ser tan esplèndid com vaig poder amb la criada, i ella es va acomiadar prometent-me que aviat Lady Elisabeth estaria entre els meus braços.

No vaig poder dormir durant tota la nit. D'una banda, perquè em sentia brut i fastiguejat; de l'altra, perquè no podia traure'm del pensament el cos mig nu de la meua estimada. El repetia en la meua ment una vegada i una altra. El desig, tal com m'havia dit Mary, m'abassagava.

Beauchamp vingué de bon matí a despertar-me. Volia acompanyar-me al born en el darrer dia de combat. Amb els criats rere nostre portant l'armadura, vam cavalcar fins a la lliça. Beauchamp semblava preocupat.

–Martorell, he de fer-vos una pregunta.

–Feu-la en confiança. Sabeu que per a mi sou un bon amic.

–Avui és més que una possibilitat que guanyeu la competició. Si ho feu, haureu de triar la reina del torneig –va fer una pausa com si meditàs què em diria–. Penseu elegir Lady Elisabeth?

En sentir el nom d'ella, el meu cor es va accelerar i vaig enrojolar-me lleugerament. Els fets de la nit anterior em semblaven un somni, tanmateix sempre tenia la sensació que Beauchamp era capaç de llegir-me el pensament. Però el comte de Varoic no sabia res del que havia fet protegit per les tenebres i, davant del meu silenci, es va explicar de seguida.

–No us molesteu amb mi per la meua indiscreció, que potser penseu impròpia de la meua persona. Sé que vós sou un autèntic cavaller –estossegà dèbilment–, per això us demanc la mercé que no la trieu a ella.

Ni tan sols hi havia pensat, però era evident que si hagués guanyat, l'hauria nomenada reina del torneig, sens dubtar-hi un sol instant. No podia concebre cap altra dama més adequada per a ostentar aquell títol. Així que vaig protestar.

–Però les normes diuen que s'ha d'escollir la més bella...

–Si l'elegiu, la posareu en una situació incomodíssima –em tallà ràpidament el comte de Varoic–. Voleu que siga tema de les xafarderies de tot Londres? Voleu acabar en una batalla a ultrança amb el duc d'Alimburg?

–No em fa por combatre, i encara menys contra aquell cavaller pretensiós.

–Ho sé. Però reflexioneu, penseu en el millor per a Lady Elisabeth i per a vós. Voleu un nou desafiament quan encara no heu acabat el precedent?

Havíem arribat al meu pavelló. Beauchamp em posà una mà al muscle i insistí.

–Mediteu-ho, per favor.

Després, sense dir res més, anà a seure a la tribuna al costat del rei. Vaig començar la feixuga faena de posar-me l'armadura i no podia traure'm del cap les paraules de Beauchamp. Quan vaig acabar d'armar-me, els meus criats m'ajudaren a pujar al cavall. Ja assegut sobre la muntura, vaig veure com Alimburg es desfeia del seu contrincant. Hagueren de trencar tres llances abans que el duc encertàs a tombar l'altre cavaller que, en terra i irat, estigué a punt de traure l'espasa de la beina, la qual cosa provocà la cridadissa de la gent que aquell dia s'amuntegava per veure els combats finals.

El meu enfrontament també va ser difícil. A la segona llança, el cavaller bretó es va desequilibrar i va caure, amb tanta mala sort que el braç li quedà davall del cos i l'os es trencà. Vaig baixar del cavall per interessar-me per ell. Havia combatut valerosament i mereixia el meu respecte. El cavaller m'ho va agrair amb un gest i es va retirar a la seua tenda, on els doctors li immobilitzaren tota l'extremitat.

La competició estava a punt d'acabar. Els cavallers havien anat eliminant-se fins que en quedàrem només dos. Restava el darrer combat. El duc d'Alimburg m'esperava.

L'expectació havia augmentat molt. Ja era gairebé migdia i la gent havia begut prou vi i cervesa perquè es desfermassen les llengües, i els crits a favor d'un contrincant i de l'altre se sentiren amb entusiasme. Fins i tot es va originar alguna baralla entre la gent, més fruit de la beguda que de la passió per la competició. En el fons, cap dels dos combatents teníem les simpaties del poble. Ni el duc d'Alimburg, conegut perfectament de la gent de Londres, ni jo mateix, un estranger, aixecàvem grans afectes.

Abans de combatre, vam anar a saludar el rei per retre-li homenatge. El monarca féu un gest displicent perquè ens hi apropàrem. Tornava a tenir aquella expressió perduda al rostre que jo li havia vist en alguna altra ocasió. Prop del rei, i al costat de Beauchamp, estava Elisabeth. Tant el duc d'Alimburg com jo mateix miràvem de reüll amb assiduïtat cap allí.

El rei ens felicità per haver arribat a aquell punt de la justa. Ens recordà que el guanyador havia de triar la reina de les festes i ens comminà a lluitar seguint les regles de la cavalleria. Quan esmentà la reina de les festes, el duc i jo giràrem amb evidència la vista cap a Elisabeth. Al seu costat, Beauchamp, em va fer un signe evident negant amb el cap.

Ens situàrem a banda i banda de la lliça. Es féu un silenci expectant i al senyal dels heralds cavalcàrem l'un contra l'altre. Tots dos colpejàrem amb ànsia l'escut del contrincant. Les llances s'esbardellaren de la batzacada, però cap dels dos no caigué al terra.

Tornàrem al nostre punt de partida ràpidament. Uns criats ens van lliurar una nova arma a cadascú i, al nou senyal de les trompetes, tornàrem a cavalcar l'un envers l'altre. Les segones astes també es trencaren sense tombar l'adversari. Però una cosa havia canviat. Jo ja sabia com vèncer el duc d'Alimburg. Havia descobert el seu punt dèbil.

Des del punt d'origen, mentre arreplegava la tercera llança, vaig tornar a mirar cap a la llotja. Elisabeth tenia un posat seriós. Beauchamp s'inclinava cap a ella i li deia una cosa a cau d'orella. El brogit del públic cridant el sentia esmorteït a dintre del bacinet.

Els heralds van fer el senyal i vaig iniciar la tercera cursa. El duc d'Alimburg aixecà la llança davant meu. Veia clar el lloc on colpejar amb l'arma, tan evident com si estigués pintat de roig, com si fos la més enorme de les dianes que utilitzava quan era nen per a practicar el tir amb fletxes. Em vaig situar una mica avançat per guanyar espai al cavall i vaig apuntar amb la llança a aquell indret que em donaria la victòria. Després, vaig actuar per instint. Era gairebé a unes polzades de colpejar l'armadura del duc, aleshores vaig fer el cos cap enrere i, quan a penes no m'havia rasat Alimburg, vaig saltar del cavall.

La cridòria de milers de veus celebrant la victòria del duc ressonà per tot Londres. El duc em mirà de dalt del cavall desconcertat. No estava segur d'haver-me tocat. Finalment, arborà la llança en senyal de victòria enmig de les aclamacions de la gentada. Dos criats m'ajudaren a alçar-me. Vaig mirar cap a Elisabeth, Beauchamp li deia alguna cosa a l'orella i somreia. Després, tots dos em miraren. Beauchamp somrigué encara més obertament i s'aixecà de la tribuna.

Quan vaig arribar a la meua tenda, Beauchamp m'esperava allí. Estava exultant.

–Sou el més gran cavaller que mai no ha combatut en aquesta gloriosa terra!

–I vós sou molt amable, però no es tracta de bon cavaller qui perd, sinó qui guanya. Tota la glòria és sempre per al vencedor.

–Martorell, potser enganyareu la xusma, el rei i fins i tot algun cavaller mediocre, però a mi no em podeu enredar. Vós us heu tirat per no posar en un compromís Lady Elisabeth. I estic segur que sabíeu com batre'l.

–Us agraïsc la confiança, però no ha estat així. He estat derrotat.

Beauchamp m'abraçà efusivament i va eixir de la tenda sense dir res. A ell, en qüestions de cavalleria no se'l podia ensarronar fàcilment.

Els criats em van ajudar a despullar-me i a recuperar la meua aparença habitual. A fora sentia crits i aplaudiments. Suposava que es devien al fet que Elisabeth havia estat nomenada reina del torneig i que el duc d'Alimburg havia estat designat vencedor de les justes.

No tenia esme per a veure la resta del torneig. Era el torn dels combats entre quadrilles de cavallers, molt més espectaculars que la contesa home a home. En aquesta modalitat, com sabeu, és tan important la força i l'habilitat dels cavallers com la compenetració, la lluita en conjunt. Pensava que potser l'endemà, quan estigués recuperat d'ànim i pogués gaudir de les llices, aniria a veure'ls. Aparéixer en aquell moment pel born m'hauria obligat a acceptar colpets de solidaritat o befa en l'esquena i, sobretot, m'hauria fet veure el duc d'Alimburg al costat d'Elisabeth, com a vencedor, com a injust vencedor. Per això, vaig iniciar sol el camí de retorn a les meues estances.

Però aquell dia malastruc encara no s'havia acabat. A la porta de la meua cambra m'esperava impacient un criat amb una carta. Només va ser necessari veure la lletra per a saber que l'escrit venia de València. Galceran m'informava amb profusió dels esdeveniments d'aquelles setmanes. Una vegada alliberat el meu procurador i assabentat Montpalau de l'acceptació del rei Enric d'Anglaterra com a jutge, tot semblava resolt. Però, ara, la reina Maria havia tornat a intervenir. Assabentada de la concertació de la batalla, havia fet arrestar preventivament Montpalau. A més, l'infant Joan II, germà del rei, havia autoritzat Joan de Funes, doctor en lleis, perquè prorrogaren i ampliaren aquest arrest del meu enemic indefinidament. En definitiva, el meu adversari no podia eixir dels territoris de la Corona.

Els reis i els jutges tornaven a entrebancar el meu camí. No sabia què fer. Les despeses d'aquells mesos a Anglaterra estaven malmetent l'economia familiar i no sabia quant de temps podria continuar d'aquella manera. Galceran em donava ànims perquè hi resistís, però jo no podia evitar plantejar-me que m'equivocava esperant allà, a Londres, sense poder fer res.

Ni tan sols Beauchamp, l'endemà, va saber què dir-me. De la manera com estava la situació, el comte de Varoic tampoc no sabia si aconsellar-me el retorn o esperar, encara una mica més, abans d'iniciar la tornada a casa.

Dels dubtes em tragué Mary, la criada de Lady Elisabeth, quan aquella nit em portà, amb el seu habitual somriure entremaliat, una lletra d'Elisabeth.

–Ja veieu que les meues actuacions us procuren alegries.

Entenia el sentit de les seues paraules i vaig tornar a ser generós amb ella. A la carta, Elisabeth s'interessava pel meu estat de salut després de la competició i m'insinuava, més que fer-ho explícit, la possibilitat d'una trobada a casa seua.

Davant meu Mary em fitava amb satisfacció mentre llegia l'escrit. La nota estava segellada però el rostre de la criada denotava que en coneixia els termes perfectament.

–Demà a la nit vindré a recollir-vos. Estigueu preparat.

Cada instant que transcorregué fins que fou l'endemà esdevingué un any; cada hora, un segle. El desig m'encenia les venes, la incertesa i el dubte feien cavalcar el meu cor desbocadament. Quan finalment vaig veure aparéixer la criada, feia hores que esperava passejant inquiet per la cambra.

Després d'incitar-me a lliurar-li més diners, i satisfeta per la meua liberalitat –una magnanimitat que no em podia permetre–, Mary em tornà a portar a través del laberint d'estances i foscors de l'altra vegada. En aquesta ocasió fins a l'habitació de la meua estimada. Elisabeth m'esperava asseguda en una butaca folrada de vellut vermell. Quan hi vaig entrar, la vaig veure brodant uns mocadors de seda amb semblança distreta. Deixà els estris a un costat i em somrigué.

–Crec que enteneu perfectament com és d'incorrecta la vostra presència en aquesta alcova.

–Això digueu-ho al meu cor. Però us advertisc que ell no sap res de normes de conducta, sinó de sentiments i sempre fa allò que desitja.

–Doncs, digueu al vostre cor que potser deixarà de bategar si algun familiar meu o el mateix duc d'Alimburg s'assabenta de tanta inconsciència.

I tot açò ho deia amb un gran somriure que negava les paraules que els seus llavis pronunciaven. Hi hagué un moment de silenci. Jo estava dret vora la porta i ella seia en la butaca.

–Ja que no voleu anar-vos-en, atanseu-vos. Crec que tenim moltes coses de què parlar.

Vaig asseure'm prop d'ella i conversàrem durant hores. Primer de coses intranscendents, després, a poc a poc, començà a obrir el seu cor i em parlà d'anècdotes més personals. Havia estat promesa en matrimoni per la seua família quan tenia deu anys. El seu pare i el rei, aleshores oncle seu i pare de l'actual monarca, havien decidit casar-la amb el duc d'Alimburg. Era un bona boda per a les dues famílies. Els Alimburg guanyaven presència en la cort i la família d'Elisabeth emparentava amb una de les famílies amb més territori i influència de la noblesa anglesa, la qual cosa era bona per a la Corona. A ella, evidentment, ningú no li preguntà mai res.

Elisabeth pensava que el duc d'Alimburg –no li deia mai pel seu nom– no era un mal partit. Era valerós i amable i estava segura que aviat, quan ho decidís el rei, es produiria la boda.

–Compreneu ara com és d'inconvenient la vostra presència ací?

La seua veu era harmoniosa i jo em plaïa escoltant-la. Parlava dèbilment perquè no volia cridar l'atenció de ningú que pogués passar per l'exterior de la cambra, on jo suposava que esperava fent guàrdia la criada. M'havia acostat molt per escoltar-la i podia sentir el perfum de la seua pell, com un verí, fent-me perdre els sentits. Li vaig agafar la mà per besar-la i ella la va girar i me la va donar oberta perquè li la besàs a dins, perquè, com sabeu, besar dins és senyal d'amor i fora, senyal de senyoria. Vaig sentir la calidesa de la seua mà sobre els meus llavis, i a fe us dic que mai no havia besat cap matèria més suau i delicada que aquella. Aleshores, vaig posar la mà en el seu rostre i vaig acostar els meus llavis als seus.

Després, un esclat de roses i de tendresa. Aquell cos cobejat en les meues mans, aquella pell blanca surada pels meus dits, pels meus llavis, per la meua ànima. Vam jaure tota la nit, abraçats. Més tard ella s'adormí damunt meu. Jo sentia la seua escalfor tocant i compassava la respiració a la seua gaudint de cada instant, desitjant que el temps s'interrompés per sempre o poder finir els meus dies en aquell moment.

La matinada ens va sorprendre així. Recordava cançons d'albada recitades per trobadors. L'amant ha d'abandonar el llit quan naix el sol. I només ara comprenia aquella desolació, aquell aire de somni incert que té deixondir-se al costat de la dona llarg temps estimada. Em vaig vestir amb sigil perquè no volia despertar-la. Vaig observar el seu cos, ara totalment nu, durant un instant. Després el vaig cobrir delicadament amb un llençol. Tot semblava una il·lusió, un encanteri provocat per un fetiller tret d'alguna narració artúrica.

Fora de la cambra, em sentia desorientat. El problema principal era trobar l'eixida de la casa sense que ningú no se n'assabentàs. De sobte, Mary va aparéixer de no se sap on i em va fer senyal de silenci amb el dit vora els llavis. Em va agafar de la mà i em va conduir fora de la casa. Vaig pensar que, potser, la criada havia estat observant-nos tota la nit. El somriure, més accentuat aquella nit, semblava indicar-ho així.

Encara que era estiu, la matinada es despertà freda i l'aire em va colpejar la cara traient-me de l'ensomniament. Havia jagut amb Elisabeth i em semblava que ara el món era més bonic, més amable.

Des d'aquell dia, la meua vida girà, encara més, al voltant d'Elisabeth. Continuava la competició, i duraria encara uns quants dies. Ella tenia obligació d'assistir-hi com a reina del torneig i ho feia amb total dedicació, però jo sabia que les nits eren per a mi. A poqueta nit, Mary venia amb el seu somriure picardiós i, gairebé sense dir-me res, em portava a través de la foscor cap a Elisabeth. Van ser uns jorns meravellosos. Parlàvem, ens apreníem i jéiem amb ànsia. Cada matinada Mary desfeia amb mi el camí i quan naixia el dia, era al meu llit, exhaust i feliç.

Però jo sabia que allò no podia durar.

El darrer dia de torneig Beauchamp vingué a veure'm. Em contà les proeses dels combats amb passió de vell cavaller. I gairebé m'obligà a assistir-hi a l'última jornada. Em deia que fins i tot el rei havia preguntat per mi i havia comentat que li seria de gust la meua presència en la cloenda de les justes. Jo havia combatut amb valentia i era, no podia oblidar-ho, el seu convidat. I els desigs del rei havien de ser ordres per a mi.

El meu interés per les conteses havia desaparegut totalment. Tenia alguna cosa millor de què preocupar-me, per això hi vaig acudir sense gaires ganes. Però en el camp de lliça m'esperava una sorpresa.

Quan hi vaig arribar, em vaig agenollar davant del rei per saludar-lo com a signe de respecte. El monarca primer em reprengué amablement per la meua absència i després em comminà a alçar-me. Prop del rei seia Elisabeth. A penes ens vam mirar. No volíem que es notàs cap afecte especial entre nosaltres i, encara menys, perquè assegut a la dreta d'Elisabeth hi havia el duc d'Alimburg, que es va limitar a mirar-me amb una certa indiferència i a fer una lleu salutació amb el cap. El rei continuà parlant-me quan em vaig haver aixecat.

–No hem pogut gaudir de la vostra presència en aquests dies, però encara ens queda el record dels vostres combats i sé que quedaran en la memòria de molta gent del nostre país.

–Sou molt amable, majestat.

–És cert el que diem, no és amabilitat. I el comte de Varoic pensa igualment. No ha deixat ni un instant d'alabar la vostra destresa amb les armes ni el vostre capteniment cavalleresc.

Vaig mirar de reüll Beauchamp, que somreia lleument.

–Per això he decidit adobar-vos cavaller demà mateix. En la jornada dedicada als vencedors dels torneigs.

Em vaig quedar sense parla. Vaig mirar Beauchamp que somreia obertament. A penes vaig saber pronunciar unes paraules d'agraïment al rei. Per fi aconseguia ser nomenat cavaller. L'honor més gran a què un home pot aspirar i jo l'havia de les mans d'un dels monarques més poderosos del món.

El rei no semblà notar la meua commoció. M'ordenà que em preparàs per a la cerimònia i em convidà al sopar de comiat de les festes. Després donà ordre de començar els combats de la jornada. Em sentia totalment torbat. D'una banda, perquè no acabava de pair la notícia que tot just m'havia donat el rei. I, de l'altra, perquè era la primera ocasió en què Elisabeth i jo coincidíem en un lloc públic i, a més, amb la presència del duc d'Alimburg. No gosava mirar-la, i sabia que ella tampoc no dirigiria la mirada envers mi. Tots dos temíem que el nostre esguard ens descobrís i vam romandre hieràtics i amb aparença indiferent tota l'estona. Però un lleu somrís en els llavis de la meua estimada marcava com se sentia també ella de satisfeta.

Vaig seure al costat del comte de Varoic. Beauchamp em va felicitar ardorosament per la bona nova. Després, quan els cavallers eixiren al born, s'oblidà de mi i de tot el que l'envoltava. El comte gaudia de l'espectacle com si fos ell mateix encara un jove cavaller. El torneig va ser, certament, espectacular. No us contaré els molts insignes actes que allí tingueren lloc, però heu de saber que tots els competidors pugnaren amb força i valor. Finalment, després d'una lluita molt equilibrada, una de les quadrilles es va alçar amb la victòria. Els vencedors, a cavall i aclamats pel públic, van rendir els respectes a la reina del torneig i al rei, que els va nomenar oficialment vencedors de la lliça i va demanar que foren victorejats pel poble, que amb una gran cridòria va mostrar el seu acontentament. Enric VI estava també de bon humor. Per combatre la calor bevia amb assiduïtat d'una copa d'or plena de vi refrescada amb neu duta de les muntanyes del nord, que fomentava encara més la seua eufòria.

En acabar el torneig Beauchamp m'acompanyà a les meues habitacions. Estava tan content com jo mateix.

–Amic Martorell, per fi es fa justícia. Una actitud tan valerosa com la vostra mereix el títol de cavaller.

–Sou molt considerat i sé que si el rei ha decidit el meu adobament ha estat gràcies a la vostra insistència.

–No, jo només li he suggerit el que ell ja intuïa. A més, si la vostra actuació no hagués estat realment cavalleresca, el rei no hauria accedit a la meua recomanació.

Beauchamp em posà la mà al muscle.

–Cal que us prepareu per a la cerimònia.

Vaig passar la nit en l'església, vetlant les armes, dejunant i pregant Déu perquè em concedís la capacitat de ser un bon cavaller. No us enganyaré, aquella llarga nit no solament vaig pregar per la meua virtut com a cavaller, també vaig demanar a Déu un miracle que permetés que Elisabeth i jo romanguérem junts per sempre.

L'endemà, a l'alba, s'inicià el llarg procés d'adobament. Jo el coneixia perquè l'havia sentit contar en moltes ocasions al meu pare, al meu avi i a altres cavallers, però sabia també que en cada indret s'esdevenia de manera distinta, i estava expectant per procurar ser digne de tot allò que ocorreria. Beauchamp acudí prest al meu costat. Ell seria el meu valedor, m'acompanyaria durant tot el procés i m'ajudaria en tot el que necessitàs.

Primerament, després de vestir-me amb l'armadura, em pujaren en un cavall blanc, símbol de la puresa dels cavallers, que sempre hem de tenir el cor immaculat. Em col·locaren sota un pal·li i ens dirigírem, acompanyats de les dames i dels cavallers, a l'església de Sant Jordi, per tal d'escoltar missa i combregar.

Quan la missa acabà, anàrem en processó al camp de llices, on ens esperava el rei. Com marca la tradició anglesa, el meu valedor trucà a les portes del born fins que els reis d'armes les obriren. A dins de la lliça esperava el rei amb tot el seu seguici i el poble pla.

Beauchamp complí amb el precepte i digué als reis d'armes que era allí per demanar la cavalleria per a un noble senyor. Ens obriren pas i em feren seure en una cadira de plata. Després, com a cavallers privilegiats, els reis d'armes m'examinaren i comprovaren que no tenia cap defecte corporal que m'impedís entrar en batalla. Només quan estigué autenticada la meua capacitat física, entrà l'arquebisbe per prendre'm jurament.

La magnificència de les vestidures del religiós era digna de la cerimònia. L'or de la seua casulla refulgia en el matí assolellat com una cuirassa. La còrpora immensa de l'arquebisbe el feia suar profusament, però no per això va perdre l'alé en pronunciar les preguntes del jurament.

–Jureu a Déu i als evangelistes que no vindreu mai en contra del rei d'Anglaterra, el vostre senyor?

–Ho jure! –vaig contestar amb fermesa.

–Jureu pel més sagrat que utilitzareu tot el vostre poder i tota la vostra força per a defensar dones i donzelles, vídues i casades si us ho demanen, i també els orfes i els desemparats? Jureu que entrareu en camp de batalla per elles si tenen bon dret o si socors us demanassen?

–Ho jure!

L'arquebisbe es donà per satisfet amb la meua promesa. Aleshores, s'inicià la darrera etapa del meu adobament. Em conduïren davant del rei, que, molt seriós, havia estat atent a tot el procés.

Em vaig agenollar davant seu en senyal de submissió. El rei tragué l'espasa i la col·locà damunt del meu cap.

–Que Déu et faça bon cavaller amb la protecció de sant Jordi!

Llavors em va alçar de terra i em besà en la boca com a signe de respecte i d'igualtat com a cavaller. S'acostaren a mi quatre cavallers dels més nobles, que em calçaren els esperons i em lliuraren l'espasa. Era l'acte final, en aquell mateix moment havia assolit, per fi, la categoria de cavaller.

Vaig rebre les felicitacions de tota la gent de la cort, però entre totes jo només buscava la mirada d'Elisabeth. La munió de cavallers i dames que m'envoltaven em feia difícil trobar-la. Una estona més tard vaig poder veure-la. Ella no parava esment en mi, semblava absorta en la cerimònia que li tocava presidir, però jo endevinava el mateix petit somriure del dia anterior en els seus llavis.

Estava bellíssima. S'havia vestit com corresponia a la reina d'un torneig en el dia del lliurament dels premis. Duia una gonella de brocat carmesí de fil d'or. La roba era tota de xaperia, sembrada de petits robins i maragdes. I estava resplendent. Durant el temps que es produïen els reconeixements als vencedors dels torneigs, vaig intentar quedar en un segon pla i passar desapercebut però procurant no perdre de vista en cap moment la meua estimada.

Solament em vaig alterar quan Elisabeth hagué de reconéixer Alimburg com a triomfador del torneig individual. El duc em mirà desafiador, complagut d'una victòria que no mereixia.

Després de lliurar els premis als guanyadors i del meu adobament com a cavaller, el rei havia programat unes actuacions de música i teatre per alegrar la plebs que, incitada per alguns agents, cridaven visques al rei i alabava la magnanimitat del monarca. Jo encara em sentia tremolar i no vaig parar a penes esment a l'espectacle. Quan acabà, el rei es retirà entre víctors i saludant la multitud. Enric VI de Lancaster estava ple de satisfacció. Tal com pretenia, cada dia era més estimat pel seu poble.

Elisabeth marxà amb Alimburg, a qui es veié obligada a agafar pel braç. El meu cor bullia d'ira de nou. Beauchamp s'adonà i m'acompanyà per un altre camí de retorn a casa a fi d'evitar un possible incident. Encara era aviat i el meu amic em suggerí d'anar a fer un volt. Hi havia temps de sobres fins l'hora d'anar a sopar a palau. Aquell passeig era simplement una excusa del comte de Varoic per a parlar-me a soles.

–Digueu-me, Martorell, què heu decidit fer? Ara ja sou merescudament cavaller. Encara ajornareu més la vostra partida?

–Esperaré un poc més. Si Montpalau manté un petit bri d'honra en el seu cor desobeirà la voluntat de la Corona i vindrà. Com vós vau dir: l'honor de la cavalleria pot estar per damunt de la voluntat d'una reina.

Beauchamp va romandre en silenci uns instants.

–Amic Martorell, crec que el vostre contrincant no té gens d'interés de combatre amb vós –sospirà–. De tota manera sou una persona assenyada i heu de fer el que cregueu més encertat.

Sabia que el meu amic tenia raó, començava a ser una pèrdua de temps i de diners romandre a Anglaterra, però jo no podia exposar-li les noves raons que em lligaven profundament a aquell país.

No insistí més. Beauchamp era d'aquells homes que saben que cadascú ha de prendre les seues decisions i no maldà a intentar convéncer-me ni a allunyar-me de la meua tossuderia. Ens separàrem en arribar a les seues habitacions i quedàrem de trobar-nos aquella nit al palau per a la celebració de la festa del final de les llices.

A la cambra principal eren presents les millors cases d'Anglaterra, tots fent homenatge al rei. Els nobles continuaven asseguts per simpaties personals, fins i tot per antipaties compartides. Però el més important era que tots eren davant del monarca per a retre-li homenatge, i això volia dir que tots estaven assumint a poc a poc la seua autoritat. Aquell torneig havia resultat un èxit.

Jo seia amb Beauchamp, que m'explicava a cau d'orella qui era cadascun d'aquells nobles i quines eren les adhesions i enveges que els poblaven. Escoltava el comte de Varoic, però els meus ulls es dirigien una vegada i una altra cap a Elisabeth que, asseguda amb el duc, a penes aixecava la vista. Estava preciosa amb un vestit vellutat de color burell, que feia destacar, encara més, la color roja dels seus cabells. El sopar va ser magnífic, però jo no tenia ganes de menjar, anhelava que aquella festa acabàs aviat i Mary vingués a portar-me al costat de la meua estimada. Tenia moltes coses per contar-li. Volia compartir la meua alegria per haver estat nomenat cavaller i el dolor que sentia per aquella separació constant.

A l'acabament del sopar, el rei va fer parar els músics que amenitzaven la vetlada i va començar a fer un discurs. Continuava molt alegre, potser excessivament fins i tot, però hi tenia dret. Era la primera ocasió en què la imatge del rei es veia reforçada i tots els homes de confiança que envoltaven el monarca també estaven satisfets, especialment el duc de Beaufort, regidor dels territoris francesos d'Anglaterra, que no se separava mai d'Enric.

El rei començà agraint la presència dels nobles. Els esmentà un a un, i per a tots tingué alguna paraula amistosa. Beauchamp, a cau d'orella, em traduïa al llatí les paraules d'Enric que no entenia. Després, donà l'enhorabona a tots els vencedors del torneig i a tots aquells que havien combatut amb valentia, encara que no haguessen guanyat. I dirigí la mirada cap a mi. Finalment digué que, com que aquell era un dia de bones notícies, volia anunciar que tan prompte com els preparatius estiguessen acabats la seua cosina Elisabeth es casaria amb el duc d'Alimburg, gloriós vencedor de la lliça i membre d'una de les famílies més fidels a la Corona.

Vaig sentir i vaig entendre que el rei deia el nom d'Elisabeth i del duc i vaig mirar Beauchamp esperant la traducció. Però Beauchamp es va quedar callat.

–Què ha dit? –vaig acuitar el comte–. Què ha dit d'Elisabeth?

Lentament, Beauchamp m'ho va traduir. Mentrestant, els cavallers brindaven i colpejaven amistosament l'esquena d'Alimburg. Elisabeth seia amb el cap cot, lleument ruboritzada, i jo sentia que perdia el món de vista. Em vaig aixecar gairebé sense saber què feia i vaig eixir a respirar l'aire fresc dels vespres anglesos.

Tota la nit vaig esperar infructuosament que la criada d'Elisabeth vingués a buscar-me. La matinada em sorprengué mirant per la finestra encara, gruant per veure la figura emboçada de Mary. Tantes cavil·lacions passaren aquella nit pel meu pensament, vaig considerar tantes possibilitats embogides, que no us les podria narrar si no utilitzàs milers de qüerns per escriure-les. Us diré, però, que les lúgubres reflexions d'aquella nit han estat presents en mi fins avui com una malaltia mai no totalment guarida.

I Mary ja no va tornar més. De dia passejava pels llocs on alguna vegada havia vist Elisabeth amb la remota esperança de trobar-la, de poder parlar amb ella. Però semblava que la meua estimada defugia aquests mateixos indrets. A les nits, mirava per la finestra anhelant, desitjant intuir la figura de la criada. I així van passar dies i dies. No gosava presentar-me a casa seua. No podia posar-la en una situació compromesa que afectàs la seua honor, encara que moltes vegades vaig desitjar fer públic el nostre amor, matar el duc d'Alimburg i emportar-me Elisabeth al meu país.

El meu aspecte físic es va ressentir d'aquella situació. No menjava gaire i em vaig aprimar. No tenia esme per res. Passava els dies com absent. Els meus criats estaven preocupats i, sobretot, el meu administrador, que intentava inútilment que prestàs atenció a l'esfondrament indeturable dels nostres fons. Començava a ser urgent tornar a casa, però jo no volia abandonar Anglaterra. No era ja per l'honor de la meua germana era, evidentment, perquè allò significava renunciar a Elisabeth definitivament.

Beauchamp vingué a veure'm. Probablement s'havia assabentat del meu estat per algun dels meus criats i es presentà a donar-me ànims i a aconsellar-me. Em parlà molt seriosament.

–Mossén Martorell, vós sou un cavaller d'honor. Sabeu que de vegades la vida ens fa prendre decisions que fan mal als nostres cors però que són inevitables. No sé ni vull saber si entre la cosina del rei i vós hi ha hagut res més que amor a distància, però ara vós heu de ser fort i entendre que ella es deu a un bé major. El rei necessita consolidar el seu poder i els Alimburg són la clau de l'estabilitat que Anglaterra necessita.

–I ella què diu, vós l'heu vista?

Beauchamp assentí.

–Ella sap perfectament quins són els sacrificis que Anglaterra demana. Marxeu, amic Martorell. Torneu al vostre país. Ací no podeu fer res ja.

Vaig acceptar a contracor com a assenyades les paraules que el comte de Varoic em deia i vaig ordenar als meus servidors que preparassen el viatge. Però aquella mateixa vesprada va ocórrer un fet que retardà el meu retorn a València.

Començava a caure el sol quan un emissari d'Enric VI acudí a les meues habitacions. El rei em demanava urgentment a la seua presència. Vaig encaminar-m'hi de seguida. Davant del monarca, a més dels consellers habituals, entre ells Beauchamp, hi havia un cavaller vestit amb robes luxoses i amb un posat seriós.

Vaig fer la cortesia al rei i vaig esperar que el monarca es dirigís a mi.

–Mossén Martorell –el tractament propi de cavaller encara feia bategar fort el meu cor–, aquest cavaller és Perot Mercader i diu que és l'emissari de l'infant Enric d'Aragó, germà del rei Alfons.

El cavaller continuava amb una postura impassible, entre orgullosa i menyspreadora.

–El cavaller –continuà el rei– excusa el vostre contrincant, Joan de Montpalau, de qualsevol falta i us acusa de desobediència a la Corona per haver eixit de València sense permís. Què heu de dir davant d'aquestes acusacions?

La meua sang es va convertir en foc. Per les venes només travessaven la ira, la venjança i el desig de matar.

–Senyor, aquest home és un mentider. Joan de Montpalau va deshonrar la meua germana després de fer-li promesa de matrimoni. Vós, majestat, heu vist la correspondència que ho prova. Quant a l'acusació d'haver desobeït la Corona, jo sóc un ciutadà lliure i no tenia cap prohibició explícita d'abandonar les meues terres, per tant no he contravingut cap ordre. Encara que, si hagués hagut de desobeir la Corona per defensar el meu honor, també ho hauria fet.

Beauchamp, darrere del rei, assentia complagut.

–Aquest home m'ha calumniat –em vaig adreçar al cavaller–. Senyor Mercader, dic que mentiu i mentireu per la gola tantes vegades com ho direu. Per això us desafie al Juí de Déu. Demà de matí rebreu les condicions del combat. Davant del món i amb l'ajuda de Déu, demostraré que sou un falsari, un covard i que aquestes paraules que avui heu dit han estat dictades pel meu enemic Joan de Montpalau. Majestat, us pregue que sigueu el jutge d'honor d'aquest desafiament que afecta, de nou, el meu honor.

–Així em plau –acceptà el rei.

–Aleshores, permeteu-me que em retire. He de redactar la lletra de batalla que fixe les condicions del combat.

Tot l'odi, tota la ràbia de tants mesos d'espera, tota la desesperança per haver perdut Elisabeth les vaig dipositar en aquell escrit. A Mercader, li concedia tots els avantatges que volgués. Li proposava, fins i tot, de lluitar amb una mà desarmada, la que ell volgués. Acceptava per endavant que ell portàs dues llances i jo només una, ell dues destrals i jo només una. Tot allò que desitjàs, perquè em sentia amb tota la raó i amb les forces suficients per a matar-lo, de la manera que fos. Li vaig trametre la carta amb un herald i vaig esperar pacientment rebre resposta.

Però Mercader no va respondre. Els cinc dies de termini marcats es van complir i no vaig rebre cap notícia, cap emissari de Mercader aparegué en la meua porta, cap herald, amb les condicions acceptades o rebutjades, es presentà davant meu, cap escrit amb noves exigències va arribar a les meues mans.

El sisé dia Beauchamp vingué a veure'm. Tenia un posat trist, com mai no li havia vist.

–Mercader no us respondrà –em digué en exposar-li la meua situació–. Ja no és a Anglaterra.

–Però, què dieu? No és possible.

–El rei l'ha deixat partir –la veu de Beauchamp sonava sepulcral, afectada–. Vivim uns temps on les regles de cavalleria només serveixen per a exhibir-les en torneigs i festes. Un rei de cavallers no ho hauria permés mai.

–Però, per què?

–Tinc males notícies per a vós. A més de les acusacions en contra vostra, Perot Mercader portava uns documents signats per la vostra família.

–Jo sóc l'únic representant de la meua família! Ningú que no siga jo no pot signar res en el nom dels Martorell.

–En aquest assumpte sembla que sí. Ja sabeu de les actuacions dels juristes. Joan de Montpalau ha signat, amb els procuradors de la vostra família, un acord pel qual pagarà a la vostra germana quatre mil florins en concepte d'indemnització.

El món semblava rodar al meu voltant i vaig haver de seure.

–No és possible.

–El vostre honor com a cavaller queda sa i estalvi –intentà consolar-me Beauchamp–. Vós teníeu la raó, Montpalau havia deshonrat la vostra germana i amb el rescabalament econòmic d'aquest acord ho reconeix.

–El meu honor sí, però i el d'ella? I el dels Martorell?

El comte de Varoic defugí la resposta.

–El rei ha fet trametre a l'infant Enric i a la reina Maria un escrit que lloa el vostre comportament i la vostra virtut –Beauchamp sospirà–. Amic Martorell, vós sou un autèntic cavaller. Potser el món ja no és de gent com vós i com jo. El combat i el Juí de Déu ara queden arraconats rere la paperassa de legisladors i reis sense valor, però vós, Joanot, em feu creure, encara a la meua edat, que un món d'honor és possible. Torneu a la vostra terra i intenteu viure-hi feliç i en pau. Ho mereixeu.

Encara vaig esperar un parell de dies; després, definitivament vaig ordenar als meus criats que feren els preparatius per a tornar a casa. Només em restava fer una cosa abans de partir: parlar per darrera vegada amb Lady Elisabeth.

Era evident que la meua estimada preferia no veure'm i que seria molt difícil trobar-la i, encara més fer-ho en un lloc apartat on poder dialogar calmadament amb ella. Per això, vaig procurar de coincidir amb la seua criada. Vaig rondar la casa d'Elisabeth fins que en vaig veure eixir Mary. Aleshores la vaig abordar.

La criada es va sorprendre molt i al començament va voler escapolir-se'n. Tenia ordres clares de la seua ama, però unes quantes monedes la van fer molt més accessible. Elisabeth li havia prohibit que anàs a buscar-me, però em va confessar que la seua senyora estava trista i sovint plorava sola en la seua habitació. Vaig aconseguir que acceptàs de donar un escrit a la seua ama i que es comprometés, a canvi d'una xifra bastant generosa, a tornar-me resposta fos quina fos.

En la carta, explicava a Elisabeth que partia cap al meu país i que desitjava veure-la en una última ocasió. Aquella nit es presentà Mary i m'acompanyà de nou i per darrera vegada a les estances de la meua estimada.

Tenia la certesa que seria l'últim cop que els meus ulls descansarien sobre els seus. Sabia que la deessa Fortuna havia fet girar la seua roda i que les nostres vides s'havien de separar en aquell punt. I Elisabeth també ho sabia. No vam parlar de la imminència del seu casament, ni tan sols vam fer cabòries impossibles sobre un futur que no ens pertanyia. Vam compartir la nit i l'alba ens va acollir ajaguts, nus i agafats per les mans. Era hora de marxar. Elisabeth va anar al seu joier i em va lliurar un petit fermall d'or que tenia pintat el seu rostre. Me'l vaig col·locar en el pit per dins de la camisa, molt a prop del cor. Em va posar la mà a la boca perquè no digués res i em besà. Jo la vaig abraçar amb l'amor i la força que dóna pensar que aquella és la darrera vegada que pots sentir la tebiesa de la dona estimada en els teus braços i, en silenci, vaig eixir de la cambra. Darrere meu sabia que Elisabeth plorava. Jo no volia mirar-la.

El dia de la partida era boirós. L'estiu s'havia acabat i els arbres agafaven el to daurat de la tardor i dels adéus. Havia arribat enmig de la grisor i les ombres i partia de la mateixa manera, potser més apesarat que no havia arribat, però també amb la trista seguretat que el dolor que sentia es veia compensat pel goig d'haver conegut Elisabeth.

El dia anterior a la marxa havia anat a presentar els meus respectes al rei i a agrair-li tot el que havia fet per mi. No vaig poder veure'l. Els metges li havien recomanat repòs. Havia tingut un esclat d'ira i havia fet matar tres servidors perquè l'aigua del bany era massa calenta. Els havia fets torturar amb aigua bullent i, finalment, els havia llançats a les serps perquè moriren amb el verí roent dels rèptils. Després d'ordenat tot açò, havia patit un fort mal de cap que l'havia obligat a jaure en el llit. Entre els criats i els servidors del palau governava un sentiment de por i d'inseguretat. Cap d'ells, si no és que els hi obligaven, gosava apropar-se a les cambres del rei per por que no els afectàs un nou atac d'ira del monarca. Com que no vaig poder parlar amb ell, li vaig deixar un escrit on li agraïa l'hospitalitat i l'amabilitat, i li desitjava un immediat guariment de la seua malaltia i un regnat ple de prosperitat.

També em vaig acomiadar de Vicent Climent, el canonge aviat deixaria Londres i partiria cap a Bretanya. M'abraçà efusivament i em sermonejà amigablement sobre el futur de la meua vida i la presència de Déu en tots els meus actes com a cavaller.

Beauchamp, quan va venir a acomiadar-se, no va voler fer cap referència a l'estat d'Enric VI. Però el seu rostre preocupat donava prou informació. Em lliurà un escrit del rei que em serviria de salconduit i de recomanació, i un altre document signat per Beauchamp, com a comte de Varoic, en què em feia alabança i avalava la meua persona en tot allò que fos necessari. M'abraçà fortament i em desitjà un bon viatge i sort en la vida. Li vaig pregar que m'escrivís i em donàs noves sobre ell i sobre Elisabeth.

A cavall, els meus servidors i jo iniciàrem el mateix camí que mesos abans havíem fet. Darrere meu, Londres es difuminava amb les primeres boires d'un hivern que es pressentia llarg i trist. Al meu davant, m'esperaven de nou la mar i l'aventura.

A Beauchamp, li estaria agraït eternament per l
me la seua amistat i per tants favors desinteres
m'havia concedit. Havia actuat amb mi com el meu
protegint-me, aconsellant-me i ajudant-me a posar el toc de seny suficient en la meua vida per a no cometre més bestieses de les que solia.

Abans de la meua partida, fins i tot m'havia buscat un vaixell que em conduís al meu país. Hi havia molta inestabilitat en el territori francés, per això em va recomanar que fes via cap a València a través de Portugal i travessant Castella. En aquells moments, constituïa l'opció més tranquil·la i ràpida, i el que jo necessitava era tornar a la meua ciutat com més aviat millor. Però Fortuna havia disposat noves aventures en el meu camí i, com sempre, la malaurança se'm creuava al davant i m'impedia realitzar els meus projectes.

Ja podeu suposar quin era el meu estat d'ànim llavors. Em sentia abatut, no tan sols per la pèrdua de temps que havien significat aquells mesos en terres angleses, ni tampoc per la vergonya i la ràbia que em corcava per dintre per com havia acabat l'afer. El que més em dolia era que, cada passa que a través dels boscos d'Anglaterra m'acostava cap a la costa m'allunyava indefugiblement de la meua estimada.

Anàvem a cavall cap a Southampton, el lloc d'on partiria el nostre vaixell. No vaig parlar amb ningú en tot el trajecte. La meua ment estava en un altre lloc, em semblava que romandria per sempre més al costat d'Elisabeth. Creia honestament que des d'aleshores mai no podria despendre'm de la seua presència en tot el que fes, que m'acompanyaria com un fantasma al llarg de tots els meus dies. Encara podia sentir la seua fragància abraçada a la meua pell portant-me records que a cada instant em feien sentir més afligit.

Per fi, en la llunyania, vam albirar el nostre punt de partida, el port de Southampton.

Els meus homes se sentien molt alegres i havien estat cantussejant durant tot el camí. El retorn a casa els omplia de felicitat. Volien tornar a veure les seues famílies, a respirar l'aire tebi del nostre país i a estimar dones brunes de malucs acollidors. Per a ells el viatge no semblava un fracàs. El seu senyor havia estat adobat cavaller pel mateix rei d'Anglaterra, i tots se sentien orgullosos de mi i feliços pel final de l'aventura. Per això ni tan sols els va molestar la notícia d'haver d'esperar dos dies fins que salpàs la nau. El capità esperava un ric negociant que faria el viatge amb nosaltres i que s'havia retardat per qüestions del mercadeig.

El comerciant arribà, però, l'endemà de vesprada. Venia acompanyat d'alguns servidors i de cinc esclaus que transportaven uns embalums d'aspecte feixuc. El mercader era un home gros de capteniment amanerat que es ventava sense parar perquè, tot i que l'aire no era gaire càlid, el greix que li circumdava el cos el feia suar copiosament. Una túnica brodada amb fil d'or feia ostentós el bon funcionament del negoci i el pèssim gust del seu posseïdor.

Al costat del comerciant, cavalcava un mercenari. Era habitual que els rics mercaders es protegiren amb la presència d'algun ferotge soldat a sou que, per pocs diners, era capaç de matar qualsevol que s'acostàs poc amistosament al seu senyor. L'acompanyant del negociant era un home de rostre bru que tenia estergida una cicatriu des de l'ull esquerre fins gairebé la boca. Un senyal d'antigues batalles que li donava l'aspecte sinistre que sens dubte pretenia. No m'agradà la mirada que llançà a la nostra expedició, ni tampoc féu gràcia als meus homes que, d'aleshores ençà, estigueren neguitosos i en silenci.

El capità decidí salpar immediatament i tots ens n'alegràrem. Encara, però, haguérem d'esperar algun temps perquè el mercader no trobava res del seu gust. La seua cabina estava massa bruta i era petita, el vaixell bornava intolerablement i, a més, desitjava fer un mos abans de partir perquè, deia, encara no havia pogut menjar res, ja que estava de camí des de la matinada.

La veu cridanera, gairebé femenina, del comerciant féu riure els homes, que l'escarniren amb comentaris sobre la seua dubtosa masculinitat. La freda mirada que els va adreçar el mercenari que l'acompanyava va tallar en sec els riures dels mariners i dels meus homes. Tots apartaren la vista, cap d'ells volia problemes, i aquells ulls era evident que tenien, rere les pupil·les, la mort.

Finalment, sense més incidents, iniciàrem la marxa. La nit començava a difuminar les formes i, quan la costa anglesa quedà oculta pel gris, em vaig retirar a la meua cabina. Havia estat taciturn tot el dia i els meus homes pensaven que estava destrempat pels treballs de la mar. A la cabina, vaig intentar inútilment que la son m'atrapàs. Els pensaments tornaven una vegada i una altra cap a Elisabeth. Feia hipòtesis sobre què devia estar fent, si devia pensar en mi o jeia ja en aquell llit on jo l'havia estimada. Aquella nit vaig recordar tots els amors desgraciats i impossibles que en el món de la literatura havien mostrat la seua desventura: Ginebra i Lancelot, Tristany i Isolda, Floris i Blancaflor, Enees i Dido. I totes aquelles narracions sobre amors perduts em semblaven una ximpleria comparades amb el dolor que jo sentia en el cor.

Al capdavall, amb el bressoleig lleu del vaixell, vaig aconseguir adormir-me. Recorde que fou un son farcit de somnis estranys que em feren despertar amb una sensació de neguit i de perill que no sabia del cert d'on podia procedir, però em va fer la impressió, durant tot el dia, que hi havia alguna cosa que no marxava bé.

A coberta, els meus homes, en rotle, cantaven cançons sota el sol i bevien cervesa i vi aigualit. El capità em va saludar amablement en la distància. Vaig buscar amb la mirada el seguici del comerciant. En un dels extrems de la nau hi havia els esclaus del mercader. Alguns d'ells, sense camisa, mostraven restes de fuetades passades i de no tan antigues que feien evident la crueltat del seu amo. El mercader no era al pont, devia restar encara a la cabina. Però a mi m'interessava més el mercenari. El vaig trobar a la popa del vaixell, mirant fixament cap a l'horitzó, com si esperàs veure-hi alguna cosa.

Em vaig adreçar al capità, un vell marí amb el rostre llaurat per centenars de sols que em va parlar molt amablement.

–Capità, voldria fer-vos una pregunta.

–Endavant, mossén Martorell. El comte de Varoic em va dir que estigués al seu servei i jo, que vaig servir sota les seues ordres en moltes campanyes militars, sempre he fet cas dels seus desigs.

–Gràcies, capità. Voldria saber qui és aquest comerciant que viatja amb nosaltres.

El capità féu cara de fàstic i escopí a terra.

–El seu nom és Barinton. No és la primera vegada que el veig. És un negociant molt conegut i no solament per la seua riquesa –féu un gest de complicitat–. Ja m'enteneu.

Vaig assentir i el capità va continuar.

–No sempre comercia amb el mateix. De vegades espècies, de vegades sedes, de vegades joies, esclaus, dones... Tot allò que li reporte grans beneficis.

–I l'acompanyant?

Féu una mirada de reüll per si era prop d'allí i abaixà la veu.

–No m'agrada. És habitual que els comerciants porten protecció personal a més dels servidors, però aquest home té un aspecte inquietant. Fa por als meus mariners, mossén Martorell.

A mi també m'intranquil·litzava. Vaig dir a un dels meus homes que no el perdés de vista. Un ric comerciant i una embarcació petita i desprotegida eren una presa massa fàcil per als pirates.

I no m'equivocava en absolut. A mitjan vesprada, es va poder veure a l'horitzó una vela llunyana. Era un vaixell que s'acostava ràpidament per la popa. El vigia va donar l'alarma de seguida. Aquella nau venia directament cap a nosaltres.

El capità va fer apujar tot el velam i durant uns moments la distància es mantingué. Però després, a poc a poc, l'altre vaixell començà a apropar-se'ns. Era un petit galiot amb vela quadrada que avançava molt ràpidament amb un fort vent de popa que li inflava les veles i el feia acostar-se irremissiblement al nostre dèbil navili.

Els meus homes m'envoltaren de seguida molt preocupats i indecisos. La nau pirata era gairebé damunt nostre i havíem de prendre una decisió. Eren homes valerosos però no avesats a la lluita, i un enfrontament produiria, necessàriament, víctimes.

Em vaig acostar al patró del vaixell, que també fitava neguitós com s'acostaven els corsaris.

–Capità, teniu armes a bord?

El vell mariner negà amb el cap.

–Aquest és un vaixell de transport, no una galera de guerra. Només tinc aquell petit canó.

Vaig dir als meus homes que preparassen les seues armes. Vaig anar a inspeccionar el canó. A penes era un instrument per a fer salves. No ens servia de res.

El comerciant eixí de la cabina atret per la cridòria i el rebombori que hi havia a la nau. El tràfec d'homes amunt i avall, temorosos i trasbalsats, l'havia despertat.

Quan es va adonar de la situació, començà a cridar i a plorar. Tingué un capteniment indigne d'un home com cal. S'acostà al mercenari i l'agafà pel braç com si li pregàs.

–Déu meu! Les meues mercaderies! Feu alguna cosa!

El mercenari no es molestà a mirar-lo.

–Enmig de la mar no es pot fer res. El seu vaixell és més fort i nosaltres no estem suficientment armats.

Una canonada d'avís a pocs metres de la nau reblà les paraules del mercenari. El capità ordenà abaixar les veles i rendir-se, volia conservar el vaixell.

Mentre s'aproximaven, vaig tranquil·litzar els meus homes. Els vaig ordenar que, si els ho demanaven, lliurassen les armes als bandits sense posar-hi resistència. M'havien servit amb lleialtat i no volia que ningú morís abans d'arribar a casa. Però els vaig advertir que guardassen un punyal dissimulat entre les robes. No se sabia mai què podia passar.

El galiot s'acostà ràpidament i els garfis volaren per enganxar la nau. Des de coberta véiem els somriures anhelants dels corsaris i la seua mirada d'avidesa. Al meu darrere, el comerciant plorava agenollat a terra mentre pregava Déu pels seus béns i per la seua vida.

Amb els ganxos arrossegaren la nostra petita carraca cap al galiot. En sentir el contacte de les fustes dels vaixells, saltaren a la nostra nau.

Era evident que jo sol no podria combatre'ls, hauria estat un suïcidi. Tot i això vaig agafar el pom de l'espasa i em vaig situar davant de la meua gent, disposat a defensar la meua vida i la dels meus homes, si calia. Però els pirates no volien les nostres vides, només les riqueses del comerciant. Era evident a tots els ulls que sabien què transportàvem.

Mentre uns quants ens vigilaven amb una certa indolència, la majoria es dirigiren a la bodega de la nau i començaren a traure'n les mercaderies del comerciant. Vaig poder apreciar les teles de seda, l'ivori, les espècies i tota mena de petites meravelles que eren amagades a la bodega. Els pirates, després de mostrar-les al seu capità, les transportaven cap a la seua embarcació rient i cantant. A cada peça que treien, el negociant semblava més enfonsat. Romania a terra assegut i gemegant, inconsolable.

Quan pareixia que ja no quedava res a la bodega, el que semblava el capità dels pirates es va adreçar al comerciant.

–No hi ha res més?

–Maleïts bastards! M'heu arruïnat!

El pirata somrigué.

–Ho dubte. Ara, traieu-vos la roba.

El negociant s'alarmà.

–Però, què dieu? Deixareu un home que ja és pobre sense el mínim de roba per a cobrir-se? Teniu pietat de mi!

Per tota resposta, el pirata desembeinà l'espasa. El mercader plorà amargament i es tragué la túnica brodada amb fil d'or que m'havia cridat l'atenció la primera vegada que el vaig veure. Ara m'hi vaig fixar millor i vaig notar el preciós treball fet amb la seda i els dibuixos de vinyes daurades que havien estat brodats amb perfecció. Quan es tragué la gramalla, de les goles de tots els homes s'escapà una exclamació de sorpresa.

Lligats per tot el cos, sota la túnica, el comerciant duia un entramat de saquets que formaven una petita xarxa per sobre la pell de l'obés negociant. El pirata tragué joc del mercader.

–Oh, quina meravella! Doneu-me aquests sacs i veureu com, miraculosament, us aprimeu.

El comerciant no rigué de la facècia del capità dels pirates, però els seus homes la celebraren ostentosament. Un per un, a contracor, l'home gros anà lliurant els saquets i, un per un, foren oberts davant dels nostres ulls. A dintre, hi havia les joies més meravelloses que mai no he vist. Robins vermells com el vi, anells lluents com el sol, arracades d'or com penjolls de raïm, diamants tan purs que semblaven invisibles. Semblava el tresor d'un rei persa. La cridòria dels corsaris augmentava a cada joia que el seu capità els mostrava. Jo mirava el mercenari que, desapercebut i impassible, ho fitava tot des del fons de la nau.

Quan el mercader quedà pràcticament nu, a penes cobert per una camisa grisosa, un dels pirates s'adreçà a nosaltres.

–I vós que sembleu un cavaller, no teniu or per a nosaltres?

Vaig fer un gest al meu ajudant que els va lliurar, amb diligència, un bossa amb monedes.

–Veig que sou intel·ligent.

Vaig assentir lleument amb el cap. No volia perdre'ls de vista i romania atent a qualsevol moviment estrany. Sentia descansant lleument sobre les meues cames la beina de l'espasa i, al darrere, lligada a la corretja, una daga petita però molt esmolada.

El bandit em mirà desafiador. Em repassà de cap a peus amb el seu esguard fins que s'adonà del fermall d'or que duia al pit i féu intent de prendre'l. Vaig reaccionar ràpidament i d'un cop li vaig apartar la mà.

–Això no és una joia, no ho podeu tocar.

El pirata va fer una ganyota i va tornar a intentar agafar-lo. D'una revolada vaig desembeinar l'espasa i li la vaig posar al coll. Els seus companys tragueren les armes amb prestesa. Durant un instant es va fer silenci. Però jo tenia les idees clares i així ho vaig fer saber als nostres atacants.

–Sigueu intel·ligents vosaltres ara. Teniu tot el que veníeu a buscar a més de tot el nostre or. De veritat us interessa una baralla per un simple fermall?

Tots esperaven la resposta del capità dels pirates. De reüll vaig mirar els homes que venien amb mi. Amb més o menys dissimulació, agafaven els punyals que duien amagats i es preparaven. La proporció era de sis pirates per cadascun dels meus homes, però no estava disposat a donar-los la imatge de la meua estimada. Jo era un cavaller i aquella era una qüestió d'honor.

El capità dels assaltants va veure la determinació en els meus ulls i va riure sorollosament.

–Deixeu-lo en pau. És un home enamorat. Ja tenim tot el que volíem... i més.

Lentament, el pirata s'allunyà del fil de la meua espasa i, amb els seus companys, tornà al galiot. Desaparegueren de la nostra vista a tota vela. Aquell vaixell era tan ràpid que pocs instants més tard a penes véiem la silueta de l'embarcació a l'horitzó. En un moment fou com si mai no hagués existit.

A la nostra nau, el mercader continuava a terra, nu i ploraner. El mercenari s'acostà irat cap a mi.

–Esteu completament boig! Heu pogut matar-nos a tots.

–Dubte que a vós us haguessen matat, senyor.

Em dirigí una mirada d'odi molt intensa però no va dir res més. Em vaig prometre d'anar alerta amb aquell home en el futur. Ja tindríem temps de tornar-nos a trobar i de saldar comptes.

Els mariners hissaren les veles de nou i reprenguérem el camí cap a Portugal. Però l'alegria dels dies precedents s'havia esvanit. El mercader entrà a la seua cabina a descansar i a vestir-se. Jo també m'hi vaig retirar. L'estat de les meues arques empitjorava a cada moment. Amb l'or que s'havien endut els pirates, s'havia agreujat molt més encara. Ja no tenia prou diners per a tornar a València.

Desembarcàrem en silenci a la ciutat de Porto. Em semblà un port brut i desarreglat, molt lluny de la bellesa i l'esplendor del port de la ciutat de València, però igual de sorollós. El mercader no havia eixit de la cabina des de l'assalt. Cap de nosaltres no el veié fins que el vaixell s'aturà. El seu posat capficat mostrava a la clara com havia estat de gran el colp per a aquell home i com era de gran l'amor que sentia per les seues riqueses. Al seu darrere, silenciós com sempre, desembarcà el mercenari, que ens va adreçar, com a comiat, una profunda mirada d'hostilitat.

Aquell mateixa nit, des de Porto, vaig escriure una carta al meu germà en què li explicava el nostre estat i li demanava ajuda econòmica per a tornar a casa. Després, agafàrem una petita embarcació que ens dugué a Lisboa, on tenia pensat descansar i rebre els diners procedents de València.

A Lisboa, vaig dir als meus homes que buscaren un lloc on hostatjar-se. L'endemà, vaig fer via cap a la cort portuguesa. Encara tenia les recomanacions del rei d'Anglaterra i de Beauchamp i, com a noble cavaller valencià, vaig anar a retre homenatge al rei portugués. Però el monarca no hi era.

Fortuna, que ens havia estat esquiva fins aleshores, va voler aquell dia aliar-se amb nosaltres. Si bé el rei no ens podia rebre, l'infant Ferrando es va assabentar casualment de la nostra visita i ens va fer cridar. L'infant havia estat present en les festes del rei d'Anglaterra i, com que era amant del món de la cavalleria, recordava la meua actuació en el torneig, per això em va acollir com a germà d'armes i em va oferir estada al seu castell.

L'infant, que tenia gairebé la meua edat, cercà des d'aleshores la meua companyia sovint i, aviat, va nàixer una gran amistat entre tots dos. Ell sabia que estava de camí al meu país, però mai no li vaig contar la meua penúria econòmica.

Esperava impacient rebre noves de València acompanyades d'argent i, mentrestant, m'entretenia practicant la lluita amb l'infant o compartint amb ell converses, caceres i festes més o menys privades. Perquè a l'infant, per la passió pròpia de la joventut i per la gran bellesa que tenia, li agradava d'anar de jaç en jaç, tastant fembres de tota mena i condició.

Les dones portugueses eren molt distintes de les dones angleses, perquè ja sabeu que en cada país el gènere femení s'adorna de diferents virtuts. I la dona portuguesa és molt amatent amb l'home i s'ofereix a ell sense vergonya ni por. O almenys això és el que jo vaig veure i sentir al regne de Portugal. Quant a la bellesa física de les dames, us diré que jo encara estava ensomniat per la beutat blanca i pura de la meua Elisabeth, i aquelles dones em semblaven excessivament brunes i peludes.

I si al començament em resistia al deport pel gran record que encara tenia de la meua estimada, a qui mai no oblidaria, més tard vaig estimar sense amor moltes dones portugueses que es plaïen de jaure amb un cavaller vingut de les llunyanes terres de València. I us he de dir que afegien que la meua fogositat els era molt delitosa. No sabien que, en el fons del meu cor, els seus cossos no eren més que un vulgar reflex d'aquell que havia deixat feia uns pocs dies a les costes angleses.

El temps passà i jo continuava sense rebre cap notícia de València. Vaig enviar nous missatges en què demanava que m'enviaren uns diners que, d'altra banda, em pertanyien com a hereu dels béns familiars. Galceran em va respondre finalment, dies més tard, que la nostra situació pecuniària era molt angoixosa perquè no disposàvem de liquiditat. La causa era el matrimoni pactat de la meua germana Isabel amb Ausiàs March, que exigia la despesa de tres mil florins del dot. Si m'enviava diners, perillava encara més el casament. En l'escrit, a més, m'anunciava que tota la família esperava el meu retorn per a acabar de resoldre uns petits assumptes i celebrar, definitivament, les noces.

No tenia cap altra solució. Vaig travessar el call de Lisboa, els estrets carrers de petites finestres i parets humides, fins arribar a la casa de la família Alencrespo, els jueus prestadors de Lisboa més preuats per la seua discreció.

En travessar la petita porta de sa casa, em vaig adonar com són de llestos els integrants d'aquesta religió i com coneixen la naturalesa humana. Rere la foscor i insalubritat del carrer estret i d'una petita estança on rebien els visitants, s'aixecava una casa amb un jardí ben acurat, ornada amb una bellesa tal que he vist cambres de prínceps i de reis que al costat d'aquestes haurien semblat el cau d'un pobre esclau. Els prestadors sabien que aquella bellesa exposada al públic només faria que fomentar l'enveja i el desig de robatoris. Ser jueu no ha estat mai fàcil i jo he conegut nombrosos assalts a aquests barris en els quals s'excusava la rapinya rere actes de fe.

Vaig poder travessar la porta de la casa pel coneixement que de mi tenien com a cavaller honrat i lleial. Assegut al jardí, Jacob Gabriel Alencrespo em convidà a vi i acceptà ser el meu prestador, tot i que, sorprenentment, sabia que jo ja arrossegava un deute amb els germans Baromeis. Alencrespo vestia d'obscur, amb una discreció fins i tot excessiva. El seu rostre romania gairebé inalterable quan parlava i només rere les espesses celles, hi podies trobar alguna cosa que denotàs vida: els seus ulls ambiciosos.

El fet que conegués els meus problemes econòmics, em va fer adonar dels coneixements i contactes que els seguidors del Talmud posseeixen, molt majors encara que els dels seguidors de la sunna i la xara, per això són més rics i poderosos. I és evident que això els fa més perillosos per a tots els nobles cristians, que sovint cauen en les seues mans cobdicioses.

Atesa la meua situació, no podia regatejar gaire. I, tot i que l'interés amb què Alencrespo carregava el deute era força alt, vaig acceptar les seues condicions. Una vegada havíem signat els pagarés, em va prometre que en pocs dies rebria la quantitat pactada.

Encara vaig romandre algun temps més a Portugal. L'infant Ferrando no volia separar-se de mi perquè gaudia de la meua companyia tant com jo de la seua. Durant aquelles setmanes em vaig convertir en un personatge molt popular a la cort portuguesa, la qual cosa també va desvetlar algunes antipaties personals que no paga la pena de relatar per irrellevants i per mesquines, però que em serviren per a confirmar que a tot arreu les misèries humanes són les mateixes, com ja començava a saber i com vaig tenir moltes més ocasions de comprovar en el futur.

A terres portugueses em vaig avesar a caçar amb gos llebrer, que en aquell indret sembla que és la manera com sempre cacen els senyors. I no amb el falcó o amb altres aus, com agrada en la meua terra. L'infant Ferrando posseïa una gran gossada de la seua propietat. Quan anàvem de cacera, el munter portava la gernació d'alans, de llebrers de Bretanya i d'altres animals de presa, i perseguíem les bèsties salvatgines per tots els boscos que envoltaven el palau.

A Lisboa em sentia bé. M'agradaven els carrers estrets, la presència del port, l'alegria i la despreocupació de la gent i, sobretot, el sol. Acabava de passar gairebé un any a Anglaterra i trobava a faltar aquell clima espiritual i físic tan semblant al de la gent senzilla del meu país. Però els meus homes desitjaven tornar a València i, en el moment que Alencrespo em va lliurar els diners, vaig començar a fer els preparatius per a la marxa. Tenia també moltes coses per solucionar a la meua ciutat. I, amb l'excusa d'acabar de tancar el matrimoni de la meua germana, vaig aconseguir que l'infant Ferrando accedís a la meua partida.

Així, quan les pluges hivernals començaren a remetre perquè la primavera començava incitant, vaig abandonar Portugal i, travessant Castella, em vaig dirigir, després de més d'un any, de retorn a casa.

Hi arribàrem de nit. Els meus homes havien preferit arriscar-se i fer la darrera etapa del camí en l'obscuritat. Ara que podien flairar les aromes casolanes de les seues llars, desitjaven aplegar-hi com més aviat millor i no els detenia la inseguretat del viatge nocturn.

No hauria volgut despertar la meua família, però fou inevitable amb el soroll de l'arribada. Criats entrant embalums, veus discordants en la matinada que feren que primer ma mare i després els meus germans acudiren a rebre'm. Ma mare m'aparegué envellida a la llum de les espelmes. La vaig abraçar i va plorar entre els meus braços. Els meus germans petits em saludaren amb alegria. El cap de la família tornava a casa i allò era, sens dubte, un esdeveniment.

Aquelles mostres càlides d'estima i el fet de trobar-me a la llar, em feien sentir bé, ple de la dolça melangia que amara el retorn al caliu de la llar. Després de més d'un any tornava a posar els peus al meu casal. Vaig descansar la vista en aquelles parets, les mateixes dintre de les quals havia nascut, i em vaig retrobar amb els tapissos que ornaven els murs i amb les olors familiars de la casa.

Després, va baixar la meua germana Isabel i aquesta sensació de satisfacció va esdevenir neguit. El cos d'Isabel semblava haver minvat. Estava summament prima. Quan se'm va tirar al coll, la vaig alçar quasi sense esforç, com una nena petita. No li vaig dir res, però vaig dirigir l'esguard interrogant cap a ma mare que em mirava de fit a fit.

Galceran no hi era. Havia partit feia deu dies cap a una de les seues propietats i encara trigaria a tornar-hi. Damiata, per qui jo havia partit cap a Anglaterra, semblava que no s'havia despertat amb el soroll de la nostra arribada.

Va ser difícil convéncer-los a tots, especialment els meus germans, perquè em deixassen anar al llit. Tots desitjaven saber què havia fet durant aquell temps, quines aventures havia corregut, a qui havia conegut, en definitiva, que els contàs tot el viatge. Però jo estava molt cansat. El camí havia estat llarg i, ja a la meua cambra, ajagut en el llit, només vaig tenir un instant per pensar en Elisabeth i després la son m'atrapà ineluctablement, com un pes feixuc.

Vaig dormir fins ben entrat el migdia. Quan em vaig despertar, em vaig dirigir primerament a les estances de ma mare. Ella estava allí com sempre, brodant uns mocadors de seda.

–Joanot, ja t'has despertat! Havia ordenat que ningú no s'acostàs a les teues habitacions, però no estava segura que els teus germans petits em feren cas.

–Ja no són tan petits.

Ma mare somrigué.

–No, és cert. Ja són uns homes i aviat marxaran i em deixaran sola. És llei de vida.

Li vaig traure de les mans l'agulla i el mocador de seda i la vaig abraçar.

–I vós mare, com us trobeu?

–Vella i cansada, tal com tu em veus, fill meu.

–No és cert. Jo us veig magnífica.

–Menteixes molt bé a les dones, però jo sóc ta mare i sé llegir en els teus ulls i a mi no em pots enganyar.

Vaig abraçar ma mare amb estima. Era cert, aquell cos entre els meus braços se m'afigurava fràgil. Aleshores, li vaig preguntar pel que més m'havia sobtat el dia anterior.

–Què li ocorre a la meua germana Isabel?

Ma mare s'assegué en la butaca i jo em vaig acomodar a terra davant seu, com quan era un xiquet esperant una narració. Ho havíem fet moltes vegades. Ella brodava i explicava històries als xiquets asseguts als seus peus, però en aquest cas el conte no era de princeses i fades, sinó de gent real, i els esdeveniments narrats no s'esfumaven amb la fi de la narració, sinó que perduraven.

–El casament amb Ausiàs depén d'uns diners que ara no tenim, i ella se l'estima.

–Això es pot resoldre fàcilment però, per què està tan prima? Per ventura està malalta?

Ma mare sospirà.

–Els metges diuen que no ho saben, però la veritat és que cada dia està més dèbil. Em diuen que potser és fruit de la nerviositat per una boda que s'allarga massa en el temps.

–I vós mare, què creieu?

–Vull creure els metges, però el meu cor em diu que alguna cosa no va bé.

Temia fer la pregunta següent.

–I on és Damiata?

Ma mare va agafar amb força el mocador de seda, tant que li vaig poder veure la blancor dels artells. La seua veu, però, no es va alterar.

–Damiata ha partit de matinada cap al senyoriu de Murla.

–Amb l'àvia Beatriu?

–Sí. Ha preferit no trobar-se amb tu encara.

–Per què, mare? Per què ha acceptat un acord econòmic amb Montpalau? Com ho heu permés?

Deixà definitivament al terra els estris de brodar i em mirà als ulls.

–Desoí els meus consells. Sabia que Montpalau mai no accediria a casar-se amb ella i l'oferta econòmica era molt elevada.

–I no s'adona que així ha venut la seua virtut i el seu honor com una vulgar bagassa?

En els ulls de ma mare, les llàgrimes pugnaven per eixir i vaig contenir la meua llengua. Al cap i a la fi, la decisió havia estat de Damiata i les conseqüències l'afectaven principalment a ella i el seu bon nom. Ma mare no n'era culpable.

–I el meu germà Galceran?

–He fet que li porten una lletra per a avisar-lo que ja ets ací –sospirà intentant recuperar-se i no plorar–. Vindrà aviat.

–Molt bé.

Ma mare va sentir la tensió en la meua veu.

–Els Martorell sempre hem estat una família unida. Potser aquesta ha estat la seua força. M'agradaria que continuàssem units. Damiata ha fet el que ha volgut i només és la seua vida la que ha malmés. L'honor de la família ha quedat salvat amb el teu comportament i el teu pare estaria orgullós de tu –va fer una pausa–. Quant a Galceran, has d'entendre que ell actua amb bona voluntat, encara que l'amor als diners i les rauxes del seu caràcter sempre el perden.

–Sí, però els diners que desapareixen són els de la família.

–Joanot, ton pare et va triar a tu com a cap de la família, això per a Galceran, que és el primogènit, va ser un colp molt fort. No m'agradaria que, a més de tot el que ha passat, dos dels meus fills es comportassen com enemics.

Comprenia els sentiments de la mare, però no podia prometre res que no pogués complir. Jo havia de defensar els interessos de la família i si això significava apartar el meu germà de tot, ho faria.

Galceran arribà aquella mateixa vesprada. Érem a l'estança principal de la casa. Asseguts al meu voltant, els meus germans escoltaven la narració dels esdeveniments que m'havien ocorregut durant aquells mesos. Els vaig parlar de les festes, del torneig, de Beauchamp, del rei, del meu nomenament com a cavaller, dels pirates; però no els vaig dir res d'Elisabeth. La conversa era llarga i s'interrompia constantment per les preguntes dels meus germans sobre com era tal cavaller o com vestia tal dama. Ma mare seia més apartada però, no sé com, endevinà la presència d'alguna dona oculta en aquella història i ho preguntà sense embuts.

–I com li diuen, a ella?

Vaig enrojolar-me lleument i m'hauria trobat en una situació difícil si, en aquell moment, no hagués entrat Galceran.

Ens saludàrem sense gaire tendresa i després de les cortesies de rigor, vam abandonar la cambra per parlar tots dos sols. Galceran m'havia d'explicar moltes coses.

En primer lloc, li vaig preguntar per Isabel. Ràpidament em posà al dia de la situació amb els March. Hi havia hagut un intercanvi de correspondència poc amistosa i una xarxa de relacions difícils on cabien procuradors, àrbitres per al litigi i alguna carta de deseiximent. Tot plegat per a no res. March no es fiava dels nostres avals i exigia la meua signatura o cobrar el dot en efectiu. Galceran havia intentat en va que, amb la pressió, rebaixàs les exigències.

–Aquell malparit s'estima la Isabel tant com ella a ell, però s'estima encara més els diners, i sense el dot assegurat no accedeix a casar-s'hi. Com si no tingués prou diners ja, aquell venedor de canyamel!

Si alguna cosa no es podia negar a Galceran era la voluntat que havia esmerçat per resoldre l'afer d'Isabel. Havia posat en marxa tots els mitjans que coneixia, fins i tot havia escrit al rei de Navarra perquè pressionàs Ausiàs i aquest complís la paraula de matrimoni donada.

–Jo ho arreglaré –vaig tranquil·litzar Galceran que s'enutjava per moments explicant-me l'afer–. De quant disposem en aquest moment?

Galceran m'ensenyà els llibres de comptes. La nostra situació havia empitjorat moltíssim des que havia partit. Les rendes havien disminuït ostensiblement i no hi havia bones perspectives per al futur. A més, quedaven pendents dos deutes meus. Un amb els germans Baromeis i l'altre amb el jueu Jacob Alencrespo.

No vaig fer cap retret al meu germà tot i la seua mala gestió. Els llibres no estaven clars i en algun moment em va semblar que Galceran s'havia apropiat de diners de la família per al seu benefici. No vaig voler aprofundir en aquell aspecte i l'alleujament de Galceran em va confirmar el que temia.

Volia tornar a fer taula rasa. Des d'aquell moment el meu únic interés era organitzar de nou les rendes. Pensava que si m'hi dedicava a fons, en pocs anys tornaríem als beneficis. I, si estava clar que mai no podria arribar a recuperar el prestigi que havia tingut la família en temps del meu pare i el meu avi, almenys podria assentar els fonaments d'un bon futur per a la pròxima generació de Martorells.

En pocs dies, el temps d'assumir quin era el nostre estat real, vaig començar a prendre decisions. Volia resoldre primerament el tema de la boda d'Isabel. Ja que no havia pogut tenir cura de Damiata, volia que almenys Isabel tingués un casament com calia, i encara més tenint en compte la seua fràgil salut. En els jorns que seguiren al meu retorn, mai, ni una sola vegada, va venir a preguntar-me pel seu futur, tot i que ella sabia perfectament que la seua felicitat depenia de les meues resolucions.

Jo era l'hereu de la família i, sent a València, ningú sinó jo podia assumir el paper de cap de família. Ausiàs ho va entendre perfectament i va venir amb prestesa des de Beniarjó per trobar-se amb mi. Tenia un posat seriós i greu. Es comentava per la ciutat que li agradava escriure a l'estil dels trobadors, però que els seus versos tenien tan poca gràcia que els pocs que els havien llegits havien tingut problemes per a alabar-los amb la cortesia deguda sense que se'ls escapàs el riure. Suposava que alguns d'aquells versos devien estar dedicats a la meua germana i que, de ben segur, havia usat alguna de les seues estrofes per a enamorar, encara més, Isabel.

Altrament, tenia una certa fama de faldiller. Se li assignaven uns quants fills il·legítims amb criades i esclaves, però això no tenia cap importància. Ausiàs era un home adult i aquestes expansions de vegades eren totalment necessàries i no afectaven en absolut la relació amb la meua germana.

Va seure davant meu, rígid i expectant. Havia fet que Galceran se n'anàs. No volia que cap dels dos es veiés i es provocàs un enfrontament personal per una qüestió que estava claríssim que responia a simples interessos econòmics i al desig de preservar la imatge social.

Ausiàs i jo en poc temps vam arribar a un acord. Li venia i transportava els llocs de Ràfol, Cuta, Traella, Benibéder i Rafalet de Famut. Tot plegat amb un valor major dels tres mil florins que havia d'aportar Isabel al matrimoni. Vaig veure il·luminar-se els seu ulls i ho vaig aprofitar.

–Sabeu tan bé com jo que només amb l'arrendament d'aquestes fèrtils terres tindreu un benefici més gran que el del dot estipulat. Per això, aquest traspàs de terres paga més coses.

Ausiàs es va posar en guàrdia.

–Què voleu?

–Res que us siga penós, no patiu.

Ausiàs s'havia remogut neguitós, esperant quina cosa nova li demanaria.

–Sé que la vostra situació econòmica és molt bona i que el comerç de la canya que practiqueu us produeix molts beneficis, però no pretenc unir-me a vós en aquesta activitat. Coneixeu perfectament que la situació de la nostra família en aquest moment no gaudeix del mateix esplendor que en èpoques anteriors. El rei és fora de València i a la reina Maria no li som simpàtics els Martorell, amb la qual cosa perdem privilegis l'un rere l'altre.

Ausiàs assentí i jo vaig continuar.

–Vós, tanmateix, heu combatut al costat d'Alfons en temps passats i pel vostre valor i la vostra noblesa vau meréixer el títol de falconer del rei, per tant sou proper a la Corona. Només us demane que, com a família que aviat serem, procureu pels Martorell en la cort. Ajudeu-nos a reprendre el prestigi i els privilegis que abans teníem i parleu bé de nosaltres allà on calga. Ho heu entés?

–Perfectament. Us promet que no tindreu millor valedor que jo mateix a la cort.

Vaig cridar el notari, que seia esperant en una sala contigua i allí mateix vam signar els papers de l'acord. Ausiàs somreia satisfet. Sabia que aquell compromís era immillorable i supose que, a més, també es devia estimar la Isabel i aquell matrimoni el feia feliç.

–Una cosa més us demane –li vaig dir quan acabàrem de signar.

–El que vulgueu –el seu bon humor era ja evident.

–Teniu molta cura de la meua germana. Ja veieu com és de feble.

–Confieu en mi. No tindrà manca de res.

Encaixàrem les mans afectuosament. La data de la boda quedava fixada per a dos mesos més tard, el temps de preparar el casament i el convit que, amablement, havia assumit ell.

Minuts més tard, Isabel entrava en la meua cambra. Tenia llàgrimes als ulls i m'abraçà.

–Gràcies, moltes gràcies.

–No m'has d'agrair res. Només has de preparar la boda, recuperar-te i ser feliç.

Però no tot van ser abraçades. Galceran no va entendre que em desprengués de les terres de la vall de Xaló i va venir a veure'm molt enutjat. No ho vaig tolerar, jo era el cap de família i les meues determinacions no es discutien. Va ser la darrera vegada que Galceran va qüestionar una decisió meua i, si encara quedava una engruna de tendresa entre ell i jo, es va esvair aquell mateix dia.

Els preparatius de les noces ens mantingueren en una febrosa activitat durant setmanes, i la casa s'omplí d'un esperit alegre que ja feia molt de temps que no recordava. Isabel anava d'ací cap allà i ens embogia a tots amb la seua vitalitat. Malgrat que no s'engreixava, el vermell havia tornat al seu rostre i somreia sempre.

La boda se celebrà a Gandia, a l'església major de Santa Maria. Els March volien que aquell matrimoni fos celebrat a les seues terres i preferiren Gandia a la catedral de València. Tot el poble acudí a les noces i el dia de primavera també s'engalanà, com els carrers, per rebre els novençans. Allà i ací se sentia música, perquè Ausiàs havia volgut que tot el poble compartís la festa. Els March eren la principal família de la vila i volien demostrar-ho.

L'església de Santa Maria estava completament adornada amb flors blanques i la cerimònia resultà tan solemne com corresponia a la categoria de les famílies dels dos contraents. Durant la missa vaig veure Damiata per primera vegada. Des de la meua arribada s'havia mantingut a Murla defugint-me. Jo tampoc no havia fet res per fomentar l'apropament. Asseguda en un dels bancs de l'església, mirava amb posat seriós el casament. Potser pensava en la boda que ella podia haver tingut. Ara, ja no tindria l'oportunitat de casar-se, mai.

Després de la cerimònia anàrem al palau dels March, adornat fins a l'excés per a l'esdeveniment. Els músics tocaven belles melodies i el menjar era deliciós. Presidint la taula, els dos nuvis semblaven completament feliços i somrients, i els brindis, les salutacions i les danses sovintejaven.

Cap al final del convit, vaig coincidir en una de les sales amb Damiata, que havia estat eludint-me tota la nit. Es va veure sorpresa pel retrobament i va envermellir lleugerament.

No havia pensat com reaccionaria quan la trobàs. Tenia dret a estar molt enutjat, però curiosament només sentia pena per ella.

Es va fer un silenci incòmode. Podia deixar que aquella situació amb Damiata, gairebé exiliada als territoris de l'àvia, s'eternitzàs i potser penseu que vaig actuar amb feblesa, però vaig pensar que ara, amb l'absència d'Isabel, ma mare se sentiria sola i vaig deposar la meua actitud de rancúnia.

–Espere que tornes a casa prompte. La mare et troba molt a faltar.

Va abaixar la vista, digué gràcies amb un fil de veu i se'n va anar.

La resta de l'esdeveniment va estar ple d'alegria. Cap al final, els homes ja havien begut més vi del que tocava i les veus s'apujaven amb brindis sorollosos, de vegades carregats de doble intenció a propòsit de la nit que esperava els nuvis. Aviat, però, els nou casats es retiraren i tots vam partir cap a les nostres llars.

Ma mare restà uns quants dies al palau dels March per ajudar la meua germana en la seua vida novella i en la nova situació com a mestressa de casa. Una setmana més tard, tornà a la llar familiar en companyia de Damiata.

Durant uns mesos, vam gaudir d'una certa tranquil·litat. A l'estiu, des de Gandia ens arribà la bona nova que Isabel estava prenys i que cap al final de l'hivern pariria. Ma mare estava joiosa, tant com Isabel ho semblava en la seua carta. Era el primer naixement en la família des de feia molt de temps i tots ho vam veure com un bon auguri. Galceran feia molts anys que era casat, però la seua esposa continuava sense tenir descendència. Potser per això Galceran apareixia aquells dies més malhumorat que de costum.

Dies més tard, Isabel m'escrigué dient-me que si era mascle, aquell infant portaria el meu nom com a mostra d'agraïment pel que havia fet per la seua felicitat. No us amague que em vaig sentir satisfet amb la pensada d'Isabel. Ella havia sabut ser agraïda i la futura presència del nen m'omplia de tendresa.

Però ben prompte la situació va canviar. Ja se sap que després d'una alegria ve prestament una gran tristor, i després d'un mal en vénen molts. Fou una tardor tèrbola. Primerament, com un presagi, les nombroses pluges d'octubre negaren algunes de les nostres terres i dugueren la pobresa a molts camperols. Els dividends de les nostres propietats es veren disminuïts encara més perquè no podíem cobrar els censals. Després, des de Gandia, ens arribà una lletra d'Ausiàs en què ens informava de l'empitjorament de la salut d'Isabel. Ma mare es traslladà a Gandia amb Damiata. Durant dies vaig esperar rebre notícies. Quan arribaren no foren bones. Els metges que l'havien visitada no auguraven res de bo. L'infant que guardava en el ventre, deien, havia xuclat les escasses forces que Isabel conservava. A la casa ens preparàrem per al pitjor.

A mitjan novembre, el soroll d'un cavall apropant-se de matinada a casa nostra confirmava la sentència. Vaig tornar al palau dels March. Recordava aquelles estances adornades i felices i, ara, ni tan sols em semblaven les mateixes. Obscurides pel negre del dol, aixecaven ombres fantasmagòriques sobre el cadàver de la meua germana. Ausiàs seriós i envellit, presidia la vetla d'un petit cos amagrit on a penes besllumava el rastre de la bellesa d'Isabel. Ma mare i Damiata ploraven silenciosament, il·luminades per la llum tènue de les espelmes. No havien pogut fer res per ella, ningú no havia pogut fer-hi res. Al fons sonaven plors llunyans. Durant el soterrar pensava en el cadàver ocult dins del cos d'Isabel, el fill amb el meu nom que havia resultat ser finalment el seu assassí.

L'estat de les nostres finances continuava empitjorant. Vaig intentar que els March ens retornaren el dot d'Isabel, però Ausiàs em va escriure dient-me que aquell dot li corresponia com a marit i només en restituïa mil sous a ma mare, com a penyora de bona voluntat. Altrament, m'enviava un poema que havia escrit en record d'Isabel. Aquell poema continua sense ser gran cosa, però el vaig conservar perquè es referia a la meua germana i no pel seu valor. Us el reproduïsc perquè comproveu com era de sincer el sentiment d'Ausiàs per Isabel i com era de dolent el seu ofici de poeta.

Morta és ja la que tant he amat,
més jo son viu, veent ella morir:
amb gran amor, no es pot bé soferir
que d'ella mort me puga haver llunyat.
Lla dec anar on és lo seu camí:
no sé què em té que en açò no m'acord.
Sembla que ho vull, mas no és ver, puix, mort,
res no la tol al qui la vol per si.

No va ser l'última mort d'aquell hivern. A penes dues setmanes més tard, l'àvia Beatriu va morir a les terres de Murla. Havia sobreviscut a la mort del seu fill, però el dolor per la pèrdua de la néta havia estat excessiu per a la seua edat. El testament de l'àvia em nomenava hereu de les seues propietats i açò, que podia haver millorat la nostra economia, va ser, contràriament, causa de nous maldecaps.

Remenant els papers de l'àvia vaig trobar un document d'arrendament de les terres de Murla i Benibraïm a Bertomeu Martí. Segons indicava el contracte, mentre jo era a Anglaterra, Damiata, ma mare i la meua àvia van arrendar aquests senyorius de Murla i Benibraïm a Bertomeu Martí per un període de quatre anys i dotze mil sous més sis mil sous que m'havien d'arribar a Anglaterra en lletres de canvi. Però a Anglaterra no arribà res.

Vam comprovar els documents i vaig enviar un escrit a Bertomeu Martí demanant-li la ràpida restitució de les terres arrendades. Em contestà amb una bravata i insistint que les terres li pertanyien.

Si he tingut algun defecte en la meua vida ha estat el de deixar-me dur per la còlera. No he sabut ni he pogut controlar la ira que, massa sovint, s'ha fet senyora del meu raciocini. He actuat seguint l'instint de la ràbia tantes vegades que ara, vell i cansat, m'adone de com hauria canviat la meua vida si hagués destinat un instant més a la reflexió, un moment de fredor que apaivagàs la força que m'empenyia a actuar sobtadament. No penseu vós, senyor de Galba, que excuse les meues actuacions, només és que, arribat gairebé al final de la meua vida, l'experiència em fa reconéixer errors que en altres temps no vaig saber veure.

Amb un escamot dels meus homes i acompanyat del meu germà Galceran, vam entrar per la força a les terres de Murla i Benibraïm. No va ser difícil. Fins i tot els moros que treballaven aquelles terres em reconegueren i no oposaren cap resistència. Vaig expulsar el covard de Bertomeu Martí violentament i encara va tenir sort que no el matàs allà mateix. Moltes vegades m'he penedit de no fer-ho. Però jo sóc un cavaller i mai no he matat ningú desarmat o amb desavantatge. Martí ploriquejà i pregà que li respectàs la vida i, malgrat els consells del meu germà, li la vaig perdonar.

La covardia de Martí estigué en consonància amb la seua actitud aquell dia. Si hagués tingut un mínim de dignitat o de sentit de l'honor s'hauria enfrontat amb mi o m'hauria enviat una lletra de batalla. Però aquest personatge no era un cavaller i, per tant, va optar pels embolics d'advocats i de legisladors. Bertomeu anà a veure la reina i li burxà l'orella.

La reina Maria –que, malgrat els intents d'Ausiàs, continuava sense tenir respecte a la família Martorell perquè no oblidava que jo havia anat a Anglaterra sense el seu permís– escrigué una provisió reial per la qual els veïns de Murla i Benibraïm quedaven rellevats del seu vassallatge als Martorell. Alhora, decretava segrest judicial per a aquests territoris, que posava sota un administrador. Un jurat intentà portar la provisió a les meues terres, però no ho va poder fer perquè jo me'n vaig assabentar abans. En aquella època tenia una esplèndida font d'informació: una noble valenciana que havia obert el seu cor a les meues afectuositats i que estava casada amb un dels consellers de la reina Maria. Per això m'hi vaig avançar. Amb un escamot d'homes, vaig interceptar el jurat i, davant mateix del porter reial, vaig esgarrar els papers de la reina.

Aquella actuació féu enfurir Maria de Castella, que va dictar una ordre de crida i cerca en contra meua, del meu germà i dels homes que ens acompanyaren en la incursió. La informació que rebia continuava sent de primera mà, per això vaig tenir temps suficient d'avisar Galceran perquè fugís si volia. Jo no ho vaig fer. No era cap malfactor i no pensava escapar.

Dos dies més tard, aprofitant una nit en què només anava acompanyat de dos homes, un escamot de soldats em va detenir als afores de València i em conduí, com si fos un vulgar lladre, a la presó. Aquella va ser la primera vegada que esdevenia presoner. No seria la darrera.

En consideració a la meua persona no em van barrejar amb els presos comuns, sinó que van habilitar una de les sales com a lloc de residència en espera del que succeís. I és que ningú no gosava ficar un membre d'una família tan noble com la meua en un calabós.

La notícia va córrer com la pólvora per tot València i van ser nombrosos els cavallers de les millors nissagues del país els que, indignats, protestaren davant de la reina. No es podia detenir un Martorell si no era per algun fet molt greu i encara menys per un simple malentés judicial. Bertomeu Martí intentà aprofitar la situació i, mentre jo era a la presó, va voler prendre possessió de les meues terres.

Galceran, assabentat de la meua detenció, mogué els fils necessaris entre els cavallers perquè la protesta arribàs fins a Alfons. Jo, un cavaller que havia servit amb les armes al costat del rei, havia estat detingut acusat injustament i tan sols per la queixa d'un simple propietari. Si els nobles perdíem aquest privilegi davant de la Corona, aviat en podríem perdre més.

La presó se'm feia cada dia més insuportable, tot i que no patia cap maltractament. El menjar i la beguda eren bons, dignes d'un senyor, i, si bé rebia sovint visites d'amics i parents, la monotonia i la inactivitat començaven a desesperar-me. Tancat la major part del temps, no podia fer res més que beure i jugar als daus amb els carcellers.

Mentrestant Galceran, que encara continuava buscat per l'ordre de la reina, juntament amb el meu germà Jofré hagué d'oposar-se als homes de la reina en un incident que ressonà per tota la ciutat.

Un matí, el governador Pere Cabanyelles, per ordre de la reina, envià el seu agutzil, Dionís d'Orga, i un notari per lliurar definitivament les terres de Murla i Benibraïm a Bertomeu Martí. Aquest, juntament amb una dotzena d'homes, acompanyà els enviats del governador.

Trobaren la porta de la casa principal tancada i l'agutzil envià dos moros que estaven allí prop a cridar l'alamí perquè els obrís la porta. Però l'alamí, discretament, anà a cercar Galceran i aquest, amb el meu germà Jofré i al voltant de cinquanta dels nostres homes, va anar a trobar l'agutzil. Quan arribaren, la porta havia estat forçada i Bertomeu Martí es disposava a entrar a l'edifici. Galceran muntà en còlera, féu que els homes armaren les ballestes i tragué l'espasa. Però l'agutzil s'interposà.

–En nom del rei i del governador abaixeu les armes.

–Senyor agutzil, aparteu-vos del meu camí. Darrere de vós s'amaga el meu enemic i jo he de matar-lo.

–Us conec perfectament, senyor, i conec la vostra noble família, però porte un manament perquè lliureu aquests territoris a Bertomeu Martí en nom del governador i del rei.

–Tant si ve el governador com si ve el rei amb els meus enemics, jo mateix els degollaré.

L'agutzil s'indignà.

–Així no pot parlar un vassall! En nom del rei us pose una multa de mil florins!

–Jo dic allò que he de dir i degollaré Bertomeu Martí i el rei o la reina si és necessari per defensar ma casa.

L'agutzil no se sabia avenir de les respostes del meu germà.

–Us portaré pres a València! –clamava.

–Senyor agutzil, primer m'hauríeu de prendre i no crec que estigueu en condició de fer-ho.

Dionís d'Orga mirà els homes de què disposava. A penes el notari i la dotzena de servidors de Bertomeu Martí, que discretament intentava amagar-se. No podia enfrontar-se a la cinquantena d'homes que l'apuntaven amb les ballestes ni, especialment, al meu germà, que era conegut pels seus rampells de violència. Tothom recordava les tortures a què havia sotmés els vassalls de Manuel de Vilanova per un simple litigi de fites.

Per això, Dionís d'Orga va decidir no posar en joc la seua vida i intentar, de passada, salvar la de Bertomeu Martí. Amb bones paraules convencé el meu germà i els seus homes que reclamassen els drets que ens havien estat usurpats a València i acceptà, per aquell dia, no fer efectiu el manament del governador.

La notícia es va escampar per tot València, cada vegada amb detalls més exagerats sobre les paraules del meu germà i l'actitud bel·licosa dels seus homes. La narració dels fets variava en funció de la part que la contàs. Fos com fos, entre les millors famílies valencianes començava a surar un malestar envers la Corona. No podien permetre que el rei passàs per damunt del dret de moltes generacions de nobles. I el sentiment de rebuig va augmentar quan el governador va ordenar de nou l'agutzil que ocupàs les nostres terres. Aquesta vegada ningú no ho va poder impedir i Bertomeu Martí va prendre possessió de Benibraïm i Murla.

A Sicília, el rei Alfons va rebre els representants del braç militar de la ciutat de València. Dies més tard m'alliberaven de la meua captivitat. I només tretze dies després que Bertomeu Martí embrutàs les meues terres amb els seus peus, la reina va signar un document pel qual se'm restituïen Murla i Benibraïm.

L'explicació era clara. El rei desitjava conquerir definitivament Nàpols i no podia fer-ho si hi havia malestar entre els cavallers. I el rei decidia. La ràbia de la reina, que no desitjava cap bé als Martorell, era ara molt més profunda perquè havia hagut de plegar-se a la decisió del seu marit en contra de la seua voluntat. I tot el món sabia que havia estat així. Aquell combat l'havíem guanyat nosaltres, però tindria moltes ocasions en el futur de rebre l'odi de Maria. Els Martorell ens havíem creat un enemic massa poderós.

I encara més perquè una vegada alliberat del presidi vaig reblar el clau de la paciència de la sobirana. Formalment, vaig sol·licitar al lloctinent del governador que fossen posats en llibertat els dos homes que havien estat capturats amb mi, als quals també s'acusava, com a mi mateix, de la resistència al porter reial. I vaig anar més lluny. Vaig demanar que es cancel·laren tots els processos que hi havia en contra del meu germà i dels altres homes que ens acompanyaven. Un dels dos homes tancats era Hubaldai, un dels vassalls musulmans en qui més confiava. Com a prova eximent afegia còpia de la carta signada per la reina en què ens restituïa Benibraïm i Murla, amb la qual cosa es demostrava la justícia de la nostra actitud.

Allò va ser la gota que va fer vessar el got. La meua amistançada em digué que la reina, en assabentar-se'n, havia llançat pels aires tot el que tenia al davant, presa d'un atac d'ira com ningú no recordava a palau. Aquell mateix dia, després d'explicar-me aquests fets, la meua amant decidí que era massa perillós continuar mantenint relacions amb mi i resolgué buscar-se un nou galant. Dos dies més tard, però, els meus homes quedaven en llibertat. La reina s'havia engolit de nou l'orgull. No podia contrariejar la decisió del seu marit ni les paraules que ella mateixa havia escrit.

Entre unes coses i altres havia tornat a descurar el patrimoni familiar i el nostre cabal se'n ressentia profundament. Durant aquell estiu començà a morir molta gent a València, especialment a les cabanes dels afores de la ciutat. Ràpidament s'escampà el rumor que la pesta s'estenia per tot el país. Al començament no en vaig fer massa cas. De tant en tant era habitual escoltar rumors de pesta en algun poble proper o en algun barri allunyat, però sovint aquelles notícies quedaven en no res, en casos aïllats o en falses alarmes.

Quan morí el cavaller Lluís Nicolau, veí nostre, em vaig adonar que aquella vegada anava de debò. Vaig demanar a ma mare i als meus germans que fessen via cap al camp i deixassen aquella ciutat emmalaltida. Ma mare hi va estar d'acord i partiren cap a Murla. D'aquesta manera, reforçàvem el nostre paper en aquelles terres que tant ens havia costat de conservar. Només jo vaig romandre a València. Els negocis ho exigien.

La ciutat es tornava a poc a poc més fosca i solitària. La majoria dels nobles havien fet el mateix que la meua família i havien partit cap a les possessions rurals tot esperant que passàs la malaltia. Els que no havien pogut anar-se'n, defugien el contacte amb l'altra gent per por del contagi. Durant setmanes es va fer habitual de matinada el soroll del carro que arreplegava els cadàvers dels que havien mort aquella mateixa nit. Els familiars col·locaven els cossos a la porta de la casa perquè se'ls enduguessen. Era molt dolorós fer-ho així, però la por de la infecció podia més que el sentiment de dolor per desprendre's d'aquesta manera horrible dels éssers estimats. València es va convertir, cada vegada més, en una ciutat bruta i trista. Sovint senties ací i allà els gemecs dels moribunds o dels familiars que ploraven la mort d'un espòs, d'un pare, d'un fill.

S'estengué de nou un sentiment religiós forassenyat. No tan sols es feien misses i processons per demanar la fi de la malaltia, sinó que començaren de nou a proliferar els grups de flagel·lants, que des de la mort del predicador Vicent Ferrer havien desaparegut. Rere una enorme creu, grups d'homes caminaven pels carrers de la ciutat descalços i colpejant-se amb fuets amb ploms a les puntes. Era un espectacle molt desagradable. La sang esquitxava tothom i els laments de dolor es confonien amb els resos. Volien expiar els seus pecats abans de morir i ho feien amb dolor.

No he comprés mai aquestes pràctiques. Jo em limitava a resar per la salvació corporal dels meus familiars; de la vida futura, ja en parlaríem. El més important era sobreviure perquè la malaltia començava a estendre's per tot el país. I jo patia tant per mi com per la meua família.

Al camp també havia arribat la pesta i molts dels nostres vassalls moriren aquell any. Les collites quedaren sense arreplegar i les pèrdues encara augmentaren més. Totes les notícies que arribaven d'arreu del país ens eren molt negatives.

Quan Hubaldai emmalaltí em vaig adonar que era massa elevat el risc que corria si romania a València. Aleshores, vaig partir per a trobar-me amb la meua família. No hi havia res a fer a València que no fos amagar-se i esperar la mort, i jo encara tenia moltes ganes de viure. I vaig fer bé. Aquell any van morir més de set mil persones a la meua ciutat a causa de la pesta. En gairebé totes les famílies hi hagué algun mort, però gràcies a Déu, ningú dels meus va morir, només criats, esclaus i vassalls.

Durant els anys següents, els meus germans van anar marxant de la casa. O es casaren o buscaren la seua fortuna lluny de la llar familiar. Jofré i el petit Jaume celebraren els seus matrimonis per aquells dies i amb poc temps de diferència. Tots sabien que havien de buscar la seua sort i ho feren sense ni tan sols reclamar un privilegi, un excés a costa de la fortuna familiar, per a ells mateixos. El casal familiar es buidava i també la nostra hisenda. Aquelles noces foren celebracions fetes sense la felicitat desbordant que havia representat el casament d'Isabel, però amb la correcció i la pompa que demanava el cognom Martorell. No es podia fer més i ningú no se'n queixà.

En general, aquella no era una època de somriures ni de benaurança per a ningú. La pesta havia delmat la ciutadania i havia matat les alegries de la major part de la població. Ma mare esdevenia més trista a cada partida, com si realment cada fill fos una part de la vida que se n'anava. La solitud del casal i el silenci retrunyint com un tambor per les estances buides anaren apagant el seu goig de viure. Al capdavall, només quedàrem Damiata, ma mare i jo mateix com a únics habitants.

A més, la nostra circumstància no millorava malgrat els meus esforços. Si aquell any la collita no havia estat arreplegada per culpa de les morts de la pesta, l'any següent tampoc hi hagué producció, perquè no hi havia hagut gent suficient per a sembrar. I els Martorell no érem els únics que teníem problemes. La majoria dels senyors havíem perdut gran quantitat de diners amb la pesta, i fins i tot el comerç es recuperava amb moltes dificultats.

Una de les famílies que més va patir la passa de la pesta fou la del meu amic Jaume de Vilaragut. El seu pare, Ramon de Vilaragut, i algun dels seus germans havien mort en els darrers dies de l'epidèmia. Aquestes morts provocaren el retorn de Jaume a València. Feia anys que no el veia. Havia sentit parlar de les seues aventures a viatgers que tornaven d'orient. Sempre narraven amb passió les seues accions valeroses. Ara, la Mediterrània s'havia convertit en la seua llar i la tornada a València es produïa només per qüestions sentimentals i burocràtiques.

Ens retrobàrem i reiniciàrem la nostra amistat en el punt on l'havíem deixada anys abans, com si el temps no hagués passat en els nostres cors. Li vaig contar totes les meues aventures a Anglaterra, sense amagar-li res, ni tan sols la relació amb Elisabeth, de qui no havia parlat mai a ningú. I li vaig confessar la realitat de la nostra situació. Ell ja coneixia moltes de les coses que jo li narrava, fins i tot la meua actuació en el torneig del rei d'Anglaterra, que alabà amb profusió. En el petit món dels cavallers, tots els fets de valor eren coneguts i estimats pels companys d'armes.

–Amic Martorell, estant a Sicília vaig sentir contar les vostres llices. Us diré que tothom al meu vaixell se n'alegrà i es féu més d'un brindis en el vostre honor.

Vilaragut tenia clara la seua dedicació a l'aventura. El fet de no ser l'hereu de la família li havia permés aquesta llibertat que jo, sentint les seues cròniques, anhelava. Havia decidit consagrar la vida a combatre els genovesos i l'enemic turc. Jaume em parlava del perill que representaven els otomans per al futur de la cristiandat i, abans que cap home en el seu temps, va ser capaç de fer una premonició sobre la desfeta que s'esdevindria anys més tard.

El meu amic era un esperit lliure i no volia estar mai més a expenses de les decisions militars d'un cap amb més ambició per les dones i pel vi que per la batalla. Per això, Vilaragut va noliejar amb els seus diners una galera que, com sabeu, és el millor vaixell per a l'atac. Pot accionar-se amb rems, a més de surar per la mar tant ràpid com un peix quan bufen els vents en la Mediterrània. En poc de temps, Vilaragut ja manava quatre galeres i el seu renom augmentava, amb admiració per als amics i amb paor per als enemics.

Quan arribà a València acabava d'intentar apoderar-se de la ciutat de Famagusta, en poder dels genovesos. També malparlà del rei Alfons. No li agradava el seu posat negociador, més propi de juristes que de cavallers. Jaume no dubtava que Alfons aconseguiria finalment Nàpols, però aquella seria una victòria sense honor.

Durant setmanes vam reprendre les ocupacions que compartírem anys abans. Jaume continuava sent un bevedor extraordinari. El temps no havia fet minvar ni la seua ànsia ni el seu aguant. I més d'una nit apostà sobre la seua resistència amb els més grans embriacs de la ciutat. Els guanyà gairebé sense perdre l'oremus i continuà engolint després que hagué vençut. L'altra passió de Vilaragut eren, com us he dit, les dones i, com en la beguda, el seu cos era insadollable. No tenia cap problema per a aconseguir les dames més belles, les donzelles més dolces i innocents. La seua fama el precedia i el posat de guerrer valerós, acrescut per algunes cicatrius esparses en el seu cos, el feien irresistible a les dones, que poc menys que es disputaven la seua companyia.

Per a mi, foren uns dies de relativa tranquil·litat i de goig. Em trobava acompanyat com feia molt de temps que no ho estava i podia compartir honestament les meues preocupacions o, fins i tot, oblidar-les davant d'una bona copa de vi o d'una mala dona. Però Jaume no era un home que pogués estar-se aturat en un lloc gaire temps. Quan resolgué els assumptes familiars derivats de les morts, pensà ràpidament de tornar amb els seus homes. Tenia molts projectes on entraven batalles, aventures i noves rutes. No cal que us diga com vaig envejar el meu amic ni quantes nits vaig rumiar la desgavellada idea de renunciar als meus drets com a cap de família i d'enrolar-me en un vaixell com el de Vilaragut. Però aquella no podia ser la meua vida. Fortuna, com sempre, havia decidit per mi i aviat la deessa cega faria una nova volta en la seua roda per enfonsar-me encara un poc més.

El meu desig d'aventures es veié reforçat per una de les cartes que Beauchamp m'envià des d'Anglaterra. El meu vell amic m'enviava periòdicament algun escrit per posar-me al dia d'alguns dels esdeveniments ocorreguts a Londres i de les novetats sobre el rei Enric. A Anglaterra, la situació s'estava enrarint molt i en cada cantonada naixia una conspiració. Mentrestant, el rei continuava amb rauxes de bogeria que no afavorien gens l'estabilitat que els seus homes de confiança desitjaven per al país.

Però, com habituava a fer en els seus escrits, Beauchamp no feia cap referència a Elisabeth ni a la vida que portava. Segurament aquella determinació, com totes les decisions del comte de Varoic, era un encert perquè em mantenia en la ignorància i em preservava d'uns records i d'unes notícies que l'únic que em podien produir era dolor.

En aquesta ocasió les seues paraules em commogueren especialment. Beauchamp, amant fins a la mort de la cavalleria, em contava dos combats a què havia assistit. El primer a Westminster entre *sir* Richard Woodvile i el cavaller castellà Pedro Vázquez de Saavedra. I el segon i més destacat, a la mateixa ciutat de Londres. Fou la lluita que tingué lloc entre John Ashley i el cavaller valencià Felip Boïl. Em narrà, amb la passió del cavaller que estima l'exercici de les armes, cadascun dels passos de les conteses, cadascun dels colps, els crits del públic, l'olor de la terra aixecada pels cavalls...

Felip Boïl havia arribat a Anglaterra amb moltes pretensions. Sent valencià com jo, volia demostrar el seu valor i sobretot, si era possible, volia superar els meus fets. Deia que venia de França i que havia fet vot de lluitar contra els escuders o els cavallers que ho volguessen com a mostra de fidelitat al rei d'Aragó. Com que al continent no havia trobat cap contendent disposat a lluitar, arribà a la cort d'Anglaterra buscant-ne un. Demanà permís al rei Enric per a portar la divisa que el distingia com a cavaller prest a combatre i el monarca li la concedí. Boïl pretenia una lluita a cavall o a peu i que el vencedor es quedàs amb l'espasa i l'elm del vençut.

A Anglaterra sí que va trobar resposta a les seues pretensions. L'escuder John Astley acceptà el repte i a l'Smithfield de Londres es produí el combat. La lluita fou a peu. Astley amb llança i Boïl amb l'espasa. Quan aquestes armes caigueren, agafaren les destrals. Però Astley tingué més habilitat i aconseguí partir l'escut del valencià. Després, ja era fàcil. Aconseguí tombar-lo a colps de destral i quan el tingué a terra li aixecà l'elm i li posà una daga a l'ull per matar-lo. En aquell moment el rei aturà el combat. Li havia plagut tant la contesa que no en desitjava un final mortal. Però la victòria era per a l'anglés. Tal com havia fet amb mi, adobà cavaller Astley i donà cent lliures a Boïl que, en senyal de gratitud, ofrenà l'arnés a Windsor. Jo no ho sabia encara, però aviat tindria noves d'aquest Felip de Boïl, que fins aleshores només coneixia remotament.

Aquestes narracions de Beauchamp em remogueren per dins, incrementaren, si era possible, el meu desig d'exercir el noble orde de la cavalleria i augmentaren el meu desencís. Mentre aquests fets cavallerescos havien ocorregut, jo estava encadenat a muntanyes de papers i a reclamacions judicials, i les meues úniques batalles es duien a terme contra gent de lleis i sense honor.

Tal com havia predit Vilaragut, per aquells dies es produí la conquesta definitiva de Nàpols. El rei Alfons aconseguia per fi la ciutat. Érem gairebé a l'estiu de l'any de Nostre Senyor de 1442 i per tot València es van celebrar festes, misses i balls. La reina assistí a nombrosos actes religiosos i per tot el país regnà un optimisme que des d'abans de la pesta no s'havia viscut. Tornaren les danses i la música que havien estat deixades de banda en els darrers temps. Al mateix temps, revifà una certa vida literària a la ciutat. Ací i allà començaren a aparéixer tertúlies on els lletraferits de la ciutat exposaven les seues creacions. I no tan sols ho feren els aristòcrates, sinó que també els nous rics i els funcionaris reials, que pretenien imitar la noblesa, es reunien a parlar dels seus escrits.

Jo vaig tenir la sort de poder acudir a les dues menes de tertúlia i us he de dir que realment em procuraven més divertiment les de les classes burgeses que les dels aristòcrates, a les quals per rang jo havia de pertànyer. Els grans senyors, asseguts còmodament, parlaven d'amors idíl·lics i de batalles que mai no havien disputat. Els altres, en canvi, no pretenien enganyar ningú i els seus escrits m'eren plaents pel tractament de l'amor i pel delit que en feien. Per això, si en tenia oportunitat, m'agradava més de compartir amb ells algun vers irònic sobre algun amor foll o alguna narració on la infidelitat i la gaubança que se'ns relatava ens feia riure i alegrava el nostre esperit. Algunes tertúlies similars a aquestes són les que avui dia sovintegen a la nostra ciutat, encara que em sembla que ara tots dos grups han extremat les seues posicions. Les aristòcrates són més irreals encara i les burgeses cauen sovint en el mal gust i en la bestiesa com a excusa narrativa.

Ara que Nàpols pertanyia a la Corona, molts membres de les millors famílies del país s'hi van traslladar amb pretensions de quedar-s'hi i fer-hi negoci. S'obria un nou mercat i molta gent pensava a enriquir-se. Quasi al mateix temps començà a parlar-se de la conquesta de Gènova. Quan el papa Eugeni IV coronà Alfons com a rei de Nàpols, semblava que al nostre país no podia passar-li res de dolent i que encaràvem una nova etapa gloriosa, com en els temps dels reis mítics Jaume I i Pere el Gran.

Aquest optimisme contrastava amb la situació del meu dia a dia. Els nombrosos plets em feren guanyar una fama de cavaller bregador i aquesta visió que de mi es tenia dugué alguns incauts a sol·licitar-me en combat.

Primer començà com un rumor. Felip de Boïl havia tornat a València després de la seua aventura anglesa i ara es dedicava a difamar el meu nom de cavaller i a dir bravates sobre com em venceria tan bon punt jo accedís a un combat amb ell. En el fons, Boïl se sentia menystingut pel correctiu que havia rebut a Londres i ambicionava sobreeixir com a cavaller vencent-me en persona, ja que no podia haver-ho fet en prestigi.

Després d'embrutar el meu nom pretenent haver-me vençut sense quasi haver-me vist mai, un dia aparegué a la meua porta un cavalleret anomenat Jaume de Ripoll. Molt circumspecte, em lliurà una sèrie de cartes i memorials.

Després em mirà amb menyspreu, girà cua i, sense esperar resposta, desaparegué de la meua vista. Vaig llegir amb atenció els seus escrits. Venien en nom de Felip de Boïl i m'hi narrava gairebé tota la seua vida. Aquest fill de la iniquitat, engendrat en la mala planeta de Saturn, es declarava cavaller errant, afirmava haver lluitat a Ceuta contra el cavaller Lope Alfonso de Montemolín, haver estat presoner llargs anys a Granada i ser present a la batalla de Ponça, on jo mateix havia estat. A més, afegia nombroses disputes, especialment amb la família Tous de València. Sobre l'episodi anglés només comentava que havia combatut valerosament davant del rei. Potser perquè no recordava el final d'aquella pugna. Finalment, em requeria en un combat si no acceptava públicament que ell era millor cavaller que jo. Com podeu imaginar, això només era una excusa per la contesa. En els darrers anys, el plaer de la lluita per un poc d'honor ha caigut totalment en davallada i vós, segurament, ja no esteu avesat a aquesta mena d'actuacions.

Boïl potser pensava que, embolicat en els nombrosos plets en què em trobava, no tindria temps per a acceptar la requesta i podria, amb la meua renúncia, afegir algunes gotes d'honor al seu trist nom. Però Boïl no em coneixia. No solament vaig acceptar el combat, sinó que clarament li vaig exposar el meu desig de véncer-lo tal com ja l'havien vençut a Anglaterra, i li oferia, malgrat que aquest privilegi em pertanyia perquè jo era el requerit, que elegís ell les armes i el tipus de lliça.

Durant setmanes vaig esperar resposta i no en vaig rebre cap. Finalment, un matí m'arribà una carta de Jaume de Ripoll. El jove cavaller que havia fet d'herald a Boïl aspirava ara a contendir amb mi per exercitar-se amb l'espasa. Era evident que allò amagava la mà de Boïl. Pretenia veure'm combatre abans de lluitar en contra meu perquè no estava segur de les seues forces i volia buscar-me algun defecte en l'exercici de les armes. Per a fer-ho, no dubtava a embolicar un jove cavaller barbamec sense coneixements suficients per a adonar-se del perill.

Vaig ser amable amb Jaume de Ripoll. Em vaig negar a fer armes amb ell i li vaig dir que si de debò tenia ganes de lluitar, podia afegir-se a les hosts del rei Alfons que sempre necessitava homes valerosos i cavallers ardits. Però no volia que Boïl es pensàs que no havia vist el seu alé pudent rere els mots de Ripoll, per això li vaig adreçar en la lletra de resposta la meua crítica per la seua actitud, al mateix temps que li recordava que romania esperant-lo, perquè ell havia volgut que així ho fes.

Boïl es va veure atrapat. No podia negar que ell m'havia requerit per a un combat i que ara en defugia la celebració. La petita societat valenciana esperava impacient què faria ara Boïl. Molts començaven a apostar qui venceria en aquella disputa entre dos dels cavallers valencians amb més reputació de combatents i de valerosos.

De nou la reina Maria hi intervingué de manera decisiva. En una missiva ens reiterà la prohibició de celebrar qualsevol mena de batalla a ultrança en les seues terres i la prohibició general per als seus súbdits de contendir en aquest tipus d'enfrontament. Una altra vegada s'encreuava la reina en els meus interessos. Més tard em vaig assabentar de la veritat. En aquesta ocasió no havia estat la reina Maria la que havia protegit Boïl, sinó que havia estat el mateix cavaller el que havia fet que Maria recordàs molt oportunament la interdicció als seus súbdits de combatre entre ells. Boïl, a més d'un bocamoll i un covard, era molt hàbil en les intrigues de palau, on es movia amb desimboltura i solia aconseguir de la reialesa el que desitjava. En aquest cas, protecció contra el meu braç.

Però malgrat això, Boïl no es trobava còmode a València. Se sabé la veritat i el seu nom fou posat en entredit, per això, abans que algun altre cavaller el reptàs i hagués de tornar a posar-se en evidència, decidí partir. Després de la derrota d'Anglaterra es trobava vell per a la cavalleria, però va saber aprofitar les glòries passades i la seua habilitat com a conspirador de cort per a aconseguir un càrrec. Passats uns quants mesos del seu enfrontament amb mi, el rei Alfons l'envià com a ambaixador a les corts de l'emperador d'Alemanya i del rei d'Anglaterra. Mentrestant, jo tenia un nou enemic a palau al costat de la reina.

Potser per això, en aquell moment esclataren tots els conflictes al meu voltant. El temps que s'acostava apropava la pobresa a la nostra família, la més noble que mai hi ha hagut en tota la Corona. Probablement, tot s'hauria enfonsat malgrat que els meus esforços haguessen estat mil vegades superiors. I crec que, en tot cas, les meues actuacions només haurien pogut prolongar, amb sort, una llarga agonia. Però aquells anys, des del 1442 fins al 1443, iniciaren un punt d'inflexió en la nostra vida. I el desencadenant fou una dona.

Agnés de Portugal era cosina del rei Alfons i entroncava el seu arbre genealògic amb la família reial portuguesa. Estava casada amb Gonçal d'Íxer, comanador major de Montalbà, que era un home poderós, avar i despietat. Posseïa molts territoris al sud i moltes riqueses aconseguides amb l'explotació de les terres i dels homes. Es comentava per la ciutat que els Íxer havien eixit dels seus dominis a la Vila Joiosa i pretenien establir-se definitivament prop de València. Es deia que els vassalls que tenien a les seues heretats originàries havien atacat el comanador i la seua esposa mentre eren dins de la casa senyorial. La repressió posterior fou brutal per a servir d'escarment i perquè mai no es repetís res de semblant, però la dona del comanador ja no va voler continuar vivint en aquelles terres habitades per salvatges.

Agnés era una dona bellíssima. Tenia uns ulls negres i profunds que convidaven a reflectir-s'hi, uns llavis càlids i sensuals que semblaven voler ser besats i un cos exuberant i tibant que, vestit a l'ús de l'època, incitava a tots els pecats carnals. A més, Agnés era una dona de caràcter, avesada a fer el que li abellia en cada moment.

La vaig conéixer en la celebració d'unes noces. Era el centre de totes les mirades, superant fins i tot la núvia, que no era gaire agraciada. Acabava de venir dels territoris mariners del sud i la seua pell mantenia encara una certa tonalitat colrada, poc apropiada però nova a València i que, tots ho reconeixien, embellia encara més els seus ulls. Els homes de la sala feien rotllana més o menys dissimuladament al seu voltant. Les atencions pròpies destinades a les dames s'ultrapassaren amb ella en més d'una ocasió, sempre d'amagat del marit, que semblava preocupar-se més de les relacions econòmiques i de la vida social que de les actuacions de la seua esposa. Però malgrat les consideracions dels cavallers, ella es mantenia ferma. Estava avesada a les cortesies dels homes, per això a penes ningú no va poder arrancar-li res més enllà d'un somriure de circumstància.

La vaig veure de lluny i vaig observar el seu tarannà altiu. No m'hi vaig acostar. Endemés, vaig dedicar les meues atencions a les altres senyores, que ho agraïren i ho aprofitaren per malparlar amb una certa crueltat d'aquella dona de províncies acabada d'arribar i dels seus fums de gran dama. I també de passada, de l'escassa bellesa de la jove núvia, casada de compromís amb un vell noble amb molts diners, poques dents i cap escrúpol en qüestió de femelles. Per a la novençana era un matrimoni perfecte: el vell no duraria gaire.

El meu esguard s'encreuà en un parell d'ocasions amb el d'Agnés, però no vaig fer cap gest d'apropament. Sembla que ella també es va interessar per mi perquè cap al final de l'àpat, quan la majoria dels convidats començaven a retirar-se i el nuvi mostrava signes evidents d'estar completament ebri, vaig coincidir amb ella.

–Mossén Martorell, m'havien dit que vós éreu un dels cavallers més galants d'aquesta ciutat.

–I ho sóc, podeu estar-ne segura.

–I com és que encara no heu vingut a saludar-me? Que no sabeu que és obligació de tot cavaller fer salutacions i festejar les dames?

Vaig mirar de reüll al nostre voltant. Tothom ens mirava expectant i alguns fins i tot se'ns apropaven amb més o menys dissimulació per intentar escoltar les nostres paraules. A València, vós ho sabeu, encara que ja aleshores començaven a créixer els primers brins grisos als meus cabells, jo tenia la fama immerescuda de tenir moltes amants. No era cert, però la vanitat d'un home de vegades també s'amida en aquestes petites mentides i mai no em vaig prendre la molèstia de contradir ningú que així ho manifestàs. Per això, la bellesa d'aquella dama i la meua pretesa facilitat per a les conquestes ens convertien en un espectacle d'atracció pública. Però jo coneixia aquesta mena de dones i, encara que em sentia atret com tots per la seua bellesa, sabia que el pitjor que podia fer era comportar-me com un amant sol·lícit.

–És cert –li vaig contestar–, però un autèntic cavaller no deu festejar mai una dona casada.

Agnés es va quedar parada. No esperava aquella resposta que comprometia la seua actitud. Va serrar el gest i va girar cua cap a l'altra banda de la sala enmig de les mirades satisfetes de més d'una dama.

Aquell retret al comportament d'Agnés de Portugal va tenir molta anomenada en la ciutat i va ser motiu de moltes maledicències a la seua costa. Fins i tot quan Agnés i jo ja feia temps que érem amants, encara ressonava i es repetia en alguns cercles amb certa sorna. Perquè, ineluctablement, Agnés i jo vam esdevenir amants gairebé immediatament.

Era una dona tan passional com la seua freda aparença feia intuir. El seu tarannà era possessiu i la seua luxúria, insaciable. Havia tingut desenes d'amants i de tots havia après alguna sort amorosa que practicava sense vergonya. El seu llit sempre estava perfumat amb aromes d'almesc, benjuí i algàlia i els seus actes eren dignes d'algunes narracions que sovint llegíem a les darreres hores en les tertúlies més agosarades de València.

Jo també m'hi divertia. Tenia una amant bellíssima i gaudia amb plaer d'ella tant com ella de mi. Ja sabeu que per a les donzelles hi ha tres maneres d'amor: la virtuosa, la profitosa i la delitosa. La primera és per a aquelles que estimen un home perquè fa actes d'amor per la seua dama; el cor s'omple de la delicadesa de les accions i encén la passió de les dones. La segona és la manera de totes aquelles que cerquen en l'estimat benefici econòmic o social. La tercera és la de les dames que estimen els cavallers o gentilhomes pel plaer que els dóna el cos. La manera d'estimar d'Agnés era, sens dubte, aquesta.

Al començament, el risc de la relació era escàs. El marit d'Agnés ni tan sols dormia a la mateixa cambra que ella i sovint viatjava per les seues terres arranjant arrendaments i censals. Vam passar alguns mesos fabulosos, però després, a poc a poc, la relació es va fer incòmoda. Agnés cada vegada era més exigent i acaparadora. No entenia la relació només com una infidelitat agradable i gojosa, sinó que cada dia em demanava més temps al seu costat. Gairebé tots els jorns havia de veure-la i satisfer-la com a dona.

Això comportà que progressivament s'escampés per tot arreu la notícia del nostre afer, la qual cosa em situà en una posició molt incòmoda. Si algun dia defugia anar a cercar-la m'enviava abrandades lletres d'amor on em pregava que la visitàs. Fins i tot, en algunes lletres prometia actes amorosos dignes de la meuca més experimentada.

Els problemes econòmics del meu germà al senyoriu de Llíber foren l'excusa perfecta per a allunyar-me un temps de València i esperar que s'esbravàs una mica la passió de la meua amant. Volia que es complís la dita amor de lluny i fum d'estopa és tot u. Però res més distant de la realitat. El retorn, setmanes després, semblà encendre el foc amorós d'aquella dona fins a cims insospitats, de manera que vaig haver de posar fi a aquella relació obsessiva. Al cap i a la fi, Agnés era una dona casada.

Durant alguns dies vaig rebre lletres apassionades, tristes, malaltisses i amenaçadores. Després, el silenci. Vaig creure que Agnés havia oblidat les meues atencions, especialment quan m'arribaren rumors que tenia un nou amant, un vell conegut meu que de ben segur va buscar amb la intenció de fer-me mal: Joan de Montpalau.

Sincerament, no em vaig molestar. En aquell moment la meua preocupació se centrava a ajudar Galceran a salvar el senyoriu de Llíber. Llíber havia quedat a les seues mans a la mort de mon pare. Era l'única cosa que li havia correspost en el testament. Galceran havia anat a poc a poc carregant de deutes el senyoriu fins a arribar a una quantitat superior als tres mil sous. Un dels majors creditors de Galceran era Vicent Granulles, un vell amic de la família que ens havia fet préstecs en alguna ocasió. Ara, però, les relacions amb Galceran s'havien trencat per un mal negoci que havien fet tots dos amb el noliejament d'una galiota. I Granulles volia recuperar els seus diners.

El procés podia haver-se allargat i nosaltres hauríem aconseguit, amb el temps, els diners suficients per a pagar els deutes. Però Granulles va vendre els drets del dèbit. I el nou creditor va exigir a la reina Maria el compliment del pagament. La reina Maria, que recordava perfectament les paraules de Galceran davant de l'agutzil quan va dir que la degollaria si gosava posar un peu en les nostres terres, va ordenar l'embargament i la pública subhasta de Llíber.

El comprador fou Gonçal d'Íxer, comanador de Montalbà i marit d'Agnés de Portugal. Aquell mateix dia em vaig assabentar que Íxer havia comprat també a Ausiàs March, per vint-i-dos mil sous, un preu per sobre del seu valor, els territoris de la vall de Xaló amb els llocs de Ràfol, Cuta, Traella, Benibéder i Rafalet de Famut. És a dir, les heretats que havien estat nostres, que Ausiàs posseïa pel seu casament amb la meua germana i que, en morir Isabel, havien romàs en propietat del marit. I allò només era el començament. La venjança d'aquella dona a penes s'havia iniciat. El nou objectiu eren els senyorius de Murla i Benibraïm, gairebé les darreres propietats que teníem els Martorell fora de la ciutat de València.

He de confessar que em va sorprendre l'actitud de la meua antiga amant. Havia conegut l'odi dels homes, però no havia imaginat mai que l'animadversió d'una dona pogués arribar tan lluny. No sé quins arguments degué utilitzar per convéncer el marit, però la realitat és que tots dos iniciaren una ofensiva contra la nostra família amb un acarnissament superior al que en el seu temps havia mostrat la reina Maria.

Certament, l'estat de les nostres finances no era gens favorable, però tampoc no ho era la de molts nobles valencians. Com la majoria d'ells, els Martorell teníem diversos préstecs que avalàvem amb els nostres territoris. Tots aquells préstecs per separat no significaven res, però l'astúcia malèvola d'Agnés de Portugal rumià d'acumular-los en unes soles mans: les seues. I després, usava aquest deute per a fer-nos pressió i obligar-nos a vendre.

Els plets que enfrontaren els Íxer i els Martorell aquells dies foren interminables. Nosaltres no estàvem disposats a rendir-nos fàcilment i apel·làvem cada resolució. Mentrestant, féiem temps per aconseguir nous préstecs que ens deslliurassen de la pressió dels creditors. Galceran muntava en còlera a cada moment i la seua actitud bel·ligerant no ens beneficiava gaire. Començà a enfrontar-se amb els representants de la Corona i de la justícia amb les armes i vam perdre el suport dels altres nobles que veien en el nostre cas un espill on reflectir-se en un futur proper. S'iniciaven els mals temps per als del nostre braç. Era temps de comerç i lleis, no de terres i d'honor.

Agnés no deturava la seua obsessió. Aconseguí que els germans Boromeis, Felipe i Venturini, que m'havien fet el préstec per a anar a Anglaterra, li venguessen els seus drets sobre el meu deute. Aquella fou la gota que vessà el vas de la nostra resistència.

Aquell mes de setembre del 1444, signava la venda de les últimes possessions dels Martorell: els senyorius de Murla i Benibraïm passaven a les mans de Gonçal d'Íxer, comanador de Montalbà. Però tot i la meua impotència, jo encara reservava als Íxer un parell de bons colps.

De la mateixa manera que havia fet amb els Venturini, també havia signat un préstec amb Jacob Alencrespo a Portugal i, en aquesta ocasió havia posat com a aval els territoris de Murla i Benibraïm. Ara que aquests territoris pertanyien als Íxer, el meu deute també era seu. Els ho vaig notificar amb gran plaer. Els germans Alencrespo reclamaren els diners i, després de posar un àrbitre que jutjàs els fets, Agnés i el seu marit es veieren obligats a pagar més de tres mil cinc-cents sous als jueus portuguesos.

Però aquella va ser una petita victòria, tan modesta com inútil, pírrica. La realitat és que els Martorell quedàvem sense terres. En pocs anys havíem passat de ser uns rics propietaris a estar absolutament desposseïts de qualsevol fanecada de terra. Només ens quedaven les cases de la ciutat.

El dia anterior a la signatura de venda de Benibraïm i Murla, vaig ensellar un cavall, el més ràpid que tenia, i vaig recórrer a tota velocitat els que fins aquell dia eren els meus territoris. Volia sentir el vent en el rostre, contemplar els arbres i els camps al meu voltant, passant amb la mateixa prestesa amb què la deessa Fortuna ens havia procurat la ruïna. Després, lentament, en vaig absorbir cada flaire, cada soroll, la bellesa de cada pam d'aquella terra que un dia fou nostra i que l'endemà havia de lliurar, com es rendeix un cavaller després d'una batalla, amb l'orgull ferit i la tristesa en l'ànima.

Hi hagué, llavors, una mena de treva. Semblava que Agnés i el seu cobejós marit ja tenien prou amb tot allò de què ens havien desproveït. Nosaltres, intentàvem en va curar-nos les ferides i fer balanç del que hauríem de fer amb les nostres vides des d'aleshores.

Ens arribava, això sí, alguna bona nova procedent de la Mediterrània. El nom del meu amic Jaume de Vilaragut estava en boca de tots. Acabava de dur a terme una gesta militar digna del seu renom de cavaller valerós.

Havia participat en l'atac i la captura de la nau *Doria*, que estava considerada la més important de Gènova. En aquell moment, el vaixell genovés portava provisions i armes als soldats que fondejaven a la badia de Rodes. Les tropes egípcies havien envoltat l'illa comandades pel soldà de Babilònia i ajudades pel genovesos.

Jaume havia combatut valerosament per alliberar l'illa. Recordava les paraules amb les quals el meu amic em previngué en la seua estada a València sobre l'amenaça infidel, uns mots que prenien més valor de predicció cada dia que passava. El meu cor se sentia orgullós de poder dir amic a tan noble persona.

Aquesta notícia arribà en un moment crucial. Ja no tenia terres per administrar. La meua gestió com a cap de família havia acabat en un fracàs absolut. Res no em retenia a València. Vaig començar a plantejar-me seriosament d'anar a combatre amb Jaume de Vilaragut. El meu braç encara era fort i el meu ànim, ferotge. No tindria cap altra oportunitat millor.

Hi vaig parlar amb ma mare. Ella semblava la més afectada pel nostre estat de decadència. Tots els meus germans ja tenien una casa pròpia i a penes els alterava la pèrdua de les terres. Només Damiata, que romania soltera i lligada al casal familiar, veié modificada en part la seua situació. Tot i això, ella posseïa la renda pròpia dels quatre mil florins d'or que Montpalau li havia donat per compensar-la de la seua traïdoria i que li permetrien viure folgadament, encara que sense excessos, tota la seua vida.

Ma mare semblà envellir en aquells dies fins a tal punt que vaig començar a preocupar-me per la seua salut. Ella no volia que marxàs però reconeixia que, atesa la situació familiar i l'escassetat de rendes per gestionar, podia perfectament partir cap a Nàpols a guerrejar al costat d'Alfons, tot i que el rei no ho mereixia pel capteniment que havia tingut en tolerar els faïments contra els Martorell. M'hauria embarcat aquella mateixa setmana si no hagués estat per una nova ofensiva dels Íxer, en aquest cas en contra de Galceran.

El comportament del meu germà en aquells temps va vorejar la follia. El primer error comés fou el de gravar amb excés els seus senyorius, la qual cosa va produir que gran part del seu territori estigués despoblat i erm per falta de braços que el treballassen. Ara, ja sense terres, els seus errors es multiplicaren sense aturador. A cada sentència contrària, Galceran apel·lava, i els plets amb els Íxer per un motiu o un altre foren tan nombrosos que el rei Alfons nomenà dos juristes com a encarregats d'ocupar-se dels assumptes referits a la nostra família.

Desesperat, Galceran intentà utilitzar el rei de Navarra com a mitjancer en la despossessió de Llíber. Però els Íxer cada dia esdevenien més poderosos i cada vegada hi havia més gent disposada a fer-los favors. Galceran va ser detingut amb una excusa vana i fou empresonat a la ciutat de València.

Allò conculcava tots els drets possibles. Vaig muntar en còlera. Havia admés amb resignació la pèrdua de les nostres terres encara que el mètode utilitzat havia estat indigne, però l'empresonament de Galceran ja era un acte fora mesura.

Ple d'ira vaig acudir a veure Agnés, però aquesta no sols no em va rebre sinó que em va aquissar els gossos com si fos un captaire que anàs mendicant. Era la darrera oportunitat que els donava. L'endemà vaig redactar una carta de deseiximent contra Gonçal d'Íxer, en la qual, seguint el procediment, l'avisava que des d'aquell moment li faria tant de mal com podria. Al mateix temps, li recordava com havia estat d'infame la seua actitud, més pròpia de jurista que de cavaller, perquè només sabia usar la ploma com a arma de defensa. Aquell mateix dia, el meu germà Jofré s'afegí a la meua carta amb un altra lletra de deseiximent. A mesura que passava el temps, Jofré es convertia en un home valent i coratjós, digne del nom dels Martorell que duia.

Aquella actitud nostra neguitejà moltíssim Gonçal d'Íxer, ja que ara hauria d'actuar com a cavaller i no podria arrecerar-se rere procuradors o juristes. Per això, amb covardia, va acudir a la reina. Afortunadament, jo encara conservava amics a la cort. Ausiàs March, el que un dia fos cunyat meu i que acabava de vendre les terres de la meua germana als Íxer, vingué a casa meua. Feia anys que no posava un peu en el nostre casal i deia que si ara ho feia era per la gran amor que ens havia als Martorell. Però jo crec que el que Ausiàs pretenia amb aquella visita era que els Martorell no dirigíssem la nostra ira en contra seu. Al cap i a la fi, ell havia disposat de les terres de la meua germana com si fossen d'ella i, encara que en tenia dret, Ausiàs era un cavaller i sabia que allò no era just.

Ausiàs feia poc que s'havia casat de nou. La seua nova esposa, Joana Escorna, era cosina seua, açò l'obligà a demanar una dispensa papal per a poder-s'hi casar. D'altra banda, la família Escorna era una de les més riques de Gandia i aquell matrimoni augmentava més, si era possible, l'enorme fortuna dels March, engreixada també amb els diners dels senyorius venuts.

Aquella nit Ausiàs m'avisà de la pretensió de la reina Maria d'empresonar-me a mi també amb l'excusa d'impedir que atacàs el comanador de Montalbà. Els Íxer acabaven de fer un ric donatiu a la Corona que ajudaria el rei Alfons en les seues conquestes mediterrànies i li permetria mantenir la campanya en contra dels genovesos.

Per tant, havia de partir si no volia acabar a la presó en companyia del meu germà. Estàvem reunits en una de les sales del casal. Ma mare ens acompanyava. Ella tenia estima a Ausiàs, segurament perquè li recordava Isabel. I fou ella la que trobà la solució.

Teníem familiars a Lleida que m'acollirien discretament i amb alegria. Per això em vaig deixar convéncer ràpidament. L'endemà de matí, quan les primeres clarors del dia ho van permetre, vaig eixir a cavall acompanyat només d'un escuder.

Els meus parents em reberen amb una cordialitat no exempta d'un cert recel. La meua fama de cavaller bregós em precedia i ningú allí no volia enemistar-se amb la Corona. Per tant, vaig agrair la seua hospitalitat i vaig intentar produir-los la menor quantitat de molèsties possible.

Però a Lleida estava també com empresonat. Només rebia notícies a través de lletres i no podia actuar. Ma mare m'escrigué relatant com els justícies havien arribat en nom del rei per detenir-me el mateix dia que jo havia partit i com ella havia iniciat els procediments legals per alliberar el meu germà.

També a Lleida arribaren notícies de Jaume de Vilaragut, que començava a convertir-se en un personatge de llegenda. La darrera aventura l'havia protagonitzada quan la seua galera havia estat capturada pel Gran Caramany, l'emir d'Anatòlia, que l'envià a la presó d'Alexandria perquè fos presoner del soldà del Caire. Amb gran valor va aconseguir escapar-se amb altres presoners. Només hi va estar tancat durant dos dies.

Les setmanes entre el paisatge boirós de Lleida no milloraren el meu ànim. Inactiu, rabiós i ple de desfici, em dedicava a beure i a freqüentar companyies indesitjables. Durant aquells dies a Lleida sé que vaig fer coses que no escauen a un cavaller. Ja veieu que us conte tota la veritat i sé reconéixer els meus errors. El meu cor estava ple d'odi i menyspreu pel món i desitjava, més que cap altra cosa, fer mal. Moltes són les dones amb qui vaig jaure en les fosques nits d'aquell hivern, moltes les baralles que vaig provocar només pel gust de sentir la por dels altres o, si hi gosaven, per veure en el seu rostre el dolor de la derrota més humiliant. Juntament amb els meus acompanyants, començava a ser temut per la comarca i, en el fons, menyspreat com a home i com a cavaller.

A València les coses milloraren lleument. Galceran es deslliurà de la presó gràcies a la pressió de la família i de molts bons cavallers de València que intercediren pel meu germà. La posada en llibertat es féu atenent una sèrie de condicions entre les quals destacava la promesa de no partir de València sota cap circumstància. Però Galceran no pensava fer-ne cas. Al cap de pocs dies d'eixir en llibertat, noliejà un vaixell i es dirigí a Nàpols, per intentar parlar amb el rei Alfons. Galceran sostenia que tota aquella persecució contra els Martorell era obra de la reina Maria i dels seus consellers i pensava que si acudia al rei aquest ens tornaria uns territoris tan injustament arrabassats.

El meu germà no percebia que Alfons tenia coses més interessants que ocupar-se d'uns simples litigis entre vassalls. Per a ell només hi havia Nàpols, la pedra més preuada de la seua corona. No obstant això, el rei nomenà un nou jutge que es fes càrrec de la multitud de plets que Galceran tenia i escrigué una missiva exculpant Galceran d'haver trencat la paraula donada de romandre a València. Res més.

Hauria de multiplicar per cent els qüerns de paper per contar-vos tots i cadascun dels embolics que vam tenir, i us avorriria relatant-vos les apel·lacions, les queixes, els litigis i els relitigis que ocuparen el nostre temps en aquells dies obscurs. Al capdavall, el resultat el sabeu: ho vam perdre tot.

Ja us he reconegut abans que, aquells anys, vaig perdre el seny de manera semblant a com ho féu també el meu germà. Vaig creure que ja que la llei em deixava al marge, jo també estava al marge de la llei. I açò em va portar a la presó per segona vegada en la meua vida. En aquell temps pensava que ja res no podria fer-me caure més avall, però com sempre, m'equivocava.

Els diners, sempre els diners. Sovint he sentit parlar capellans, savis i eremites dels grans mals que provoca el pecat de l'avarícia, i com són l'or i la plata la sang que nodreix aquesta gran falta. He vist grans homes esdevenir mesquins davant la lluïssor de l'or, i homes pobres esdevenir ferotges només en sentir el soroll fred del metall.

Però jo no he tingut mai un desig especial de posseir riquesa, ni tan sols m'he vist temptat en excés pels plaers que provoca l'abundància. I, si bé he gaudit dels delits que la bona taula i les bones dones m'han donat, mai n'he volgut fer amàs. Potser per això em vaig trobar sense res. De vegades pense que el pecat de l'avarícia és beneficiós per als homes, així almenys ho demostren els clergues amb la seua actitud i així m'ho ha mostrat sempre la vida.

Malgrat estar desposseït de les meues terres, continuava sent el cap de la família i em sentia en l'obligació de mirar per ella. I si els meus germans ja no necessitaven res perquè cadascú proveïa la seua vida i la seua família com podia, jo encara era responsable del benestar de ma mare.

És en aquesta època que comença la llegenda negra sobre la meua persona. Llegenda que vós coneixeu perfectament i que us dugué, al començament de la nostra relació, a recelar sobre mi i sobre els meus actes. No dubte que tinguésseu raó en la vostra actitud, però sí que espere que almenys reconegueu en aquestes línies la causa de tanta violència i de tant d'odi i disculpeu les meues faltes.

Arruïnat, mentre esperava l'enèsima resolució sobre un plet i un altre plet, i sense gaires esperances de millora, vaig partir de Lleida i em vaig veure obligat a llogar la meua mà al servei d'un senyor. Jo que havia combatut en nom del rei, que havia gaudit dels palaus, de les festes i de les dames més exquisides, que havia fet de cada desig una ordre per als altres, ara havia d'obeir la paraula d'un igual.

Amb els darrers homes que tenia, uns moros de les meues terres i de terres veïnes que van veure amb gust servir-me, vaig formar un escamot molt efectiu amb el qual em llogava per a distintes actuacions.

No era el primer noble que actuava d'aquesta manera. La crisi condemnva molts antics senyors a jurcar amb l'exercici de les armes un benefici econòmic que fos digne del seu estament. Aquesta activitat permetia actuar encara dins de les normes de la cavalleria perquè eren les armes, eines de cavaller, les que procuraven el manteniment. I l'honor restava sa i estalvi perquè es procedia sempre cercant la justícia.

Però jo no era tan innocent i no deixava de saber que aquella no era una forma del tot honrosa de servir l'orde. Mentrestant, em deia i em prometia a mi mateix que quan totes les actuacions judicials acabassen, passàs el que passàs, partiria amb el meu amic Jaume de Vilaragut.

Em vaig llogar a l'alcaid del castell de Xiva. En aquells anys hi havia molta inestabilitat fruit de la guerra de fronteres amb Castella, de les actuacions de les bandositats i, en general, fruit de la pobresa que impel·lia molta gent a llançar-se als camins per guanyar-se la vida. Per això, l'alcaid necessitava homes valerosos que protegissen el seu territori.

L'alcaid, Pere Caldes, era un home gros, enorme, la seua còrpora era tan excessiva que li costava de caminar i, quan ho feia, havia de balancejar-se d'un costat a l'altre per agafar impuls. Era jove, però la seua aparença el feia semblar més vell. Tenia dos fills. El major patia greus deformacions físiques. Els meus homes el temien i deien que portava malastrugança, per això l'apartaven violentament i feien el senyal de la creu cada vegada que, coixejant, s'atansava allà on xarraven. El mateix Pere Caldes procurava tenir-lo tan lluny d'ell com fos possible.

Les terres de l'alcaid eren de les mes afectades per les ràtzies perquè Xiva actuava gairebé com a frontera amb el territori veí de Castella. Atesa la seua planta, i un xic de covardia innata en ell, l'alcaid no podia defensar les seues terres amb eficàcia i per això ens contractà a nosaltres.

Sabia perfectament de la grisor del comportament del nostre proveïdor, però preferia no fer-ne massa pensament per no haver d'afrontar la realitat i cercar una altra manera de viure. I açò em va portar serioses conseqüències.

Durant aquells mesos va ocórrer un esdeveniment que em mostrà com, de vegades, la deessa Fortuna ens vigila i fa rodar la nostra vida, posant-nos en situacions que no hauríem pensat mai i retrobant alguna gent que no pensàvem veure mai més. Tot per fer-nos entendre que, malgrat el que ens puga semblar, el món és realment molt petit i no és a les nostres mans la nostra planeta.

Era tardor, cavalcàvem per les sendes i els cascs dels cavalls aixafaven les fulles daurades que encatifaven el terra del camí. Vigilàvem els accessos principals a la ciutat i, de vegades, féiem alguna incursió per viaranys o a través del bosc per sorprendre lladres i soldadesca que sobrevivia amb els petits furts. Si casualment n'empescàvem algun, patia el rigor justicier de l'alcaid i, sovint, a la matinada, el seu cos penjava ja d'algun dels arbres, ben visible per donar exemple.

Aquell dia començava a notar-se el fred, que ens advertia d'un hivern proper molt intens. Els meus homes estaven neguitosos. Tenien ganes de tornar al castell, buscar alguna cosa per a beure i per a menjar i escalfar el seu cos amb alguna criada disposada a tal menester.

A la llunyania sentírem el soroll de carros que s'acostaven. Vaig fer que dos dels meus homes s'avançassen i m'informassen d'on procedien els viatgers que travessaven el camí. Els exploradors m'avisaren que al davant teníem tres carretes que semblaven de mercaders, però que anaven protegides per mercenaris fortament armats. Aquesta actitud em féu desconfiar i vaig esperonar el meu cavall cap als viatjants.

La comitiva es deturà de seguida que ens va veure. El que semblava el cap de l'expedició, armat i amb l'espasa a la mà, em digué en mal català que eren comerciants de Castella que tornaven a casa després de fer tractes amb el bestiar que havien portat de les seues terres, i que gaudien d'un guiatge que els permetia travessar territoris del rei Alfons.

Vaig mirar els meus homes. Tampoc ells no tenien ganes de problemes. Em vaig apartar del camí i els vaig cedir el pas. El cap de l'expedició va fer un senyal amb la mà i els carros es posaren en marxa. Nosaltres quedàrem a un costat de la carretera veient-los avançar. Mirava indolent com passaven els carruatges quan una cosa em cridà l'atenció. Hi havia en el darrer dels carretons un mercader a qui no podia veure la cara però que portava una roba que em resultava familiar.

Els vaig fer l'alto. El cap de l'expedició va dubtar un instant, però els meus homes havien percebut que alguna cosa no anava bé i tragueren les armes. La comitiva es va aturar i els homes armats es miraren nerviosos.

Amb l'espasa desembeinada em vaig dirigir cap on era aquell home a qui no podia veure el rostre. A mesura que m'hi apropava em semblava més recognoscible aquella túnica confeccionada amb fil d'or que duia l'home i el dibuix de vinyes daurades que l'estampava. Ho vaig entendre de seguida.

–Sembla que tornem a trobar-nos. I ara no veig cap pirata que no sigueu vós.

El mercader va girar el rostre. Malgrat haver-se engreixat considerablement, la cicatriu des de l'ull esquerre fins a la boca era suficient senya d'identitat per a reconéixer el mercenari que ens havia acompanyat a Portugal en el viatge de retorn d'Anglaterra.

–I el vostre senyor? –el vaig interpel·lar.

Em contestà irat i en llatí.

–Ja no servisc cap senyor. Ara sóc un honrat comerciant.

–És clar, i aquesta roba que dueu és casualment igual que la del vostre antic amo. Potser us l'ha regalada ell pels vostres meravellosos serveis?

–Sí –s'apressà a contestar–, quan ens vam acomiadar me la va donar en pagament dels meus treballs.

Els meus homes s'havien acostat als mecenaris i els miraven esperant una ordre meua. La resta dels mercader s'arraulien i ens fitaven temorosos.

–Quina mala sort que el temps i les lliures que us heu engreixat us hagen esborrat la memòria, perquè a mi afortunadament no m'ha passat el mateix. Recorde perfectament com el vostre amo va ser desposseït de tota la roba. I us assegure que aquella no és una imatge fàcil d'oblidar. Com és, doncs, que teniu vós el seu vestit?

No contestà. No calia. La meua sospita d'aleshores s'havia vist confirmada.

–Ha estat una veritable alegria trobar-vos. Ara veureu com tractem al meu país els pirates.

Era tan a prop que podia oldre la por al seu alé. Amb un gest ràpid tragué una daga i intentà travessar-me el coll. Per sort vaig poder esquivar la fulla del punyal que només m'esgarrapà una mica el rostre. D'un sol colp d'espasa li vaig tallar el cap.

Els comerciants cridaren espaordits fitant com rodava la testa del mercenari per sobre de l'herba. Els meus homes s'atansaren als homes armats de l'expedició, que aixecaren les mans en senyal de rendició. La seua missió era protegir la caravana, però no estaven disposats a morir per ella i sabien que en aquell moment no tenien cap oportunitat de sobreviure si combatien.

Els vam fer captius a tots i els vam traslladar a Xiva. Pel camí alguns dels mercaders ploraven i juraven que ells no tenien res a veure amb aquell home. Temien que els matàssem en abastar el castell.

Quan hi vam arribar, Pere Caldes els va dir que ja decidiria més tard què fer amb ells. Mentrestant, els va despullar, va agafar tot el que tenien, que era molt per tant de bestiar com havien venut, i els va empresonar en una masmorra. L'alcaid era un home avariciós i va veure en aquella detenció l'oportunitat de fer una bona quantitat de diners.

Caldes va obrir els cofres i tots ens sorprenguérem de la captura que havíem fet. Hi havia doblers d'or, reials d'argent, florins d'or i sous menuts, sense comptar la riquesa de les robes que portaven els comerciants: capes, toques, sabates de vellut... L'alcaid ens en va repartir, a mi i als meus homes, una generosa part i em va dir que no em preocupàs més d'aquells pirates, que si eren culpables ell ho sabria.

Però aquells homes no eren culpables. Pere Caldes havia vist aquella fortuna i s'havia sentit temptat a fer-la seua i en aquest pecat m'embolicà a mi també.

Els comerciants, a excepció del pirata que jo havia mort, eren gent honrada. La seua detenció arribà a orelles de Guillem Ramon de Montcada, senyor de la baronia de Xiva, que va exigir a Pere Caldes que alliberàs els mercaders. Però aquest no estava disposat a perdre unes riqueses que ja considerava seues, per això va respondre que allò havia estat un acte de guerra, perquè els mercaders eren castellans i estàvem en guerra amb Castella.

Als divuit dies d'haver-los empresonat, Mateu Montcada va venir a alliberar-los en nom del senyor de la baronia i dels jurats de València, als quals ens havien denunciat, a Pere Comes i a mi mateix. No hauria passat de ser un incident sense importància si no hagués estat per l'actuació dels jurats de València, on, gràcies a la influència dels Íxer, el meu nom era sinònim d'enemic.

Romaníem encara a Xiva quan el governador general i un jurat es van presentar. Tenien ordre de portar-nos detinguts a València. Ramon Guillem de Montcada va protestar enèrgicament. Ell era el senyor del territori i com a tal li corresponia imposar justícia. Era el seu privilegi segons els Furs del regne i els privilegis del seu senyoriu i, si hi havia hagut delicte, en dreta llei li corresponia a ell dictar la sentència.

No li feren cas. Guillem de Montcada va dir que protestaria davant tots els estaments per aquella acció, però mentrestant Pere Comes i jo vam ser traslladats a València com si fossem lladres, escortats i lligats de mans.

Era la segona vegada que em capturaven com un vulgar delinqüent. I si bé la vegada anterior el tracte que em van dispensar era l'adequat per a algú del meu llinatge, en aquesta ocasió vaig anar a parar a una humida cel·la sepultada sota terra. Els meus enemics s'asseguraren que el tractament que em donaven a la presó no fos gaire diferent del dels presos vulgars, i em vaig veure rodejat de famèlics lladregots, d'assassins i de les prostitutes més vicioses del regne. Jo veia rere cadascuna d'aquelles humiliacions la mà dels Íxer i prometia venjança. Malgrat tot, sabia que aquell estat de coses no podia durar gaire perquè, d'una banda, havien violat els Furs amb aquella detenció i, de l'altra, els Martorell encara servàvem bons amics entre la noblesa, que aviat farien pressió al rei perquè posàs fi a aquella situació. Però mentrestant menjava rosegons de pa florit i bevia aigua tèrbola.

Ma mare, que mantenia la senyoria de temps passats i el respecte de tota la noblesa com a gran dama que era, esmerçà les seues darreres forces parlant amb els prohoms de la ciutat perquè influïren en el rei. Ramon Guillem de Montcada apel·là al lloctinent reial Joan II, reclamant els seus drets feudals, i aquest va demanar al governador general informació sobre el nostre estat. En principi, segons els Furs, només el rei tenia la jurisdicció sobre cavallers i donzells, independentment d'on s'hagués comés el delicte, però mentre s'aclaria l'afer, el governador, amic personal de Gonçal d'Íxer, decidí mantenir-nos presos.

Quan cap a final d'any, a Tudela, el rei signà l'ordre de llibertat, jo m'havia amagrit ostensiblement i el meu cor supurava ràbia i desig de revenja. Vaig estar uns quants dies recuperant la carnadura que durant aquelles setmanes de presó havia minvat de manera palmària. Durant una temporada vaig tornar a estar en les mans de ma mare com quan era un nen. Ella gaudia fent-me de metge. Amb la seua cura vaig recuperar les forces i, aviat, la condició per a la lluita. Ara el meu objectiu era evident i innegociable. Volia la mort de Gonçal d'Íxer. Vaig vestir de grana i vermell les meues robes i la meua ànima, del color vermell de la venjança.

Sempre, en totes les circumstàncies de la vida, he intentat obrar com a cavaller. En la meua ment sempre he procurat vigilar pel compliment de les regles honroses de la cavalleria tal com me les van ensenyar el meu pare i el meu amic Richard de Beauchamp, comte de Varoic. Per això, i potser us sorprendrà, encara vaig donar la darrera oportunitat a Gonçal d'Íxer d'actuar amb honor.

Li vaig trametre una carta requerint-lo a celebrar una batalla a ultrança. L'acusava de posseir injustament l'heretat de la meua família i del tracte que, per culpa seua, havíem rebut el meu germà i jo mateix. Em vaig oferir a cercar un jutge ja fos, de nou, el rei d'Anglaterra o el mateix emperador. Si no acceptava la lluita, jo mateix giraria els seus escuts en senyal de deshonra i ho faria públicament per a major vergonya seua.

Íxer actuà com a covard i ni tan sols acceptà la requesta de batalla. Per segona vegada li vaig enviar una altra carta de deseiximent i de nou es negà a rebre-la. No obstant això, el comanador començava a estar espantat. Veia que el requeriment atenia a veritat i va anar a parlar amb la reina Maria perquè em detingués. Però jo ja havia aprés la lliçó i havia partit cap a Barcelona on m'estava en companyia de Joan de Ladernosa, antic company d'armes i amic fidel.

Des d'allí vaig enviar la tercera de les lletres a Íxer per citar-lo a Barcelona en un termini de trenta dies. Però en aquesta ocasió, per forçar-lo a acceptar, vaig fer que fixassen en diversos llocs públics de la ciutat de València còpia de la carta. Volia que tots els cavallers de la noblesa sabessen de quina manera el comanador de Montalbà tractava el seu honor. I no sols entre els senyors, sinó que volia que cada ciutadà que acudís a l'església, cada dona que passejàs pels carrers, cada criat que acudís al mercat o cada borratxo que acudís a la més immunda de les tavernes, conegués que Gonçal d'Íxer, comanador de Montalbà, era un covard sense honor digne que s'escopís al seu pas.

Com n'era, d'innocent! Ja pentinava cabells blancs i encara creia que s'amagava honor en aquell home. Íxer pertanyia a la nova estofa d'homes poderosos del regne, aquells que tot l'honor que posseeixen té forma redona i llueix. No acudí a la cita i, el pitjor de tot, és que semblà que a ningú no li importava. Potser alguns rumors en les tertúlies, potser alguna mirada de reüll un poc incòmoda eixint dels oficis religiosos. La societat de la ciutat de València ja no estava formada per cavallers, sinó per covards que estaven segurs que també haurien actuat com el comanador de Montalbà i, en el fons, aplaudien la seua decisió com a assenyada.

I després, de nou, l'única defensa dels covards: notaris, advocats i legisladors. El procurador dels Íxer va presentar, davant del governador general, una demanda en contra meu on es deia que jo havia intentat fer coacció a Montalbà amenaçant-lo amb un combat a mort. Va aconseguir que, juntament amb el requeriment on se m'exigia un pagament de cinc mil sous que no tenia, se m'imposàs ordre de callament perdurable, per la qual cosa ja no podia dir ni escriure res en contra del meu enemic.

El governador intentà comunicar-me oficialment la demanda, però jo no ho volia permetre. Com que no em trobaren a Barcelona, van col·locar en la porta de la casa de ma mare i dels meus germans les cèdules de provisió en contra meu. Allà, a la vista de tots els que visitaven algun membre de la meua família, hi havia un paper que em tractava de fora de la llei. Aquella era la darrera de les humiliacions que estava disposat a suportar.

Us vaig prometre que us contaria tota la veritat, que no tindria secrets per a vós i que les meues paraules serien, en aquesta ocasió, reflex de la realitat i no l'espill deformat que és la meua narració que vós posseïu. I si he estat prolix contant-vos tant de conflicte legal, ha estat perquè comprenguésseu millor en quina situació de persecució em trobava i com era de difícil per a mi cercar una solució d'acord amb els ideals de la cavalleria. Uns ideals que en aquell moment, us ho confesse, començaven a semblar-me inútils.

No pensava renunciar a la venjança, a cap preu. Era excessiu el que havíem patit tots per culpa dels Íxer. En aquell moment el meu suport fou Joan de Ladernosa que, a més d'acollir-me amablement com si fos un germà, m'aconsellà amb saviesa. La seua indignació era tan poderosa com la meua i, quan li vaig consultar la nova acció que pretenia iniciar, tot i estar fora dels models cavallerescs, li va semblar adient per a una gent que havia demostrat estar tan allunyada de l'esperit de l'honor com els Íxer.

D'incògnit i acompanyat de Joan, vaig tornar a València. Ma mare em va semblar un fantasma. El seu rostre s'havia demacrat i les arrugues li solcaven amb profunditat la pell. A més, havia perdut tanta vista que ni tan sols podia dedicar el seu temps de lleure a l'activitat de brodar. Durant aquells mesos s'havia convertit en una anciana, o potser ja ho era abans i fins aleshores jo no ho havia notat. Quan la vaig veure, vaig saber cientment que aviat moriria.

Un per un vaig esgarrar tots els fulls penjats pel governador a les portes de les cases de la meua família. Sabia que allò era contrari a llei, però tant em feia ja aleshores. No podia permetre que aquella vergonya continuàs al llindar de cada llar dels Martorell.

Vaig cercar en el bagul més fondo de les meues pertinences un grapat de cartes antigues. Les vaig fer copiar diverses vegades lletra per lletra i després, durant la nit, les vaig posar en tots i cadascun dels llocs públics que vaig poder. Els originals, els vaig enviar a Gonçal de Montalbà. Les cartes que la seua dona, Agnés de Portugal, m'havia enviat prometent-me les delícies sexuals més agosarades foren conegudes en tot València. I, aquesta vegada sí, els Íxer van sentir el colp.

Conten que en reconéixer la lletra de la seua esposa, Gonçal d'Íxer anà a veure-la. Agnés cosia en companyia d'altres dames. El comanador de Montalbà ni les mirà. S'acostà a la seua dona i la bufetejà brutalment. Després li llançà les cartes a la cara. Agnés empal·lidí. Gonçal intentà retirar-se de l'estança a grans passes, però encara no havia arribat a la porta que ja s'havia desplomat. La ira l'envaí de tal manera que la fel li esclatà i morí de ràbia.

El soterrament fou discret. Ni Agnés, que encara tenia marques a la cara del colp del seu marit, ni la noblesa valenciana tenien ganes d'un espectacle públic. A casa, els Martorell celebràrem aquella mort amb el millor vi del país. Quan vaig enviar les cartes no pretenia matar Íxer, jo hagués preferit la seua mort a les meues mans, colpejar la seua armadura i sentir com, a poc a poc, l'energia del meu enemic s'abatia sota la meua força. Però el comanador mai no hagués acceptat el combat i aquella mort, encara que fos d'una manera tan poc noble, era fruit de les meues accions i em feia sentir estranyament satisfet.

L'alegria per la mort de Gonçal d'Íxer s'exhaurí ràpidament. Poques setmanes més tard va morir ma mare. Havia anat extingint-se lentament, de la mateixa manera que ho havia fet el prestigi i el poder dels Martorell. Un dia, simplement, no es despertà. Al seu soterrar eren presents les millors famílies del regne. Ella era la darrera representant de la grandesa dels Martorell i els honors que va rebre foren els de gran senyora. Fins i tot la reina assistí a les exèquies.

Al primer banc de la catedral séiem tots els seus fills, vestits de vellut negre i amb el rictus seriós. Mentre sentia els càntics em vaig adonar que en aquell moment estàvem acomiadant-nos no tan sols de la nostra mare, sinó també del símbol que havíem representat els Martorell en la València de començament del segle XV. Era trist perquè en el fons jo me n'atribuïa la culpa i em dolia per no haver sabut ser digne del meu nom.

Era abril i la primavera ja es dibuixava en les flors i en les aromes dolces del vent. Ma mare hauria agraït aquell paisatge per al seu enterrament. Un a un, tot els nobles acudiren a donar-me el condol. Com a cap de la família tenia el privilegi de rebre'l en primer lloc. Tots hi acudiren excepte els representants del rei i de la reina. Tampoc no els esperava.

Fou un temps estrany. La presència de ma mare donava tranquil·litat al meu esperit i em lligava a la meua família. Ara, desapareixia el darrer nexe afectiu, l'última persona per qui havia de preocupar-me. De nou, m'atreia l'aventura. La Mediterrània em cridava.

Però, novament, un fet truncà les meues intencions. Un fet que mai no hauria esperat que es produís i que em retornava veus del passat i carícies mai no oblidades.

Un matí, un missatger em lliurà una carta. Procedia d'Anglaterra. Hi vaig reconéixer de seguida la lletra de Beauchamp. Durant tots aquells anys ens havíem escrit de tant en tant, al principi amb més intensitat, després, només per mantenir viu el caliu d'una sincera amistat. Ara, em sorprenia aquella lletra quan feia més de quatre anys que no sabia res del meu vell amic i quan ja començava a pensar que potser hauria mort de vell. La segona sorpresa era que, per primera vegada en tots aquells anys, el comte de Varoic em parlava d'Elisabeth i, malauradament, per a res bo.

Aquell hivern havia estat molt dur a Anglaterra. Molta gent hi havia mort. El mateix Beauchamp confessava haver-ho passat bastant malament perquè la seua salut i la seua força ja no eren les mateixes que abans. El marit d'Elisabeth, el duc d'Alimburg, havia mort quasi al final de l'hivern, per tant, Elisabeth ara restava vídua. Però, quasi al mateix temps que moria Alimburg, Elisabeth començà també a emmalaltir. Se sentia cada dia més feble i creia que aviat moriria. Per això m'escrivia ara Beauchamp. Elisabeth li havia demanat que ho fes. Pregava, si era possible, tornar-me a veure abans del seu traspàs.

No hi havia gaire més explicació. Beauchamp em deia que no tenia per què sentir-me obligat, que estava molt lluny, que jo tenia la meua vida i que possiblement quan hi arribàs ella podia estar morta. El comte de Varoic només complia la paraula donada a Lady Elisabeth. Però d'aquelles paraules del meu amic, ja no en vaig fer cas. Havia de tornar a Londres.

Ara que sóc vell, de vegades m'adone que els fets d'una vida encaixen de manera que són els déus els que ens obren camins i ens tanquen portes. No som nosaltres els que dominem totalment els nostres actes, sinó que som la simple diversió de les divinitats que s'entretenen marcant-nos un camí i barrant-nos totes les altres fugides. Per tant, els humans no podem sinó imaginar que fem la nostra voluntat quan som petits titelles en les seues mans. El testament de ma mare em deixava com a únic hereu. El seu patrimoni no era gaire elevat, però encara conservava el dot que els seus pares li havien concedit, ja que, en morir-se el marit, tornava a mans de l'esposa. Foren aquells diners, aconseguits per la trista mort de ma mare, els que em permeteren tornar a Anglaterra i veure de nou Elisabeth. De cap altra manera no ho hauria pogut fer i no hauria pogut encalçar el meu destí.

No volia perdre ni un instant. Sabia que el camí era llarg. Amb només dos criats vaig iniciar via devers Londres. No tenia salconduit i qualsevol topada amb els soldats podia portar-me conseqüències greus. Fins i tot podia ser considerat un bandit i acabar els meus dies penjat d'un dels arbres que voregen el camí.

No tenia por, no pensava en res més que avançar. Vaig rebentar cavalls, vaig dormir al ras, sota les estrelles, sota la pluja de les terres del nord. Vaig travessar els camins més agrests per guanyar temps i, des de les costes violentes que els homes anomenen del final de la terra, vaig agafar un vaixell que em portàs a Anglaterra.

Foren molts dies de viatge. La vela del vaixell era petita i no ens permetia avançar gaire, però, afortunadament, el bon temps ens fou aliat i no patírem les inclemències dels vents, només l'ànsia de l'espera.

A Anglaterra em vaig retrobar amb la llengua fosca dels seus habitants. Vaig tornar a comprendre paraules que anys enllà la meua ment havia entés i que gairebé havien quedat oblidades dins del pou de la memòria. Londres no havia canviat gaire en aquells anys i em va ser fàcil reconéixer els antics carrers de la capital. No sabia on havia anat a viure Elisabeth, l'única referència era el meu vell amic. Vaig acudir a la cort i vaig preguntar als soldats de la porta pel comte de Varoic. Els dos guardians es miraren indecisos. El meu aspecte després de tants dies de viatge no era el d'algú que és digne de ser rebut per un dels prohoms de la cort, sinó que més aviat em feia semblar un captaire. La pols del camí cobria les meues robes arrugades i el meu gest era confús, però la determinació de la mirada i el meu accent estranger els feren dubtar i un d'ells es dirigí cap a l'interior del palau.

Més tard, tornà seguit de Beauchamp. El vaig veure arribar de lluny. El seu caminar era insegur, un poc trontolladís. A mesura que s'acostava vaig poder admirar-me de com el pas del temps havia debilitat aquell cos. La seua pell tenia l'aparença del cuir i les arrugues li solcaven el front com rases de castell. El seus cabells, abans blancs, ara tenien un cert to groguenc i, malgrat ser encara llargs, mostraven llacunes de calvície. Quan em va reconéixer, accelerà el pas i se m'acostà somrient, mostrant l'escassa dentadura que conservava.

–Valga'm Déu! Valga'm Déu! Joan Martorell de nou a Anglaterra!

Ens vam abraçar amb estima, com un pare i un fill que es retroben després de molt de temps. Els ulls de Beauchamp destil·laven llàgrimes i jo sentia un nus dins del cor. Notava com la força d'aquells braços, que temps enllà havien estat els més poderosos d'Anglaterra, s'havia afeblit. M'interrogà amb interés sobre el meu viatge. No se'n sabia avenir, de com havia arribat tan ràpidament. Jo temia fer esment d'Elisabeth, per això vaig ser cortés i, després de preguntar-li per la seua salut, a la qual Beauchamp no va voler donar gaire importància, em vaig interessar pel rei.

Féu una ganyota molt estranya i abaixà la veu per contestar.

–Les coses han canviat molt des que vós marxàreu.

Anàrem a les habitacions de Beauchamp. Ens acomodàrem en dues butaques vellutades i vaig poder comprovar la dificultat que tenia per seure. Era evident que el dolor s'havia incrustat en l'esquelet del meu amic i vaig suposar que els ossos el martiritzaven. I encara més amb la temperatura inhòspita dels hiverns anglesos. Ell, però, no es va queixar.

–Fa molts anys que marxàreu d'ací. I la situació política i la salut del rei han empitjorat gairebé dia a dia des d'aleshores. Supose que sabreu que el rei es va casar. La reina, Margarida d'Anjou, tampoc no ha fet res de bo pel rei ni pel poble. Va ser un matrimoni polític fet pel bé de la nació, però els ciutadans no l'han volguda mai i al capdavall ha anat en perjudici de la Corona.

M'adonava que a tot arreu els reis es comportaven amb la mateixa feblesa que mostraven i la mateixa incapacitat per guiar els seus vassalls. Les seues decisions errònies finalment sempre perjudiquen els súbdits.

–Margarida és una dona dura, molt dura. En tots aquests anys que fa que són casats ha intentat guanyar parcel·les de poder cada vegada més grans i s'ha envoltat d'un grup de consellers propis que actuen de manera poc escrupolosa. Misteriosament, els majors opositors de la reina moren. La mort del duc de Gloucester, a qui vós vau conéixer, és un dels exemples més clars. D'altra banda, la gestió del rei no és exemplar precisament. Ha perdut Normandia i el poble li ha retirat l'afecte, els camperols de Kent s'han sollevat en rebel·lia i el rei ja no escolta ningú.

Percebia clarament que el paper que tenia a la cort el meu vell amic s'havia devaluat. Beauchamp estava desfogant-se amb les seues paraules. Necessitava un confident a qui poder obrir el cor. Si les coses a la cort estaven com ell deia, era evident que el meu amic no podria parlar amb confiança amb cap dels habitants de palau.

–I ara Ricard de York ha retornat i vol prendre el govern a Enric –Beauchamp abaixà encara més la veu–. I el pitjor del cas és que comence a pensar que potser seria millor rei que l'actual. Millor que un rei boig.

Les darreres paraules foren un sospir. Beauchamp continuà posant-me al dia de tots els esdeveniments. La malaltia del rei no havia millorat. A València de tant en tant arribaven alguns rumors sobre la manca de seny del monarca, però mai no vaig voler fer-ne gaire cas. Sabia de la maledicència de la gent i sempre havia atribuït aquells comentaris al plaer que produeix malparlar dels poderosos.

Ja havia oblidat amb quina rapidesa la llum s'esvania en aquell país. La claror que entrava per la finestra havia anat lliscant per l'estança fins a convertir-se en una petita ratlla daurada. Beauchamp s'encongí en la seua butaca. Tenia fred. Es féu un silenci.

–Sóc un vell estúpid i egoista. No heu travessat mig món per escoltar les meues penes ni les del meu país.

Tenia por del que digués, per això no havia gosat interrompre'l. Ara, el meu gest ansiós fou suficient perquè Beauchamp se n'adonàs.

–Encara està viva, però malauradament no ho estarà durant gaire temps.

No sabia si alegrar-me d'haver arribat a hora o entristir-me per la sentència pronunciada.

–On viu ara? Vull veure-la.

–No és a Londres. És al camp, en una casa del seu marit. –Va pronunciar la paraula *marit* amb lentitud, com si buscàs una altra paraula per a referir-se a Alimburg però no la trobàs.

–Quan podem anar-hi?

–Demà. Ara el millor que podeu fer és descansar i recuperar-vos del viatge.

M'allotjà a la millor de les habitacions que tenia. Per primera vegada en molt de temps vaig tenir cura del meu aspecte físic. Em vaig banyar i em vaig fregar el cos amb oli de sàndal, vaig pentinar-me els cabells i em vaig retallar la barba. Els darrers temps no havien estat bons per a mi, però aquella nit, després de l'endreça, vaig recuperar el bon aspecte físic que havia tingut. No volia que Elisabeth em trobàs envellit i ujat, encara que els banys i les cures d'aquella nit no podien dissimular l'amargor que surava des de feia massa temps en els meus ulls cansats. Després del bany, per primera vegada en molt de temps, vaig jaure en un llit tou amb llençols perfumats i algaliats.

A primera hora iniciàrem el viatge cap a les terres d'Elisabeth. No era un trajecte llarg, però l'ànsia per veure la meua estimada féu que em semblàs que la distància era llarguíssima. Beauchamp anava al davant. Vaig notar que es fatigava i per això, malgrat la frisança que sentia, no vaig voler forçar la marxa. Hi vam arribar cap al migdia.

La primera cosa que em va estranyar en arribar a la casa foren les rialles. Se sentien riures i corredisses de xiquets. No havia pensat que podia tenir fills. Vaig mirar Beauchamp amb desconcert. El meu amic va entendre el meu pensament.

Una criada ens conduí cap al jardí on, sota un tendal, seia Elisabeth. A la llunyania, jugaven amb la seua mainadera un nen d'uns deu anys i una nena més petita. La nena tenia els cabells i la bellesa d'Elisabeth. Vaig quedar atònit en adonar-me que la mainadera que tenia cura dels xiquets era l'antiga criada la que m'introduïa a la seua cambra. Quan ella em veié, es quedà aturada amb la boca oberta mostrant una renglera de dents buides. El pas del temps es mostrava indeturable en aquells petits detalls.

Elisabeth no semblà sorpresa. Era com si hagués sabut, no tan sols que hi aniria, sinó que ho faria en aquell moment en concret. Seia al sol i tenia les cames cobertes amb una manta. Els seus cabells mostraven alguns fils grisos i havien perdut la lluïssor d'altres temps. La pell era més blanca i menys tibant, sense la vermellor que adornava les seues galtes en el passat. M'impressionaren els seus ulls. Eren tristos i estaven envoltats de dues ombres molt fosques, signe clar que alguna cosa en la seua salut no funcionava.

S'aixecà i m'abraçà. Estiguérem així durant una llarga estona. Sentint el cos l'un de l'altre i sense separar-nos, com si poguéssem recuperar en aquell instant deu anys d'abraçades perdudes. Ja no calia amagar-nos de res ni de ningú.

El fill s'acostà a nosaltres seguit de la mainadera, que em mirà somrient. El xiquet s'havia estranyat del comportament afectiu de sa mare amb un desconegut.

–Qui és, mare?

Elisabeth el cridà al seu costat i li acaronà els cabells.

–És un vell amic, John. El cavaller més valerós i amb més honor que mai no ha posat els peus en aquesta terra. Saluda'l, fill meu. Ha vingut de molt lluny.

El nen em saludà cerimoniosament mentre em mirava amb ulls encuriosits.

–D'on veniu, senyor? De França?

–De més lluny encara, de València, de les terres del rei d'Aragó.

El petit es mostrà sorprés i de segur que hauria continuat el seu interrogatori, però sa mare va fer que marxàs. Teníem moltes coses a dir-nos. Beauchamp, cortés com sempre, va anar a jugar amb els nens.

Elisabeth i jo ens miràrem als ulls. No sé si cercava en la meua mirada restes del jove cavaller que vaig ser. Potser estava comparant-me amb la imatge idíl·lica que el temps dibuixa en la nostra ment quan la realitat no és davant nostre. Jo, simplement, descansava la meua mirada en el seu esguard. Com havia estat desitjant ferho durant tants anys.

–De tot el que has fet per mi, del silenci que has mantingut, de l'absència que has patit, del record que sé que m'has tingut, venir ara al meu costat ha estat la mostra d'amor més meravellosa que mai no has fet.

–Si abans m'haguesses cridat, abans hauria vingut al teu costat.

–Si hagués pogut cridar-te, ho hauria fet.

Ens quedàrem en silenci. Les paraules que havíem de dir-nos ens resultaven massa doloroses. Elisabeth inicià una sèrie de tosses arrapades. A cada impuls semblava que es quedaria sense alé. De la mànega es tragué un mocador de fil blanc amb què dissimuladament escurà una petita gota de sang que s'intuïa pels queixos.

Mussità una disculpa i ens mantinguérem en silenci fins que la seua respiració es relaxà.

–T'espera una esposa a València?

Vaig negar amb el cap. Li vaig mostrar el medalló amb la seua cara retratada que ella em lliurà una nit feia molts anys i que sempre havia portat al damunt.

–Ja estava compromés.

A l'altra banda del jardí, els crits dels nens s'intensificaren. Tots dos miràrem cap on venien les veus. Beauchamp, amb una bena als ulls intentava trobar els xiquets. Resultava evident que els podia veure, però ho dissimulava fent carasses i movent els braços ben a prop dels xiquets, però sense tocar-los mai. Elisabeth somrigué entendrida.

–Em sap greu que s'hagen de quedar sense mare tan petits.

Elisabeth va llegir als meus ulls la pregunta que mai no hauria gosat fer.

–Potser un mes, potser demà. Ja no em preocupa –Elisabeth somrigué i m'agafà la mà–. I, ara que ets ací, encara menys.

Compartírem el dinar amb Beauchamp i els nens, que seien molt educadament a la taula mirant-me amb curiositat. Elisabeth a penes menjà res. Només begué un parell d'apòzemes que li portà la seua dama de confiança. Féu una ganyota i els ingerí. A la taula es va fer un silenci molest que va trencar Beauchamp contant alguna vella història. Els nens es meravellaven cada vegada que el comte de Varoic parlava. Es notava que l'estimaven com a un avi.

Després de dinar, Elisabeth i jo ens retiràrem a un dels salons. Estiguérem parlant durant hores. Ella de vegades s'aturava i feia un seguit d'estossecs que semblava que li trencarien el pit. En alguna d'aquelles ocasions, hagué d'utilitzar de nou el petit mocador de seda. Vaig intentar parlar poc de mi, anhelava més saber coses de la seua vida, però a ella li ocorria el mateix. No li vaig contar la situació ruïnosa a què els Martorell ens havíem vists condemnats. No volia turmentar-la amb preocupacions inútils.

Es va fer tard. Beauchamp havia resistit al màxim, però el sol gairebé es ponia a l'horitzó i encara havíem de tornar a Londres. Entrà al saló i em requerí per iniciar el retorn.

–Queda't amb mi. –La proposició d'Elisabeth em va deixar bocabadat.

–No puc. I la teua honra?

–Senyor de Martorell –em reprengué–, vós sempre pensant en l'honor. Aviat estaré morta, creus que importarà aleshores què es murmura a la cort sobre mi?

Vaig mirar Beauchamp. El meu amic assentí aprovant i jo vaig deixar que decidís el meu cor i no la meua ment. El pobre comte de Varoic marxà sol.

Durant gairebé dos mesos vaig viure amb Elisabeth. Us assegure que aquelles setmanes van ser les més felices de la meua vida. Vaig sentir què podia haver estat la meua existència si la deessa Fortuna no m'hagués estat tan adversa. Em vaig trobar de sobte amb una família: una dona meravellosa i dos fills que quasi des del primer dia assumiren amb naturalitat la meua presència. Si hagués estat possible, hauria empenyorat la meua ànima eterna al diable per poder continuar d'aquesta manera la resta dels meus jorns.

Però jo no m'enganyava a mi mateix i dia a dia veia acostar-se la mort en cada gest d'ella, en l'esblaïment de la seua pell, en la força de la seua veu, en la tos assassina que la visitava cada vegada més sovint. De totes les coses que us he contat, de tots els fracassos personals que he patit en la meua vida, res no pot comparar-se a aquella batalla perduda contra la mort. Aquella guerra on no podia fer res més que mirar, resar i esperar.

Elisabeth i jo fórem aquells dies marit i muller en tots els sentits. Vaig tornar a gaudir de les seues carícies, de la seua veu, dels seus besos, de la seua pell. Tancats en el petit paradís de la casa del camp, ens mostràvem tal com érem. Compartíem llargues caminades pel jardí de la casa. A Elisabeth li agradava avançar entre les flors, sentir la flaire dolça de les roses i recollir petits rams de lliris. Passejàvem lentament i escoltàvem els riures inacabables dels infants. Ens agafàvem per la mà i, a les nits, arrecceràvem els nostres cossos l'un al costat de l'altre i imaginàvem que aquella felicitat seria eterna.

Però prompte, aquest petit oasi es va assecar. Una vesprada se sentí pitjor. Havia passat tot el matí estossegant i ja ni les medecines ni el vapor d'eucaliptus aconseguien calmar els ferotges colps de tos. Elisabeth sentia fred, tant que ja no hi havia a la casa prou mantes per a cobrir-la. La vam portar al llit i vam fer cridar el metge. Va confirmar el que sabíem. A mitjanit ja no podia obrir els ulls. A la matinada va morir. Jo era als peus del llit assegut estúpidament. Sentia la respiració arrossegada d'Elisabeth i mirava pujar i baixar descompassadament el seu pit. De sobte, el xiuxiueig s'aturà. Així, en un instant. Ni tan sols havíem tingut temps d'acomiadar-nos.

Han passat des de llavors molts anys. Però sé que en aquell moment jo també vaig morir. De tot el que he fet d'aleshores ençà només el llibre que vós teniu, i que és causa d'aquesta narració, ha fet que no m'haja penedit de llevar-me la vida aquella trista matinada a Anglaterra.

La soterràrem a la catedral de Londres. Era cosina del rei i la seua família tenia un espai reservat a l'abadia de Westminster. Vaig vestir de negre i em vaig asseure en primera filera, amb els seus fills, com si fos el marit vidu. Els nens, inconsolables, ara passaven a mans del rei que pensava educar-los a palau. Ell, com a valerós soldat digne del seu pare; ella, com a dama, reflex de les virtuts de sa mare.

Tot s'havia acabat. I no tenia ni forces per a maleir Déu per tanta malastrugança. Hauria tornat al meu país el mateix dia que se segellava la tomba d'Elisabeth, però Beauchamp em va convéncer per romandre a Anglaterra uns dies més i recuperar-me. Jo desitjava marxar.

Tot en aquell país tenia la color, l'olor, el sabor, l'essència d'Elisabeth i cada indret era un espai per al seu record. No obstant això, no desitjava contrariar el meu mentor. Ell havia estat sempre molt amable i afectuós amb mi i jo no havia passat ni un sol dia en companyia seua. I el meu vell amic també em necessitava.

Fou, com sempre, un amfitrió delicat. S'esforçà a fer-me oblidar la pena immensa que m'abassegava. En aquells dies em mostrà un llibre que estava basat en la vida d'un avantpassat seu, Guillem de Varoic. Havia arribat a les seues mans a través de la reina Margarida d'Anjou i explicava les valeroses accions d'un dels anteriors comtes de Varoic en la defensa d'Anglaterra contra els danesos. M'impressionà aquella història de cavallerositat i honor i, per entretenir-me, la vaig copiar i la vaig traduir afegint algunes variacions per adaptar-la a l'època. Beauchamp se sentia feliç i honorat pel meu interés. A mi, m'ajudà a oblidar Elisabeth per uns instants.

El rei em cridà a la seua presència. Em recordava de l'altra ocasió en què havia estat a Londres i sabia que havia acudit cridat per la seua cosina. Els seus espies l'havien informat perfectament. Però el monarca no estava enutjat amb mi, tenia coses més importants de què preocupar-se que d'una vella relació amorosa que ja no afectava ningú.

Em rebé en audiència. Vaig acudir-hi acompanyat de Beauchamp. La reina seia al seu costat. Era la primera vegada que veia Margarida d'Anjou. Era una dona de trets suaus i mirada molt dura. El seu esguard em recordà el d'Agnés de Portugal. Era, sens dubte, una dona freda i calculadora. Enric havia envellit molt en aquells anys. Els cabells gairebé li havien desaparegut completament i els ulls li sobresortien inquiets de les conques. Una multitud d'arrugues travessaven el seu front. Per edat, era encara un home jove, però en aparença era ja un vell.

Recordà en veu alta el torneig en què jo vaig participar. Alguns membres de la cort assentiren i em miraren amb curiositat. Els fets d'aleshores havien quedat en la memòria i molts dels cavallers que eren a la sala havien sentit a parlar de mi. Us confesse que el meu orgull s'omplí de satisfacció i alhora de tristesa. Jo, que havia estat un dels més grans cavallers i que gaudia de prestigi a Anglaterra, era al meu país gairebé un convicte, un proscrit.

El rei em va convidar a visitar-lo més sovint. Tenia curiositat per saber coses d'Alfons. La seua fama s'havia estés fins a Anglaterra, especialment ara que havia conquerit Nàpols. Però jo no sabia gaires coses més que les que sabia Enric. I no desitjava parlar de la Corona ni, especialment, de la reina.

Els dies van passar ràpidament. I encara que la pena no desapareixia, sí que m'envaïa una assumpció fatalista dels fets que començava a consolar-me. Beauchamp intentà en tot moment animar-me, però jo notava que probablement era la meua presència la que el revifava a ell. Realment, era el vell cavaller el que em necessitava a mi.

El seu paper de prohom a la cort havia estat desplaçat, ja no era un dels consellers del rei. L'edat i les incorporacions de gent pròxima a la reina Margarida l'havien arraconat. Ja no era el centre de totes les conxorxes palatines. S'havia quedat enrere per als nous temps que vivia Anglaterra. Per això vaig romandre al seu costat unes setmanes més, volia tornar al meu amic tantes bondats com havia tingut ell amb mi. Després, inevitablement, vaig haver de partir.

Recorde la darrera conversa que vaig mantenir amb Beauchamp. Ja s'havia fet de nit a la ciutat de Londres. Allà lluny se sentien udolar les raboses, que aquell hivern baixaven molt a prop de les ciutats a buscar aliments. Jo partia a la matinada. A la meua cambra ja estava preparat tot l'equipatge. Séiem al voltant del foc prenent un vi amb mirra que suavitzava les nostres goles i els nostres esperits.

–Demà partireu i sé que no tornaré a veure-us mai més, per això vull que recordeu les meues paraules.

Vaig acostar la butaca al seu costat. La veu de Beauchamp sonava aquella nit especialment dèbil i cansada, trista. Em parlà amb paraules de semblant estil.

–Quan sigueu gran, recordeu els dies que heu passat a Anglaterra, els de la primera vegada i els d'ara, i reflexioneu sobre les persones que us han envoltat en les dues ocasions i els anys que han passat. Sé que trobareu consol i us sentireu feliç.

No vaig entendre molt bé el significat d'aquelles paraules i ho vaig atribuir a l'edat, a la melangia i a la dolçor del vi que bevíem. Però Beauchamp tenia raó i ara, passats els anys, n'entenc el significat.

A l'alba, deixant rere meu la ciutat envoltada en bromes, iniciava el meu camí de retorn. La diferència amb l'altra ocasió era que ara no tenia casa on dirigir-me. Era l'any de Nostre Senyor de 1451 i tenia més de quaranta anys. Pensava que possiblement encara me'n quedaven uns quants més d'existència, però em sentia com si ja hagués viscut tot el que la vida podia oferir-me.

No volia tornar a València, la buidor que sentia a dintre meu no podia conjuminar-se amb l'aspecte erm que tenia per a mi la meua ciutat. No era capaç de tornar-hi encara i enfrontar-me al no-res. Per això em vaig dirigir cap a Barcelona. Joan de Ladernosa, sempre amable, m'hostatjà a casa seua i tingué cura de mi. Aquelles setmanes foren difícils. A cada instant es feia palés en el meu enteniment que havia perdut tot allò que estimava: Elisabeth, les meues terres, l'orgull i el prestigi familiar.

Fou en aquella època quan vós i jo ens vam conéixer. Havia passat ja molts dies amb Ladernosa. La seua generositat no tenia límits, però la meua voluntat d'abús sí. Sabia de la vostra honradesa, que ja era reconeguda per tots quan vivíeu a Barcelona, per això vaig acudir a vós per demanar-vos un crèdit que em permetés tornar a València i sobreviure-hi una temporada. Tenia poca cosa per oferir-vos, però vós accedíreu utilitzant només com a aval unes joies de la família, quasi el darrer llegat de la grandesa dels Martorell. I com heu fet sempre amb mi, i no puc deixar d'estar-vos-en agraït, fóreu generós en l'acord i cordial en el tracte.

No us avorriré contant-vos les meues peripècies abans de tornar a València. Vaig ser a Lleida, a Tortosa i, de nou, a Barcelona. Durant aquell temps no vaig fer res que fos profitós ni per a mi ni per al proïsme, fins que finalment em vaig decidir a retornar a la meua ciutat.

Entrant a València, arribà una notícia que va trasbalsar tota la cristiandat. Constantinoble havia caigut a les mans dels turcs. Jaume de Vilaragut m'havia advertit feia molts anys del perill que representaven per al nostre món els maleïts otomans. Sempre havia dit que, juntament amb els genovesos, eren els nostres enemics més perillosos i que aviat tota la cristiandat en patiria les conseqüències si no hi posàvem remei.

València, com la majoria de les ciutats cristianes que convivien amb àrabs, es va veure alterada per les ràtzies en contra dels musulmans. La convivència de les tres religions solia ser bastant pacífica en tota la Corona. Només en algunes ocasions la turba atacava els calls dels jueus, especialment a Girona, on els seguidors del Talmud feien més ostentació de les seues riqueses i despertaven l'enveja dels vilatans. A la resta del territori vivíem en relativa pau. Aquells dies, però, era habitual trobar musulmans morts, acusats de connivència amb els enemics turcs per a apoderar-se de les nostres terres. Segurament era fals, però tot el món tenia por i començaven, per primera vegada, a desconfiar dels conciutadans de distinta religió.

La reina va fer una crida al poble perquè aturàs aquells assassinats, però sense gaire vehemència. A la monarquia li interessaven els diners dels jueus i els seus préstecs, per això els protegien. Però els musulmans solien ser pobres i treballadors de la terra i no despertaven gens de commiseració en la monarquia.

Aquesta situació s'agreujà amb l'aparició en la costa de pirates berbers que de tant en tant feien alguna incursió a l'interior. El poble acusava els musulmans d'espies dels berbers. Fou assaltada la moreria i cremades les cases dels musulmans, i molts hagueren d'abjurar de la fe de Mahoma públicament per salvar la vida o foren batejats a la força, fins i tot amb graneres mullades amb aigua beneïda.

La conseqüència positiva de la pèrdua de Constantinoble fou el renaixement de l'esperit de la cavalleria. Tornà a estendre's entre els nobles la intenció cavalleresca de conquerir de nou l'antiga Bizanci i la mítica Jerusalem, que continuava en mans dels infidels musulmans.

Quasi cada dia naixien rumors entorn de cases reials de la cristiandat que es preparaven per a iniciar una croada cap als territoris de l'Imperi d'Orient. Però la lleva de cavallers no arribava mai. A poc a poc, anà creixent el desànim entre tots els cristians. Els reis que he conegut en la meua vida sempre han estat indignes de tenir el nom de sobirans. No han sabut mai estar per damunt de les seues petites misèries i, encara que els he servits i respectats com a cavaller que sóc amb vot d'obediència, en el fons del meu cor sempre els he menyspreats per la seua debilitat moral. Jo em sentia indignat per aquella actitud tan poc cavallerosa i tan poc cristiana. En tot el món, milers d'homes ploraven per la pèrdua de Constantinoble i ells no eren capaços d'encapçalar-los i començar la reconquesta.

A València, em vaig allotjar a casa de Damiata, que em va rebre tan fredament com va ser capaç, car al llarg dels anys havia anat acumulant un cert odi envers mi perquè em culpava de la seua solteria i de la seua soledat. Els esdeveniments amb Montpalau foren tan públics que

Damiata no havia tingut cap possibilitat de trobar cap altre marit. Ella pensava que si l'afer s'hagués portat amb més discreció, el temps hauria esborrat la seua màcula. Jo, evidentment, no me'n sentia responsable. Però sí trist per ella, condemnada a estar sempre sola quan el que més desitjava era un marit. Això sí, a falta d'espòs, Damiata es consolava amb una llarga sèrie d'amants discrets o no i, curiosament, cada vegada més joves.

No era estrany trobar-me amb algun d'aquests jovenets fent el fatxenda per la casa amb intenció provocadora. Damiata els atiava perquè es mostrassen davant meu, volia fer-me enutjar. Però a mi, encara que em dolia, ja feia temps que no m'importava la reputació de la meua germana, justament des del dia que va acceptar un preu pel seu honor.

Les batalles legals no s'acabaven. Galceran encara mantenia alguns plets romanents sobre el senyoriu de Llíber i altres terres dels Martorell. Jo gairebé havia renunciat a tota esperança de recuperar les nostres possessions. Malgrat la mort de Gonçal d'Íxer, les propietats continuaven en poder d'Agnés i dels seus fills i no les amollarien mai. Ja se sap que per natura caça ca, i els Íxer duien a la sang la traïció i la capacitat per als negocis obscurs.

Finalment, Galceran, cansat també de les batalles legals, em proposà d'anar a Nàpols a combatre amb el rei per l'alliberament de Constantinoble. Galceran desitjava abandonar València i la seua casa i, especialment, la seua dona, que mai no li havia donat cap fill i a qui, potser per això, ja no suportava. Com podeu suposar, no m'hi vaig pensar gaire. Res no m'unia a la meua ciutat ni tampoc a la vida, per això, amb més de quaranta anys, vaig tornar a preparar-me per al combat. El propòsit era anar a Nàpols al costat del rei Alfons, més tard a lluitar per Constantinoble; després, potser, per Jerusalem.

Arribàrem a Nàpols la tardor de l'any 1453. La ciutat era bellíssima. Alfons l'havia desitjada tant que ara l'havia convertida en la seua joia preferida i en tenia cura amb excés. Els carrers apareixien sempre engalanats i nets, com si tota la ciutat fos en realitat un palau per al rei. Havia fet construir un gran arc de triomf entre les dues torres del Castell Nou on havia parat la cort. Era un arc preciós de color blanc que ressaltava enmig de l'edificació. Alfons volia que per a la posteritat quedàs patent, i de manera destacada, que ell havia conquerit aquell territori i que n'havia estat el millor governant. La vanitat d'Alfons es veia així reconeguda i la ciutat embellida. El poble de Nàpols saludava sincerament el rei com un pare i se sentia satisfet d'estar sota el seu domini.

Ja feia mesos que Constantinoble havia caigut, però encara es respirava una atmosfera de guerra entre la població. El rei ens rebé recelós. D'una banda, s'alegrava de tenir bons homes al seu servei, ja que la capacitat de lluitar i el valor dels Martorell havien estat testimoniats generació rere generació; però d'altra banda, el rei tenia en el seu poder massa informes contraris a nosaltres per a dubtar que no seríem un problema més que no pas una ajuda.

Vaig tornar a una vida castrense que feia molts anys que no tastava. Els primers dies foren durs. M'havia avesat a dormir en llits tous i l'aspresa espartana de les tendes feia grinyolar els meus ossos. Però pitjor ho passà Galceran, que mai no havia patit les mancances de la vida de soldat. Rondinava per tot i, ja des dels primers dies, va fer gala de la violència del seu caràcter. En un mateix jorn va ser reptat a batalla per dos cavallers del seguici reial.

Afortunadament, el rei prohibia els duels entre els seus homes mentre duràs l'estat de guerra. I el perill, en aquell moment, venia de molts fronts. D'una banda hi havia els turcs, que ara que havien conquerit Constantinoble i amenaçaven la resta de la Mediterrània; de l'altra, els genovesos, que competien amb nosaltres pel comerç i per la conquesta total de la península itàlica i, finalment, els pirates de Barberia, que sovint feien incursions a terra o atacaven vaixells carregats de mercaderies. De manera que, si algú volia combatre, en tenia moltes oportunitats.

A Nàpols vaig tornar a veure Jaume de Vilaragut. El meu amic semblava molt desmillorat. Les batalles contínues havien marcat el seu rostre amb cicatrius físiques, però també amb marques molt profundes en l'esperit. Séiem en una taula a l'exterior d'una taverna freqüentada per soldats de baixa estofa i prostitutes barates. A Jaume sempre li havia agradat aquell ambient perquè deia que allí és on es trobaven realment els homes que pagaven la pena, i no als palaus i casalots de grans senyors. Vilaragut bevia, com sempre, exageradament i la seua veu s'havia enfosquit una mica per la ingesta de tant d'alcohol.

–No recuperarem mai Constantinoble. Els monarques del món no tenen ganes de jugar-se-la. L'únic que pot fer-ho és Alfons, però necessita molts homes i els altres reis no li'ls deixaran. S'arrisquen a permetre que Alfons es torne massa poderós.

–I, aleshores?

–Aleshores, res –colpejà amb força la taula–. L'Imperi d'Orient perdut per sempre!

Vilaragut tampoc no havia aprés a contenir la llengua. Des de les taules veïnes, alguns soldats ens miraven amb cares serioses, però ningú no gosava contrariar Jaume de Vilaragut. La seua fama i les seues gestes l'avalaven.

M'entristí la conversa amb el meu amic. El pessimisme que supurava jo també l'intuïa en el meu cor, però no volia donar pàbul a aquell sentiment.

Galceran esperava establir contacte amb el rei. Pretenia tenir temps per a parlar amb ell i convéncer-lo perquè intercedís en el llarg litigi de Llíber. Però Alfons no estava per romanços procedents de València i no va donar cap possibilitat a Galceran perquè se li acostàs. Cansat d'esperar audiència i fastiguejat de la vida casernària, Galceran s'embarcà en l'estol de Lluís Cornell. Preferia solcar la Mediterrània i lluitar sobre l'aigua contra els genovesos i els berbers que passar un dia més en aquelles tendes incòmodes. Jo vaig romandre a Nàpols, prop del rei. Tenia ganes de combatre, però esperava innocentment, com molts altres cavallers, l'ordre d'embarcament cap a Constantinoble.

Durant aquells anys, Alfons havia estés una enorme xarxa de relacions amb les corones de la Mediterrània. Tot i les escasses simpaties que em despertava el rei, a Nàpols en vaig poder ser testimoni. Entre altres, havia aconseguit el vassallatge del voivoda de Bòsnia, d'Albània i de Sèrbia. Tots els països de la Mediterrània o l'estimaven o el temien. Aquesta fou la raó, tal com havia pronosticat Jaume de Vilaragut, per la qual no va aconseguir suport suficient per a gestar la croada que alliberàs Constantinoble. I els otomans seguien avançant indeturables.

A poc a poc, els nobles cavallers abandonaren Nàpols. Era inútil romandre a la ciutat si no hi havia esperança de combat i calia preocupar-se de les terres dels seus llocs d'origen. El mateix rei s'havia adonat que no podria dur a terme la croada i havia tornat a refugiar-se en les seues amants i en la cort de pintors, escultors, poetes i paràsits que l'envoltaven. Potser pensava que aquesta actitud faria reaccionar definitivament els altres regnes cristians.

Galceran s'havia cansat de l'estol de Lluís Cornell i havia tornat a València. Algunes veus maldeien sobre una actuació no especialment valerosa del meu germà en un enfrontament que tingueren amb unes naus pirates, encara que ell afirmà que abandonava les armes per tornar a centrar-se en els plets amb els Íxer.

Malgrat el que va ocórrer a Constantinoble i la situació personal de tota la família Martorell, us he de reconéixer que aquells foren uns anys magnífics per a la nostra nació.

L'any 1455 Alfons de Borja va ser nomenat papa amb el nom de Calixt III. La notícia es va rebre en tota la Corona amb alegria i amb un revoltar de campanes de totes les esglésies. A Alfons de Borja l'havia vist en moltes ocasions en anys anteriors. Era un home seriós, reflexiu i amb una mirada molt profunda que semblava que era capaç d'arribar a la teua ànima. La seua família, com la meua pròpia, tenia els seus orígens a Gandia i la seua habilitat com a home d'església i la facilitat per a moure's en totes les corts feren que el rei Alfons el nomenàs ambaixador davant del papa. Borja aprengué a Roma, més de pressa encara, l'art de la política i, ara, en els darrers anys de la seua vida, havia aconseguit ser elegit papa.

La notícia de l'elecció de Calixt III recuperà entre els cavallers, una vegada més, la idea de reconquerir aviat Constantinoble. Però la realitat és que els otomans continuaven el seu avanç impossible d'aturar. Tal com s'esperava, una de les primeres coses que predicà el nou papa fou la crida a la Guerra Santa per reconquerir l'antiga Bizanci. Instà els reis de la cristiandat a fer front comú envers l'enemic invasor i els demanà que posaren al capdavant un dels seus monarques. Calixt no deia noms, però tots entenien que el que indirectament estava demanant el papa era que les tropes es posaren sota la direcció del rei Alfons. I això hi havia molts reis, especialment el de França, que no estaven disposats a tolerar-ho. Era com lliurar el poder futur d'Europa als monarques de la dinastia catalana.

Però, tot i les acusacions de corrupció, que sovintejaren en el seu pontificat, i encara que la croada finalment no es dugué a terme, Calixt III tingué el mèrit d'aconseguir que l'expansió turca es detingués a Belgrad. Ja era l'any 1458 i els rumors afirmaven que el papa estava molt malalt. Alfons de Borja havia arribat al papat a l'edat provecta de setanta-set anys i tothom sabia que no duraria gaire. Els hongaresos li donaren la darrera alegria aturant l'avanç otomà i els turcs, d'aleshores ençà, no han conquerit cap més territori a la cristiandat. Després, el papa morí. A penes havia estat assegut tres anys a la cadira de Pere.

Els pobles de la Corona es tenyiren de negre com mai no he vist. Pels carrers, grups de ploramorts convidaven al plany. Les esglésies eren plenes de gent orant per l'ànima d'Alfons de Borja. I tot açò ho feien per la molta amor que li portaven. El rei va ordenar que tothom vestís d'obscur a la cort, se suspenguessen festes i vetlades. Durant tres dies les cases de dones estigues-sen tancades en senyal de respecte. Amb la mort de Calixt III no solament es perdia un bon papa, sinó una font importantíssima d'influència del nostre territori a Roma i, per extensió, a tota la cristiandat.

Jo vaig viure tots aquests esdeveniments històrics prop del rei, a la cort, esperant pacientment una ordre que mai no arribava. I ho he de reconéixer, em vaig acostumar a la lleugeresa de la vida de palau. Alfons vencé mínimament les reticències envers els Martorell i de mica en mica vaig tornar a ser ben considerat. Les meues opinions eren escoltades i tingudes en compte pels millors consellers del monarca, que valoraven en mi un home amb suficients coneixements del món per a assessorar-los.

També morí aquell any la reina Maria. El seu traspàs fou tan discret com poc brillant havia estat la seua persona. Ningú a la cort en féu cap recordatori especial. Unes quantes misses i el dol oficial foren tot el bagatge de pena que produí la seua falta. Havien passat tantes coses que, al meu cor, ja a penes servava rancor contra aquella dona fosca i malcarada. Ella havia estat un dels desencadenants de la desgràcia familiar, però ara, a Nàpols, em semblava com un fantasma llunyà, com una antiga por infantil superada amb el temps. Potser simplement és que m'estava fent vell i començava a veure passar els cadàvers d'antics enemics per davant meu, ja sense rancúnia ni odi.

Mentrestant, m'avesava definitivament a la vida cortesana. Nàpols era una ciutat sempre en dia de mercat. Passejar pels seus carrers multicolors i atrotinats es convertí en un dels meus passatemps preferits. M'agradava observar com voltava per la ciutat gent de tota mena amb la intenció de buscar-se la vida. Joglars, esguerrats veritables i falsos, venedors de productes miraculosos, tafurs buscant innocents per plomar i prostitutes barates es barrejaven amb la resta de ciutadans napolitans, cosa que produïa una amalgama de sorolls i olors indescriptible.

A Nàpols, els costums eren molt més relaxats que a València. Començant pel rei, que feia vida marital amb la seua amant Lucrezia d'Alagno, que exercia de veritable reina a la cort. A palau, ja ningú no s'escandalitzava de l'ascens vergonyós de la dama italiana, a qui el rei havia promés fins i tot terres i títols. La resta dels cortesans, per tant, no amagaven tampoc els seus excessos i es mostraven en públic amb dones, fossen del grau social que fossen, que eren les seues amants. Per això als nobles que visitaven la cort del rei els costava tant de tornar a València o a Barcelona amb les seues esposes, amb la rigidesa moral i la imatge pública sempre en entredit. A Nàpols, tothom feia el que volia i ningú no se n'havia d'avergonyir.

Aquesta situació inicià un procés de degradació. A la cort vaig assistir a festes on totes les dones duien per única indumentària un antifaç, vaig conéixer homes que es feien acompanyar cada nit de tres dames i vaig trobar els majors i més descarats sodomites que mai no he vist. I el rei ho acceptava tot. Vós sabeu que jo no he estat mai intolerant. He vist prou món per a comprendre que les normes són relatives al lloc en què et trobes. Però us assegure que, en aquells dies, la cort del rei Alfons a Nàpols poc distava d'aquelles ciutats bíbliques arrasades per la mà de Déu. I ja que us vaig dir al començament que us diria tota la veritat, us confesse que jo també vaig gaudir de les dames més gentils i més joves, i que em vaig sentir primer temptat i després arrossegat per aquest remolí de plaers i de sensacions.

Ben lluny de Nàpols, a Navarra, havien ocorregut uns esdeveniments que aviat canviarien la meua vida i que tenien l'origen en uns fets succeïts molts anys enrere. El germà del rei Alfons, l'infant Joan II, havia tingut un fill amb la seua primera esposa, Blanca de Navarra. En morir aquesta, deixà com a hereu de la Corona navarresa el seu fill Carles, príncep de Viana. A poc a poc, anaren aflorant les rivalitats entre pare i fill, especialment per la presència burxadora del conestable de Castella, Pedro de Luna, i l'ambició de la segona dona, Joana Enríquez.

Finalment, esclataren lluites entre els seguidors de l'un i de l'altre. Al capdavall, Carles de Viana, després de ser derrotat a Estella, va travessar els Pirineus a la recerca de l'ajuda del rei de França, més tard buscà l'ajut de Milà i acabà exiliat a Nàpols en companyia del seu oncle, el rei Alfons, quan jo també era a la ciutat mediterrània.

El príncep de Viana era un home molt alt, vestia sempre amb una elegància sens par i tenia, en la forma d'actuar, en els moviments, una delicadesa extrema que aviat fou imitada per tots els membres de la cort. Fou a Nàpols quan jo el vaig conéixer personalment. He de dir que la meua simpatia per aquell home va aflorar amb rapidesa, potser influïda per la seua situació personal, que jo identificava amb la meua pròpia. Ell també havia estat, a poc a poc i injustament, desposseït de tot allò que li corresponia. I també, com jo mateix, havia acabat en l'altra punta del món quasi sense esperança.

Aviat però, tot i ser un exiliat, el príncep Carles sabé congregar al seu voltant els millors cavallers, els millors versadors, els funcionaris més brillants. I, en poc de temps, es creà un petit focus a dintre mateix de la cort que despertava les enveges dels que n'havien quedat fora.

El rei Alfons sempre s'havia envoltat de tot tipus d'artistes que donaven una imatge idíl·lica de cultura en les altres corts europees. Ara, però, el seu nebot absorbia amb naturalitat al seu voltant el rovell cultural més important de palau i l'enriquia. Dins d'aquest petit grup privilegiat, hi vaig encaixar jo perfectament i, al cap de poc de temps, vaig fer meua la causa del príncep.

Alfons va deixar fer al seu nebot, potser perquè el rei ja envellia ràpidament o potser perquè pensava que, entretingut en afers culturals, el príncep Carles deixaria de banda les ambicions polítiques i les baralles amb el seu pare.

A més, Alfons ja no estava per a gaires preocupacions. Els excessos de tota una vida començaven a passar-li factura. En pocs mesos es féu evident que el rei no gaudia de bona salut i que possiblement moriria aviat. Això provocà que els voltors, que sempre ronden per les corts, començassen a situar-se, i el palau es convertí en una xarxa de conspiracions, de falses amistats i de traïcions. Estava a punt de morir un dels reis més importants de la nostra història i hi havia molta gent disposada a repartir-se'n les suculentes despulles.

Ja us he dit que en la meua llarga vida he vist molts actes dels governants i que malauradament la majoria d'aquests han estat desafortunats. Sembla com si l'assumpció del poder per un home li llevàs el bon seny. Sovint les decisions són fruit de la improvisació o dels mals consells dels homes que envolten sempre els governants, recomanacions fetes més en benefici propi que en interés de la nació.

El rei, tal com prevéiem, morí poc després sense que els millors metges del món poguessen fer res per allargar-li l'existència. Ja sabeu que davant la mort es perden els privilegis i Alfons no aconseguí burlar la mort, que ell mateix veié acostar-se ràpidament. Potser per això Alfons no va saber morir. Durant els darrers mesos exigia als doctors que li allargassen la vida fos com fos. No tingué resignació i les últimes nits de la seua existència les passà maleint i plorant espantat, fins que els metges optaren per adormir-li els sentits i facilitar el trànsit al món nou que, diuen, ens espera rere la mort.

Els carrers de la Corona es vestiren de nou de dol. Es feren centenars de misses en totes les parròquies per l'ànima del rei. El poble plorà públicament la falta del sobirà i en privat es preocupà pel futur de la Corona. El testament del rei era un secret a veus. Com que no havia tingut cap fill legítim, nomenava successor el seu germà Joan II, però repetia la mateixa estupidesa que alguns dels nostres reis passats, ja que atorgava el govern de Nàpols al seu fill bastard, Ferran. Amb aquesta decisió, separava de nou de la Corona la ciutat mediterrània que tant li havia costat d'aconseguir i per la qual tants súbdits, entre ells el meu pare, havien mort.

La situació de Carles de Viana i dels seus seguidors també empitjorà de manera ostensible amb la mort d'Alfons. I no tan sols perquè el nou rei passava a ser el pare del príncep, amb qui havia tingut nombroses disputes, sinó perquè a més, el petit grup que envoltàvem Carles de Viana començàvem a ser mal vists a Nàpols. Per això el nombre de fidels al príncep quedà reduït i tots aquells que eren al seu costat cercant alguna prebenda l'abandonaren. Només restàrem un petit nucli fidel.

El nou rei de Nàpols, Ferran, petit bastard en tots els sentits, odiava tot allò que li recordàs la relació del seu territori amb la nostra Corona perquè li semblava que menystenia el seu poder. I nosaltres érem l'exponent més clar dels cavallers catalans. Per això, tan discretament com van poder, els seus seguidors ens van arraconar, traient-nos privilegis i dificultant-nos les actuacions. I, així, en previsió d'un empitjorament de les circumstàncies, vam acordar amb el príncep abandonar Nàpols.

Ens dirigírem a un altre territori de la Corona, a Sicília. La rebuda de la gent de l'illa al príncep de Viana fou gloriosa. Els carrers s'engalanaren, els vilatans feren festes i la música sonà durant dos dies seguits. La gent somreia al pas del príncep Carles i l'aclamava. Havien sentit a parlar del seu valor i de la seua conducta i l'acolliren com un pare. Els pocs cavallers que l'envoltàvem vam creure que havíem arribat per fi a un lloc i a una situació estable per al príncep, però allò no durà gaire.

Una nit el príncep em requerí al seu costat. Semblava molt preocupat. Quan vaig entrar a la seua cambra, passejava amunt i avall amb desesperació.

–Ah, Martorell, necessite consell vostre.

Acabava d'arribar un correu procedent del rei Joan. Tots sabíem la importància d'aquell paper, que feia setmanes que esperàvem.

Ja havíem passat uns quants mesos a l'illa de Sicília. L'honor i la dignitat del príncep havien fet efecte en els cavallers sicilians i, per això, per iniciativa pròpia, havien demanat imprudentment al rei que atorgàs el càrrec de virrei perpetu de l'illa al príncep Carles. I encara anaren més enllà. Pensant que feien gran honor, demanaren que a més se'l reconegués com a primogènit de la Corona d'Aragó, la qual cosa significava que a la mort del rei Joan el tron seria per a Carles.

L'enviament havia estat fet amb bona intenció i amb bon cor. És sabut que els sicilians són nobles, valerosos i alegres com els valencians i fan el que creuen que han de fer sense consultar-ho a ningú. Per això, el príncep no sabia res d'aquell correu quan fou tramés. Mai no ho hauria permés. El rei Joan podia pensar que allò era una provocació i que el seu fill intentava prendre-li alguna de les seues possessions.

No obstant això, esperàvem la resposta reial amb impaciència. Sabíem que del que digués el rei dependria en part el nostre futur i les nostres expectatives. Per aquest motiu, Carles de Viana m'havia fet cridar aquella nit. El príncep reconeixia en mi la prudència, l'experiència, que ja començava a donar-me l'edat, i el valor suficient per a prendre decisions sense acovardir-me.

Al damunt de la taula hi havia un escrit amb l'escut d'armes del rei, Carles de Viana l'agafà i me'l mostrà. Era la resposta.

–Joan II ha rebut l'escrit i em contesta, fred com sempre –deixà amb ràbia el document damunt la taula–, imprecís, com sempre.

–No accepta la vostra regència de Sicília?

–Ni tan sols ho comenta. Però això no és el pitjor. El rei suggereix un matrimoni per a mi, amb Caterina, la germana del rei Alfons de Portugal.

El príncep no anomenava mai el rei Joan amb el nom de pare per raons òbvies, per això tots nosaltres ens guardàvem molt també de fer cap referència a la relació de parentesc.

Es deixà caure en una butaca. Jo vaig romandre en silenci. Sabia que alguna cosa més preocupava el príncep, un matrimoni de conveniència no era motiu per a intranquil·litzar-se, es podia resoldre fàcilment.

–Això no és tot. Alguns amics que estan a la cort em diuen que el rei té pensament de nomenar Ferran, el fill de la segona dona, com a primogènit. I bé sabeu què significaria això.

Tothom ho sabia. El primogènit heretaria tota la Corona i el príncep es quedaria sense res, ni tan sols amb els territoris de Navarra, que li pertanyien per herència de la seua mare. Carles de Viana esperava el meu consell i li'l vaig donar després de reflexionar breus instants.

–Demaneu de reunir-vos amb ell per discutir l'assumpte. Busqueu un lloc neutral i negocieu el vostre futur. I comenceu a assumir-ho, el rei no us donarà mai cap territori perquè el regiu, encara que sap que seríeu millor governant que ell. Per tant, només teniu una solució: arribeu a un pacte i busqueu que siga el més propici possible per a vós.

–Creieu que ho acceptarà?

–Al rei tampoc no li interessen el conflictes. Sap que vós desperteu més simpaties que ell i no voldrà arriscar-se a una guerra civil perquè dubta qui serà aquell que reba més suport. Demaneu-li una cita per a parlar i veureu com hi acudirà.

Havien passat quasi set anys des que havia abandonat la península. Set anys intensos que havien fet de mi gairebé un vell. Els meus cabells s'havien tornat completament blancs, el meu ventre s'havia engreixat i la força del meu braç havia decaigut. Però tornava als territoris hispànics de la Corona amb un càrrec d'honor, com a conseller del príncep de Viana, i amb una missió.

El príncep, escoltant el meu consell, havia arribat al compromís de reunir-se amb el seu pare, el rei Joan II. I jo, com els meus avantpassats, fent honor al nom dels Martorell, seuria prop del primogènit del rei i l'aconsellaria en les seues accions. Durant aquell trajecte en vaixell fins a Barcelona, vaig donar gràcies a la deessa Fortuna per permetre'm, per fi, una vida digna del meu nom. M'aferrava a la dita que mudant edat mudava ventura, però no sabia que la deessa, com sempre ho havia fet, em mostrava petites gotes de felicitat només per fer-me palesa, més tard, la seua absència.

Arribàrem a Barcelona l'hivern de 1459. La ciutat esperava amb ànsia l'arribada del príncep. Primer hi acudírem els seus homes de confiança per preparar l'estada. Volíem que la vinguda de Carles de Viana estigués ben planificada. No volíem que l'arribada de Carles de Viana provocàs cap alçament o cap aldarull i temíem que la nostra presència afavorís la inestabilitat. Però, curiosament ocorregué el contrari. La futura compareixença del príncep provocà l'adhesió dels dos partits que lluitaven pel control de la ciutat.

Fou en aquesta època quan vaig començar a pensar el romanç que teniu en el vostre poder i que és la causa d'aquesta trista narració que us oferisc. Ja us he dit que els darrers anys a la cort del príncep de Viana, hi surava un ambient literari fora mida. Vós ho sabeu perquè molts d'aquells homes vingueren a Barcelona amb el príncep i vós els vau conéixer i encara els coneixeu, a ells i la seua obra. Pere Torroella, Francesc de Pinós, Guillem Ramon de Vilarrasa, Francesc Ferrer i tants altres que em meravellaven amb els seus escrits. Tots ells foren un estímul continu en aquests anys i el desencadenant de la meua vel·leïtat literària.

Allí van arribar a les meues mans llibres meravellosos que vaig llegir amb fruïció. D'una banda, els clàssics: Titus Livi, les faules poètiques de Virgili, l'Ovidi i els versos de Dant. De l'altra, les aventures meravelloses de Lançalot, cavaller just i enamorat d'una dama a qui no deu ni pot estimar. Podeu imaginar com em sentia d'identificat amb les peripècies d'aquest malaurat aventurer i les seues dissorts.

Un dia vaig recordar la història de l'avantpassat del meu amic Beauchamp, Guillem de Varoic, i vaig decidir provar a escriure la narració adaptant-la als nous temps. I finalment, al començament de l'any 1460, com vós ja sabeu, vaig encetar el meu *Tirant*, on he posat l'essència de la meua vida.

Nit a nit vaig començar a confegir, primer tímidament i després amb tota la passió, les aventures del meu personatge en un món com el meu, on els valors de la cavalleria començaven a ser prostituïts. I encara havia de tenir moltes proves d'aquest fet en els temps futurs perquè el meu camí per la senda de la malastrugança semblava no finir mai.

Cap al final del mes de març arribà el príncep Carles a Barcelona. S'havia creat una gran expectació en tota la ciutat per la seua arribada i el príncep no va decebre ningú. Els seus seguidors ens sentíem molt satisfets. En poc de temps, Carles de Viana es guanyà la predilecció del poble de Barcelona. La ciutat i el Principat sencer es rendiren als seus peus. La seua actitud dialogant, el seu caràcter impressionant, la seua vasta cultura, la noblesa de les seues accions conquistaren el cor del poble de la mateixa manera que havia conquistat el de la gent que ja el servíem. Per primera vegada en molt de temps, trobava algú digne de dur en el front una corona. Per fi, un home mereixedor de ser servit per cavallers.

Joan II hi arribà pocs dies més tard. La rebuda al monarca va ser glacial. A penes alguna púrria pagada fent tímids víctors al seu pas. Res al món més allunyat de l'acollida que havien dispensat al seu fill feia menys d'una setmana. I és que les decisions que havia anat prenent el rei des de la seua designació, i fins i tot abans, havien desagradat moltíssim a la població que, a més, ara tenia algú amb qui comparar les accions reials.

Tot i que els victorejadors foren eficients, s'adonà de la rebuda indiferent i això augmentà el seu mal humor. El príncep, per qüestions de cortesia, havia d'enviar una representació a esperar el monarca. Jo m'hi vaig presentar voluntari. En nom d'ell, vaig anar a rebre el rei i vaig notar clarament, amb gran alegria interna, aquesta fredor del poble.

No era la primera vegada que Joan II i jo ens trobàvem. Encara que mai no havíem intercanviat ni un sol mot, el recordava perfectament de la derrota de Ponça. En aquella ocasió, vaig retornar a casa en el mateix vaixell amb què ho feia el que llavors només era l'infant Joan. Fou fàcil fer tornar a la meua ment la seua actuació: la manca de pietat i de companyonia que demostrà amb els homes que, ferits i vençuts, tornàvem des de Sardenya. Aleshores, restà en la seua cabina durant tot el viatge i no ens va dirigir la paraula en tot el trajecte, ni tan sols quan finalment atracàrem a Barcelona. Ara que semblava que feia cent anys des d'aquell esdeveniment, em trobava de nou amb Joan. Era evident que havia envellit molt, jo també, però el gest adust, la mirada cruel i el menyspreu per tot el que l'envoltava eren els mateixos d'aquella època.

També fou molt gelada la trobada entre el rei i el príncep. A penes una salutació de cortesia a palau. Durant una setmana es discutí el futur de la Corona i, sobretot, el futur polític del príncep. I així, jo que sempre havia desitjat participar en combats, em veia obligat, com si fos un jurista, a utilitzar com a única arma la mentidera llengua. Em vaig haver d'avesar a respondre als colps –no d'espasa sinó de mots– amb al·legacions verbals i no, com la meua natura demanava, amb llances dins d'un camp clos. Vaig haver de lliurar desenes de batalles estèrils en cambres encatifades amb parets folrades de vellut. I a penes avançava un pas en aquells debats desiguals amb professionals de la falsedat. Però tot era pel meu príncep i sabia que pagava la pena aquella concessió al meu esperit.

A les nits, en privat, el príncep maleïa el seu pare i es desesperava. Però cada matí apareixia davant del rei totalment seré i discutia amb els consellers tots els afers d'estat. Finalment, més per cansament que per voluntat d'acord, s'arribà a un compromís provisional. El rei es mostrava favorable al príncep Carles en tots els afers navarresos, ja que aquell territori pertanyia a la seua mare, però no deia res en absolut de la primogenitura.

De fet, l'acord no era tan favorable com nosaltres ho hauríem volgut, però el príncep ens ordenà que féssem celebracions públiques, que corregués el vi i que sonàs la música. Volia donar l'aparença que, malgrat ser un acord de les dues parts, havia estat ell qui havia triomfat. I a fe que ho va aconseguir. El poble no entenia de negocis d'estat, però, en veure els partidaris del príncep tan alegres, va creure que les propostes de Carles havien triomfat i es complagué. Una victòria del príncep era una derrota del rei i això semblava satisfer tot el món. Tots excepte Joan, que marxà de Barcelona amb ràbia i amb el dubte de si realment havia eixit perdent amb aquell acord.

Mentrestant, nosaltres ens establírem a Barcelona. El príncep va fer del palau Desplà, el seu lloc de residència a Barcelona. I al seu voltant es reuní una munió dels millors creadors de la nació. La poesia més acurada, la prosa de sintaxi més bella, la música més delitosa i acordada es donaven cita al voltant del nostre príncep. Feia molts anys que a Barcelona no hi havia cort i ara, amb la presència de Carles de Viana, la ciutat recuperava el pols cultural.

Gràcies al seu impuls es renovaren les propostes literàries, enriquides per la saviesa del príncep que havia sabut recollir el millor dels estímuls culturals de cadascuna de les corts on havia estat, des de Navarra fins a Nàpols passant per França i Milà. Fins i tot ambaixadors i consellers de Joan II es deixaren emmirallar per la intensa activitat del nostre cercle. Era habitual veure en les nostres tertúlies Bernat Hug de Rocabertí o el mateix Pere Urrea, conseller major del rei, que procuraven deixar de banda els assumptes d'estat per gaudir d'aquell ambient literari.

Entorn de Carles de Viana es podien escoltar els bellíssims poemes de Pere Torroella, Lluís de Vilarrasa, Lleonard de Sos, Perot Joan i, sorprenentment, d'Ausiàs March. Aquell que fos el meu cunyat i el meu valedor a la cort de la reina Maria, era estimat per uns poemes que, ho confesse, a mi mai no acabaven de fer-me el pes. També brillaven amb esplendor els textos d'un jove valencià, Joan Roís de Corella, que amb una prosa riquíssima i una temàtica clàssica, meravellava els homes i, sobretot, les dones de la petita cort.

En aquell caliu al voltant del príncep Carles vaig trobar una prosperitat cultural que mai no hauria pensat. Jo, que sempre m'havia considerat un guerrer, un home d'armes, començava a sentir el plaer d'una estrofa ben lligada, d'una narració ben modelada, d'una paraula escrita en el lloc adient. A poc a poc, anava abandonant els supòsits de superioritat que sempre havia assignat als fets, que són mascles, i començava a considerar el valor de les paraules, que són femelles, i per primera vegada trobava l'orgull en la confecció d'uns mots ben agençats.

Per això, gairebé en secret, continuava adobant el meu llibre, una narració que a cada pas s'enriquia, perquè cada dia tenia l'oportunitat d'aprendre dels millors mestres.

Al cap de poc de temps, Ausiàs va morir a València. Deien que de vell li havia agafat l'ànsia per les dones. Un apetit pel qual havia tingut mala fama en la seua joventut i que mai no havia mostrat quan festejava la meua germana Isabel ni tampoc quan es casà amb la seua cosina Joana Escorna. Però a la mort de la segona esposa se li despertà el desig per les dones joves, com una malaltia. I si no va deixar més fills bastards fou perquè a la seua edat les forces ja no són les mateixes i les criades havien après a fugir del seu davant més ràpidament del que ell les podia empaitar. Per això, tot i alabar molt l'obra de March, a la cort feia una certa gràcia que Ausiàs tingués una poesia amb un to amorós tan poc carnal quan el que més li corresponia, pel seu tarannà, hauria estat bastir poemes goliardescs.

Fou possiblement l'època de la meua vida en què vaig trobar més harmonia en els meus actes. No tenia riqueses ni terres, però tampoc no les necessitava a la cort. Menjava, bevia, vestia amb elegància i gaudia prudentment de les dones. Compartia el plaer per la bona música i em delitava amb els escrits dels lletraferits de la cort.

Un matí es presentaren al palau de Carles de Viana uns emissaris d'Enric IV. El rei castellà pretenia que el príncep s'esposàs amb la infanta Isabel per afermar així les relacions entre la monarquia castellana i la Corona d'Aragó. Els ambaixadors alabaren la virtut i la bellesa de la infanta Isabel, neboda del rei, que acabava de complir deu anys d'edat.

El príncep acomiadà els ambaixadors amb la promesa de donar-los resposta tan aviat com ho consultàs amb els seus consellers. Els emissaris del rei castellà li deixaren una petita pintura amb el rostre de la que hauria de ser la seua dona. En el quadre apareixia una nena rodanxona amb uns trets facials simples que ni l'habilitat del pintor havia pogut dissimular. Però això no tenia gens d'importància.

El rei Joan II era a Lleida amb les corts. Des d'allí ens arribà una ordre en què es demanava que el príncep Carles es reunís amb ell. Com començava a ser habitual, entre els homes de confiança hi hagué divisió d'opinions. Els més optimistes pensaven que aquell era un bon senyal. El rei el volia al seu costat quan cridava a corts. Però jo no acabava de fiar-me'n i així li ho vaig dir públicament.

–Senyor, no penseu que és molt estrany aquest interés sobtat per la vostra presència precisament després de l'arribada dels ambaixadors castellans? No creieu que pot ser un parany per detenir-vos?

El príncep somrigué.

–Estimat Martorell, creieu que un rei seria tan poc cavaller de parar una emboscada al seu propi fill? I encara menys en l'època de Nadal en què som.

Jo ja començava a ser prou vell i havia vist bastants actuacions dels reis de tot el món per a dubtar dels comportaments dels monarques. I recelava que, l'època de recolliment que significava la commemoració del naixement de Nostre Senyor Jesucrist, aturàs els projectes del rei. No obstant això, Joan II era el pare de Carles de Viana i no podia afirmar rotundament aquella sospita de traïció. Alguns dels consellers m'esbroncaren i m'acusaren de veure conspiracions on no n'hi havia. Però no em vaig rendir.

–Siga com vulga, sigueu prudents. Deixeu que abans d'acudir-hi vós anem nosaltres a veure què pretén.

Carles de Viana negà amb el cap.

–Amic Martorell, us preocupeu amb excés. No em passarà res.

El príncep pecava de bondat excessiva. Pensava que la seua generositat i el seu sentit de la noblesa eren compartits per tots.

–Almenys deixeu que us custodie un escamot d'homes armats.

–No pot ser –em reprengué el príncep–, el rei podia entendre-ho com un senyal de desconfiança.

–Doncs, permeteu que jo us hi acompanye.

Finalment, iniciàrem el trajecte des de Barcelona fins a Lleida. L'acompanyàvem tres homes dèbilment armats i uns quants criats sense armes. I el príncep s'equivocava. A orelles del rei havia arribat l'oferta del rei castellà, i Joan II ho prengué com un indici de traïció per negociar a la seua esquena. A Lleida ens esperava un escamot d'homes armats que, tan bon punt vam posar els peus en presència del rei, ens detingué. Ni tan sols vaig tenir l'oportunitat d'empunyar l'espasa.

A nosaltres ens deixaren en llibertat. L'únic acusat era el príncep. Però no ens volguérem separar d'ell. Preferírem romandre prop de Carles de Viana com a servidors seus en el presidi abans que obtenir una llibertat deshonrosa. Pregàrem a Joan II aquesta mercé i el rei acceptà. Al capdavall, Carles de Viana era un príncep i necessitava servidors. Així que de nou em vaig trobar empresonat, encara que ara voluntàriament. I ja era la tercera vegada. En aquesta ocasió, com en la primera, tret de la falta de llibertat no vaig patir cap mancança. Carles era príncep i el tractament que rebia durant la seua captivitat era l'adequat a la seua categoria.

La notícia va córrer molt ràpidament per tota la Corona. L'actuació autoritària del rei Joan provocà que la ciutat de Barcelona es posàs en peu de guerra. Mentrestant, el príncep romania tranquil una vegada superada la sorpresa per l'actuació del seu pare. A Lleida, Carles portava una vida reposada. L'únic problema era la impossibilitat de reunir-se amb ningú i la inactivitat obligada imposada per estar tancat i fortament escortat a les seues habitacions. Tingué molt de temps per a reflexionar. Per primera vegada en la seua vida, Carles de Viana s'adonà que son pare faria qualsevol cosa a fi de no nomenar-lo hereu. I això l'afectà molt. En aquells dies, sovint posava la mà en el meu muscle i em deia.

–Martorell, si us hagués fet cas...

Jo intentava animar-lo. Li deia que aviat el rei hauria de cedir a l'empenta de tots els seus partidaris i hauria de deslliurar-lo. Però no aconseguia consolar-lo. I la situació empitjorà encara més.

El Parlament de Catalunya es reuní i acordà enviar un escrit al rei per demanar la llibertat del príncep, la declaració per part del rei de la primogenitura de Carles de Viana i, sobretot, el respecte a les lleis de Catalunya violades per les actuacions del rei. Però Joan II servava dins seu un odi cada vegada major pel seu fill i, en comptes d'accedir a les pretensions o negociar una eixida, va fer un pas més endavant.

Un matí el rei entrà a les estances del príncep acompanyat de tota la guàrdia reial. Nosaltres acabàvem de rebre la notícia de la pretensió del Parlament i la comentàvem en veu baixa esperançats. L'entrada del rei ens semblà la confirmació dels nostres bons auguris. I els nostres rostres i els nostres cors se'ns alegraren. Però ens equivocàvem.

La faç de Joan II estava envermellida per la ira. Al coll es marcaven ostensiblement les venes i tenia un rictus desencaixat. Ens assenyalà violentament.

–Agafeu les vostres coses!

Ens miràrem i amagàrem un lleu somriure de satisfacció. Pensàvem, innocentment, que havia arribat l'hora de l'alliberament. Vam fer intenció de recollir els nostres estris.

–Vosaltres no. Només ell –i mirà intensament el príncep.

Ens quedàrem sorpresos i intentàrem protestar. No ens ho permeteren. Els homes de la guàrdia reial ens amenaçaren amb les seues armes. Jo no estava disposat a rendir-me tan fàcilment. Vaig forcejar i un dels soldats em colpejà amb l'espasa plana en el rostre. Vaig perdre els sentits. Tot fou foscor durant molt de temps. Quan vaig recobrar el coneixement, jeia amb el rostre embenat. El colp del soldat m'havia estabornit i havia estampat en el meu coll una cicatriu que d'aleshores ençà ha marcat la meua pell.

Joan II havia disposat el trasllat del príncep Carles a la presó de la ciutat de Morella, una edificació més segura i més difícil de conquerir que Lleida. El rei no únicament no havia cedit a les pressions, sinó que apostava per un empresonament més dur i amb poques expectatives de llibertat.

En pocs dies ens deixà lliures a nosaltres. Tornàrem a Barcelona amb la sensació que havíem abandonat el nostre príncep, que no havíem estat capaços de protegir-lo de les males arts del seu pare. De nou sentia aquella frustració que en tantes ocasions al llarg de la meua vida s'havia fet present. Però, com sempre, pretenia lluitar fins al darrer moment. Estava disposat a fer qualsevol cosa per a intentar la llibertat del príncep. La ràbia interna em coïa més que la costura que em travessava el rostre.

Quan vaig arribar a Barcelona, la notícia ja feia dies que era en boca de tots. El rei havia abusat dels seus poders i havia ignorat les peticions del Parlament. Ara, els parlamentaris reunits decidiren no acovardir-se i, lluny de fer-se enrere en les seues reivindicacions i fent ús de tots els seus poders, nomenaren hereu del Principat Carles de Viana. La Corona trontollava.

Mentrestant, alguns de nosaltres ens dirigírem cap a Morella. A les portes de la ciutat ens van fer aturar els soldats del rei. Estaven fortament armats i no van atendre les nostres aspiracions. Ni tan sols la pretensió de ser rebuts en audiència. Com que no se'ns va permetre entrar a la ciutat, vam haver d'allotjar-nos pels voltants. Volíem estar tan a prop del príncep com poguérem i, si es donàs el cas, intentar alliberar-lo encara que fos a través d'una acció arriscada.

De la ciutat de Morella ens arribaven males notícies. Vam subornar algun dels soldats perquè ens digués on es trobava Carles de Viana. El príncep estava tancat en un calabós immund, com un pres qualsevol. I la seua salut se'n ressentia. A penes podia eixir uns pocs minuts al dia a respirar aire pur. La resta del temps el passava a la cel·la, sol i fred.

Jo desitjava aconseguir la llibertat per a Carles de Viana ràpidament, amb l'ús de la força si calia. Però cada dia semblava que arribava una nova que indicava que aviat el rei acceptaria deixar-lo solt, i ajornàvem l'assalt suïcida al castell de Morella.

Finalment, Joan II alliberà Carles. Entre la detenció a Lleida i la posada en llibertat havia passat un llarg any de negociacions, ambaixades, pressions i incertitud. Una nova victòria per als advocats i els juristes. Massa temps per a la salut del príncep.

Una vesprada, un emissari del rei ens avisà que podíem anar a servir de nou el nostre senyor. Ens dirigírem de seguida cap a Morella.

Era hivern. L'ascens al castell de Morella l'havíem fet amb dificultat per la neu acumulada a sobre del camí i, una vegada allí, trobàrem el presoner quasi sense roba. Era a les portes del calabós, assegut mirant a l'infinit, sense forces, tossint periòdicament. Aquell home brut, prim, d'ulls enfonsats, amb parracs al damunt com a única vestimenta, res tenia a veure amb l'orgullós príncep que a penes un any abans havíem servit. Ens mirà sense conéixer-nos. El vam abrigallar com poguérem, traient-nos les nostres vestidures i posant-les al captiu. El conduírem davant d'un metge perquè analitzàs el seu estat i en tingués cura. Però la meua experiència en la vida m'havia ensenyat a descobrir el rostre de la mort i, quan vaig veure els seus ulls, vaig saber del cert que aviat Carles de Viana moriria.

Un mes més tard, mentre el príncep intentava recuperar-se, el rei signava un acord amb el Parlament de Catalunya. En la pràctica era el reconeixement de Carles com a administrador únic del Principat, com a regent. A Joan II aquesta decisió li degué provocar úlceres, però era l'única cosa que podia fer si volia mantenir la corona sobre el seu cap.

La notícia fou rebuda amb la celebració de grans festes a Barcelona. Jo no hi vaig participar. Era al costat del príncep veient com els metges maldaven inútilment per una recuperació total. El fred de la cel·la el duia adherit al pit i aviat començà a escopir sang cada vegada que tossia. Aquell símptoma jo el coneixia perfectament. Vaig recordar Elisabeth i el meu cor s'entristí doblement.

Però el príncep era un home fort i resistí molt. Tornà a Barcelona i rebé l'estima de tot el poble. Intentà organitzar el govern de la ciutat amb saviesa. Per primera vegada tenia realment el poder i sentia desigs de portar a terme molts projectes pel bé de tot el poble. I a més tenia pressa per realitzar-los, per això posà a treballar tots els seus homes.

Una nit em féu cridar. Quan vaig arribar estava assegut llegint uns documents. S'havia aprimat moltíssim i la llum de les espelmes donava al seu rostre l'aparença d'una màscara. Començava a respirar amb dificultat i es duia sovint la mà a la mànega, d'on penjava un mocador de seda.

–Què desitgeu, senyor?

–Ah, amic Martorell! Veniu al meu costat.

Vaig seure en una butaca enfront d'ell. El vaig observar amb deteniment malgrat la penombra de la cambra, a penes il·luminada per un grapat d'espelmes que permetien la lectura amb dificultat. El príncep tenia escassament quaranta anys però la primor havia fet que la pell aparegués més arrugada, feble i malaltissa. Es passà la mà per la cara abans de parlar.

–Què passarà quan jo haja mort? Què li ocorrerà, al nostre territori?

Vaig agrair la poca llum perquè no hauria volgut que el príncep notàs el meu desconcert davant de la seua pregunta. Em vaig refer i vaig intentar animar-lo.

–Vós no morireu en molts anys, senyor.

–Sou molt amable, com sempre. I els vostres consells també han estat sempre assenyats. Sent no haver-los seguit més sovint –sospirà–. M'haurien anat les coses millor. Però sé que ara mentiu piadosament per l'estima que em professeu. No ho feu. Contesteu-me amb sinceritat. Què pot passar? Què puc fer abans de morir?

A un home que us parla amb aquesta enteresa, no se'l pot enganyar. Vaig dubtar uns segons i li vaig expressar tot el que modestament podia preveure.

–Si vós moriu hi haurà guerra. El Parlament de Catalunya no consentirà mai Joan II després del que us va fer i Navarra no voldrà el seu fill, el príncep Ferran, com a rei. No és fill de Blanca, la vostra mare, i no és digne de dur la vostra corona. València potser el tolerarà, però Sicília crearà conflictes i potser buscarà la separació, us recorden amb estima. I el rei Joan no admetrà cap trencament en la Corona si no es guanya amb les armes, a sang i foc. Per tant, la guerra és l'únic resultat.

El príncep havia anat assentint. Notava que aquestes reflexions que li deia ja se les havia fetes ell mateix abans. Només buscava en les meues paraules la confirmació als seus pensaments.

–Vós què faríeu en el meu lloc?

Vaig somriure amb una certa tristesa.

–No morir-vos, resistir molt de temps.

–No crec que això estiga en les meues mans.

–Només podeu intentar una altra cosa: tenir un fill legítim que siga el vostre hereu. El tron de Navarra estaria assegurat i la resta del territori li donaria suport.

El príncep assentí.

–Gràcies per parlar amb sinceritat, senyor de Martorell. Sou un cavaller digne de la vostra nissaga.

Em vaig retirar de la seua presència amb tristesa. Tots dos sabíem que no hi havia eixida possible. Joan II devia conéixer l'estat de salut del príncep i no admetria cap matrimoni. Només li calia esperar pacientment la mort del seu fill i perdre així de vista el seu rival més poderós.

Carles de Viana morí el setembre de 1461. El que estava cridat a ser el millor monarca de la cristiandat es consumí entre convulsions una freda vesprada de tardor. El vent xiulava amb força a fora mentre els homes de confiança del príncep ploràvem als peus del seu llit per la pèrdua d'un gran home i pel futur de la nostra terra.

La seua cort, encara que va durar poc, fou la més culta, la més brillant, la més formosa de totes les corts que jo mai no he vist. Els homes que l'envoltaren foren els més grandiosos i els poetes que l'alabaren, els més magnífics. La seua regència fou com la llum de les estrelles que travessen ràpidament el firmament: breu i preciosa però ràpidament extinta.

Enterràrem Carles de Viana amb l'aparat d'un rei. El poble sencer plorà la seua mort amb sinceritat. Estaven trists per la falta del seu príncep i també espantats pel que pogués ocórrer a partir d'aleshores.

De la meua banda, jo ja tenia més de cinquanta anys i cap futur. La cort es va dispersar a poc a poc. No solament perquè no teníem ja cap objectiu comú, sinó perquè intuíem que, mort Carles i recuperat el poder absolut per Joan II, podíem patir les conseqüències de la nostra posició política. Potser ara, Joan II ens acusaria de traïdors a la Corona.

Per això, en companyia de l'escriptor Joan Roís de Corella, vaig tornar a València. Corella era un jove extremadament viu i d'una agudesa extraordinària que havia mostrat en moltes ocasions a la cort. Reconec que sentia una certa enveja pel seu poder intel·lectual i per la seua destresa en la creació. A mi, que cada mot lligat en la meua narració em costava molt d'esforç, em meravellava la facilitat de paraula i d'escriptura d'aquest jovenet eixerit que es bellugava tan de pressa i tan hàbilment en la cort com en els debats. Perquè Corella, a més, era un polemista excepcional. Li agradava discutir literàriament sobre qualsevol tema. Tots havíem llegit el seu *Debat epistolar amb el Príncep de Viana*, discussió fictícia sobre l'amor, que resolia Corella amb molta destresa. I no solament era talentós en la polèmica. Els seus poemes tenien una musicalitat inusual i les seues proses de tema amorós meravellaven tots els que les llegíem. I, tanmateix, Corella era encara un jovenet barbamec.

Era el segon fill d'una família noble establerta a Gandia. Per tant, com marca la tradició, estava destinat a dedicar-se a l'exercici de les armes. Però al jove Corella no l'atreia en absolut aquell destí. Durant el viatge de retorn a València vaig tenir ocasió de raonar-ho amb ell.

–No, mossén Martorell, no crec que siga capaç de dur una vida de cavaller. Ni tampoc no tinc ganes de cremar la meua vida observant balanços i sumant i restant rendes al costat del meu germà.

–I, doncs, què voleu fer?

Cavalcàvem a poc a poc pels camins. El sol de l'hivern ens escalfava i feia del nostre trajecte una agradable passejada més que un itinerari trist de tornada cap a casa.

–No ho sé. Segurament em faré eclesiàstic.

Aquell jove no deixava de sorprendre'm. Vaig pensar que em feia burla o que pretenia iniciar un fals debat per entretenir-nos durant el camí.

–Perdoneu, però no crec que vós tolereu el vot de castedat. Almenys la vostra fama així m'ho fa pensar.

Corella rigué de bona gana.

–Que en sou d'il·lús, mossén Martorell! Avui en dia els religiosos forniquen més i més discretament que tots nosaltres junts –somreia d'orella a orella–. I, a més, no tenen el problema del matrimoni.

Aquell viatge el recorde com el darrer capítol d'una època meravellosa. Fou un trajecte que no hauria volgut que mai s'acabàs perquè intuïa, o sabia del cert, que el que m'esperava a València no era res de bo. Em resistia a abandonar les petites engrunes que restaven de la cort del príncep Carles: aquella conversa intel·ligent, aquells versos brillants, aquella esperança.

Encara he tingut moltes ocasions des d'aleshores de tractar amb el jove Roís de Corella. Alguns dels fragments del meu llibre són clars deutors de la seua meravellosa obra i, com vós, sempre ha tingut una paraula amable amb mi i un gest generós per a ajudar-me a sobreviure en la pobresa.

La meua història s'està acabant. Voldria que el punt i final fos aquest, una conversa amable amb un dels escriptors més brillants del meu temps. Una cavalcada cap al ponent on les paraules anaren perdent-se, esfilagarsant-se com ho fan els meus dies. I poder creure que un final adequat és el premi a una vida intentant actuar amb honor i justícia. Però fa ja molt de temps que he deixat de confiar en finals feliços.

Us vaig prometre al començament que us contaria tota la veritat perquè poguésseu entendre millor el meu llibre. Potser per això l'acabament del meu *Tirant* no s'adiu, com m'heu comentat en moltes ocasions, al vostre gust, més positiu i idealista que el meu. Però no és aquest el moment de discutir de literatura. La narració està a punt d'arribar a la fi. Ja heu notat que ens acostem als temps actuals.

València ens va rebre amb una multitud de figures penjades de les torres de Quart, acabades de construir a la muralla. El rei Alfons havia volgut que fossen aixecades a semblança de les portes d'accés al Castell Nou de Nàpols. Però a diferència de la ciutat itàlica, en aquesta, dels murs gruixuts i volumètrics, es balancejaven les formes macabres d'homes executats. La justícia de València semblava que s'havia endurit els darrers temps i aquells cossos, mig podrits i envoltats d'una aura de mosques, em donaven la benvinguda a un territori que feia massa temps que no podia anomenar casa.

Preguntàrem a les portes de la ciutat a un vell esdentegat què havien fet aquells homes per meréixer la mort i ens explicà, amb gests obscens, que alguns eren sodomites i els altres assassins i saltejadors de camins. El nou governador havia decidit fer neteja de les presons i l'endemà mateix tornaria a haver-hi ajusticiaments públics. L'ancià ens convidà alegrement a assistir-hi. Deia que havia arribat un nou botxí procedent de Castella perquè la faena se li acumulava a l'habitual. Ens en vam anar d'allí sense dir-li res, amb la sensació d'un pes molt feixuc en el nostre interior. La complaença del viatge s'havia esvaït totalment.

A València em vaig retrobar amb la meua família. Havien passat molts anys, però l'absència prolongada no aconseguí fer més càlida l'acollida. Em vaig hostatjar a casa de Damiata. La vaig trobar grossa, vulgar, envellida. Perdoneu si us escandalitzen les meues paraules, però em va recordar una prostituta que ha conegut temps millors i que ja té l'ànima bruta de tantes misèries. No hi va haver abraçades ni besos. Només fredor. Damiata coneixia la meua estada al costat del príncep Carles i intuïa que tornaria a València ara que havia mort. Però no va tenir ni una paraula de consol ni cap interés per aquell traspàs.

Em vaig instal·lar a sa casa. De fet, aquell immoble on ella vivia pertanyia a la família Martorell i si figurava al seu nom només era per evitar possibles embargaments judicials durant el conflicte amb Gonçal d'Íxer. Per tant, sense vergonya, vaig agafar una de les estances de la casa i hi vaig col·locar els meus llibres i les meues pertinences. Em sorprenia com, passats més de cinquanta anys de vida i després d'haver estat a les corts més importants del món, tots els meus béns cabien en unes simples habitacions.

Fou en aquelles cambres on, al començament cada nit i més tard tant de dia com de nit, plasmava en sisterns de paper tot el que duia a dintre meu. Les aventures de Tirant anaven creixent a mesura que recordava i desfogava l'ànsia acumulada durant tants anys.

Encara fou més freda, si és possible, la trobada amb el meu germà Galceran. Assabentat que era de nou a València i creient que tornava enriquit del meu pas per la cort vianista, vingué amb la intenció d'emprar-me diners per continuar el seu plet etern en contra dels Íxer.

Però vós sabeu millor que ningú com ha estat i com és de deplorable la meua situació econòmica. Per això Galceran va fugir aviat del meu costat. Només estigué amb mi el temps suficient per a comprovar fefaentment que no m'havia enriquit a costa del príncep. Al començament dubtà que fos cert, quan assumí la realitat, s'escandalitzà.

Galceran no havia conegut mai els sentiments de l'honradesa i de l'honor. No comprenia que jo no tenia necessitat de res en la cort, que ja no havia de respondre per ningú. Només viure cada dia. Al costat del príncep de Viana sí que havia aconseguit tresors, però d'ordre espiritual, moral i literari. Ell no ho podria entendre mai, això. Probablement, Galceran hauria aprofitat l'ocasió per deixar de passar penúries, però jo no havia sigut mai d'aquesta manera ni mai no ho seria.

Com podia fer-li comprendre a Galceran que la veritable felicitat no la trobava en la possessió de les riqueses, ni tan sols en la vida regalada que la cort em proporcionava? La meua ànima ara vibra amb les petiteses: potser amb una bona conversa veient morir el dia, tal vegada amb l'estrofa màgica d'un poema o amb el somriure incitant d'una dona jove que sé que no posseiré. He aprés amb el temps que d'allò subtil es destil·la més plaer que de les grans ostentacions i de les grans passions.

Potser, però, al capdavall el meu germà tenia raó. Des que vaig tornar a València el meu camí ha estat el de la misèria i la pobresa. De vegades he pensat que havia d'haver estat més llest i haver fet intents per enriquir-me. Com a mínim buscar-me un passador per a la vellesa. No ho vaig fer. Per això, a poc a poc, he hagut d'anar venent tots els objectes que tenia. Primer els sobrers, després els més estimats.

Vós, que des que ens retrobàrem a València heu estat sempre tan amable i generós en els vostres préstecs, coneixeu perfectament les penalitats que he passat i que continue passant. Perquè heu estat vós qui heu anat adquirint un per un el que ha estat més valuós per a mi en els darrers anys de vida: els llibres. Primer una *Vita Cristi*, després els *Furs de València*, més tard el *Merlí*, les obres d'Eiximenis, Enric de Villena, Mandeville i el meu estimat *Flor de cavalleria*. A continuació alguns llibres menors i els clàssics llatins. I, finalment, quan ha estat acabat, el meu fill: *Tirant lo Blanc*.

Tots us els vaig lliurar amb pena però amb la tranquil·litat de saber que estarien en bones mans i que rebrien la mateixa estima que jo els he donats. Vós aprecieu els llibres i sabeu com és de dolorós despendre-se'n d'un, tenir la certesa de no poder tornar a recórrer les càlides pàgines, de no poder reproduir els pensaments d'algú altre, de no sentir més l'aroma dolça del paper que cada llibre té, únic i diferent.

A penes vull contar-vos res més de la meua vida. La resta la sabeu perquè és recent i l'heu coneguda de primera mà. Només vull relatar-vos la darrera amor, una amor d'home madur, seré, plàcid. Una amor impossible i callada. Vós la coneixeu, sabeu de la seua bondat i de la seua bellesa, i sé que obrareu amb discreció amb aquest nou secret que us confesse.

El meu *Tirant* estava gairebé acabat. Havia recollit els consells de Corella i havia intentat aplicar-los en la darrera part del meu llibre. Corella assistia sovint a tertúlies, especialment concorregudes per dames que estimaven tant la prosa amorosa ovidiana que traduïa com les arts amatòries pròpies del jove escriptor. La nòmina de les amants de Corella ja sabeu que comença a ser escandalosa i, tot i que encara no ha assolit la jerarquia eclesiàstica, ja ha assumit el paper fornicador que atorgava al clergat.

Corella sovint em demanava que assistís a aquests cenacles. Jo m'hi resistia. En el fons tenia i tinc vergonya de mi mateix. No volia que la cruel societat valenciana m'assenyalàs a la meua esquena i esmentàs el meu cognom associat al fracàs.

Però en una ocasió hi vaig acudir. Allí vaig conéixer la jove Isabel de Lloris, una noble valenciana que sentia una gran curiositat pel món de les lletres, les quals ella mateixa practicava amb bon estil. Vaig compartir, a partir d'aquell dia, moltes vesprades amb ella. Ens agradava parlar de llibres o de qualsevol cosa passejant pels jardins. Compartíem el pas de les hores amb bona companyonia. Amb ella em sentia de nou, després de molts anys, en harmonia amb una dona.

Sempre he estat un home passional, la història que us he contat us ho demostra. Per això comprendreu que els meus impulsos m'incitaren a intentar posseir aquell cos jove i pur del qual em vaig enamorar. Em delia per acaronar aquells pits turgents, per recórrer amb els llavis la seua pell, per sentir la flaire d'aquells cabells... Dintre meu hi va haver una lluita entre la raó i el desig, i per primera vegada, va véncer el bon judici. Vaig assumir el meu paper d'amic fidel i vaig intentar dissimular i controlar una passió que m'arrabassava.

Jo sóc un vell i ella és una jove que podria ser filla meua. Mai no he fet res més que estimar-la en la distància. L'amor no sap d'edats, però els homes sí que hem de saber controlar els nostres instints. I jo us assegure que no em deixaré rapir per les passions més baixes, com va fer Ausiàs March en la seua vellesa.

Isabel de Lloris fou la primera que llegí la meua narració, quan encara no estava acabada del tot. Digué que havia gaudit molt amb la seua lectura, em reprengué amablement pels episodis més plaents i m'animà a fer pública l'obra quan estigués acabada. Però jo sempre he tingut vergonya de mostrar els meus escrits i no li vaig fer cas.

I mentre el meu cor gojós tornava a estimar, la resta de mi vivia la misèria. La trista penúria que vós em coneixeu. Encara que us he dit que us contaria tot el que he viscut, em permetreu que aparte de la vostra vista tanta malaventura, tanta pena. Dia a dia, he anat caient en una pobresa tan immensa que m'ha portat a empenyorar-vos fins i tot la meua ànima: els vint-i-set sisterns de paper on són presents el meu esperit i la meua vida.

Ja sóc vell i he vist morir prou gent per a saber que les meues hores estan comptades. I és bo descobrir quan un està finint els seus dies, perquè et permet fer recompte i no deixar res a vanes esperances. Moriré aviat i estic content perquè no vull suportar més aquesta vida de dissort que ara m'abrusa.

El món ha canviat molt i jo ja n'he quedat fora. Els cavallers d'honor s'han perdut en la meua generació i no vull viure tampoc en una època de deshonor i d'infàmia. Tal com desgraciadament vaig predir al príncep de Viana, als territoris del Principat ja fa tres anys que començà la guerra. El rei Joan, com esperava, ha fet que hi haja hostilitats entre germans i als homes de bé només ens queda l'esperança política que arriba de Portugal. Qui sap mai què passarà?

Però no solament al nostre territori els germans es maten entre ells. D'Anglaterra arriben notícies que el rei Enric també està en guerra. Em consola saber que el meu vell amic Beauchamp ja no està viu per veure com pateix la seua estimada pàtria. La cristiandat es podreix víctima de les seues mesquineses, Constantinoble sembla que restarà per sempre més en mans dels otomans. I jo em sent ja molt vell i cansat d'aquest segle.

I açò és tot. A fora, aquest hivern es congrien poderoses tempestes. Sent, des de la meua cambra, el tamborineig constant de la pluja sobre les teules. És el darrer hivern de la meua vida, no trigaré a reunir-me amb els meus morts, a travessar la porta de l'oblit. Però almenys tinc fe que vós fareu que perdure la meua narració. No aquesta, que conta una història real, sinó la que és reflex d'una vida, d'una època, d'un món que ha desaparegut, la narració que ha estat el meu darrer consol.

Estic segur que a mesura que heu llegit la meua biografia hi heu trobat el ressò de la meua ficció. Heu vist el reflex del mirall en les lluites de cavallers, en la dolçor dels cossos estimats, en l'odi i la ràbia més intensos. Heu pogut identificar ací el nom d'un cavaller, allà el gest covard d'un altre i més enllà unes paraules, una mirada. Però també profundes admiracions als cavallers més grans que ha donat el nostre temps i els temps passats: el capità Roger de Flor, cap de les tropes de la Companyia Catalana, que al seu temps fou nomenat cèsar de l'Imperi d'Orient; Pedro Vázquez de Saavedra, cavaller errant que intentà socórrer Constantinoble; Geoffroy de Thoisy, cavaller borgonyó que intervingué amb gran valor al setge de Rodes; János Hunyadi, *el cavaller blanc*, que obtingué una gran victòria contra els turcs en aigües del Danubi; i, naturalment, el meu amic Jaume de Vilaragut, l'actitud i el valor del qual inspiraren l'esperit combatiu del meu personatge de ficció.

I si bé, per vergonya i per fer saber al lector que és una ficció, afirme que el meu *Tirant* és una traducció, vós sabeu que és escrit de la meua mà i que tots els fets relatats responen a la meua imaginació, al meu estudi i a la meua vida. I totes les faltes que hi trobeu responen a la meua manca d'habilitat i el càrrec és, sens dubte, tot meu.

Però aquests homes gloriosos només són un dels prismes de la meua imaginació. De l'altra banda, envaint-ho tot, hi ha la foscor. Vivim un món on els reis de la cristiandat no són sinó la trista caricatura burlesca dels antics cavallers, com en una comèdia. He vist com l'home més just acabava mort o sense amor i el vulgar, el bastard, el més grosser dels homes assolia el triomf més immerescut. I he après que aquesta és la música de l'època que ens espera. Així, podeu comprendre perquè els finals més desgraciats són sempre els més possibles.

A mi només em queda ja la remembrança. Han quedat enrere molts amics i molts enemics. La majoria morts per vells o per les accions violentes d'aquests temps que vivim. De tots em queda un bocí de record. Molts d'ells estimats, com el del meu amic Jaume de Vilaragut, mort entre els braços amables d'una dona en un port allunyat de les costes de la Mediterrània; o com el del meu vell amic i professor de cavallers Beauchamp, comte de Varoic, que conservà fins que morí l'honor i la llum del seu enteniment.

Puc mirar enrere i veure'ls a tots, observar tot un temps, reviure els meus errors i recordar les coses bones. Puc fer un recer amb les imatges més estimades i revifar-les amb joia en les meues nits solitàries. Un temps de cavallers, d'homes bons, un món on triomfava la justícia. I entre tots els records bells, surant sobre la meua ànima com els àngels, els ulls d'Elisabeth.

Tot ho he perdut: hisendes, territoris, amics, somnis. Fins i tot els germans que queden vius defugen la meua presència i, per por que no els demane diners, ni tan sols m'obrin la porta quan hi truque. Galceran em reclama amb insídia que li torne amb interessos uns pocs florins que em prestà i sembla que no recorda quants diners de la família es perderen pels forats de les seues butxaques. Que lluny que queda ja l'esplendor i l'honor dels Martorell!

Però em resten encara la memòria i la saviesa. Mentre us he escrit la meua història he pogut detenir-me en els petits detalls que marquen els fets, he girat la vista enrere sens rancor i he aprés sobre mi i sobre la meua vida més del que mai no n'havia estat capaç. Amb aquestes línies que us he cal·ligrafiat bastament, he pogut jutjar els fets, els mots, els gestos i els silencis amb tanta fredor com m'ha permés la meua passió vital, però amb honestedat. No us he mentit mai.

Darrerament, em visita a les nits la veu del meu amic Beauchamp repetint-me aquelles paraules que pronuncià la darrera vegada que ens veiérem. M'indicà que quan fos gran pensàs en la gent que m'havia envoltat en les dues ocasions en què havia estat a Anglaterra i em sentiria feliç. Aleshores no li vaig fer cas, però ara la nit i la mort propera han esborrat de la meua ment els vels i les ombres que sempre han emboirat els meus pensaments i m'adone de què intentava dir-me el comte de Varoic. John, el primogènit d'Elisabeth, no és fill del duc d'Alimburg sinó meu. I em sent content i al mateix temps trist perquè no vaig saber advertir-ho. El meu cor plora desconsolat per haver-me perdut el creixement d'una existència que em corresponia. Fortuna m'apartà dels seus primers somriures, de les seues primeres armes, de les vesprades d'hivern a la vora del foc, en definitiva, de tota una vida que em pertocava.

Em consola saber, però, que ell continuarà l'estirp valerosa dels Martorell encara que amb un altre nom. Com escriure-li ara i explicar-li-ho? És millor que no sàpia mai quin és el seu veritable llinatge. Què podria oferir-li jo que no fos vergonya, misèria i confusió?

He acabat. Ja veieu que tinc motius per estimar el meu *Tirant*. Estimeu-lo vós també i feu que perdure. Si ho creieu convenient mudeu algun fet, algun nom o alguna paraula que no convinga, però feu que l'essència d'aquest món meu que s'enfonsa, dibuixada de manera maldestra en els meus mots, puga ser llegida per tots. No permeteu que desaparega. Aconseguiu que arribe a les més gents, que siga doctrina de cavallers i vergonya d'infames.

I, finalment, a risc d'abusar de la vostra bondat, vull demanar-vos un favor més. Heu estat amable i heu llegit amb paciència la meua biografia, aquests pocs sisterns escrits que us he fet arribar. Ara cremeu-los. Si arribàs al món tot açò que jo us he narrat, més d'un cavaller, d'una esposa i d'una nissaga haurien d'abaixar el cap humiliats, i jo no tinc ja ni el desig de la venjança. Sé que sou un bon home i no permetreu que ni la vida ni la memòria d'aquests homes i d'aquestes dames quede exposada a la vergonya pública.

Cremeu aquest escrit. Feu-lo cendra com ha esdevingut cendra tot el meu temps, com s'han convertit en pols les persones que he estimat, com s'han transformat en buit tots els meus somnis. Perquè ara, vós també sou capaç de reconéixer que tota una època ha mort. Han desaparegut els cavallers. I sé que perdonareu el darrer orgull d'un vell, però us puc afirmar que sóc el darrer d'una estirp d'homes d'honor, de lluitadors implacables. Amb la meua mort i la del meu temps tot serà ja, simplement, oblit. Tot s'esvairà i serà esborrat pels anys i la tenebra. Només restaran ocultes sota les làpides, com el símbol d'un somni impossible, les cendres dels cavallers.

I perquè conegueu que tot açò que he escrit procedeix de ma voluntat i per descàrrec del meu honor, ho he segellat i signat de la meua pròpia mà a la ciutat de València el primer dia del mes de desembre de l'any mil CCCCLXIV.

Joanot Martorell
cavaller

AGRAÏMENTS

Al doctor Josep-Lluís Martos pels seus consells (els que he acceptat i els que la meua vocació de fabulador mentider no m'ha permés seguir) i, sobretot, per la seua amistat.

A M. Àngels, per tot.

APÈNDIX

Vicent Ferrer
Silvestre Vilaplana

L'ÈPOCA DEL *TIRANT*. EL CONTEXT POLÍTIC, SOCIAL, ECONÒMIC I CULTURAL DEL SEGLE XV VALENCIÀ

Encara que el *Tirant* va començar a redactar-se el 1460, no va veure la llum fins a l'any 1490. Però per a situar millor l'obra en el seu context, cal que partim d'uns anys abans i que el nostre repàs arribe quasi al final del segle, quan, amb el descobriment d'Amèrica, s'obri una gran porta per a la humanitat, porta que marca el pas de l'edat mitjana a la moderna. També aleshores s'inicien canvis que denoten la presència d'una burgesia incipient que forma una societat que s'allunya del sistema feudal.

Aquest període va ser, per al nostre àmbit lingüístic, cultural i polític, un autèntic segle d'or, en el qual l'hegemonia va correspondre totalment a València per la gran prosperitat econòmica, així com pel gran desenvolupament de la literatura i les belles arts, que contrastava amb la situació de les terres de Catalunya que, com Castella, es va dessagnar en veritables guerres civils. Per a comprendre els efectes que va tenir el fet que la corona d'Aragó esdevinguera una potència militar i econòmica, només cal afegir que fins i tot el poder de l'Església va estar a les mans de dos valencians de la família Borja: Calixt III, papa des del 1445 fins al 1458, i Alexandre VI, papa des del 1492 fins al 1503.

1. La població

Des de la darreria del segle XIV fins a l'any 1420, aproximadament, al territori valencià es va viure una etapa de transició demogràfica, marcada per un descens o, si més no, per l'estancament de la població. Però, a partir d'aquest moment, s'inicia una recuperació, que en alguns llocs de l'àrea meridional van arribar a triplicar els seus valors. No obstant això, a les àrees central i septentrional es van mantenir les pèrdues de població. Les tendències de creixement es generalitzaran a les acaballes del segle XIV.

Malgrat el fet que les terres valencianes van patir en aquests anys crisis importants en forma de sequeres, mancances de blat, pestes, inundacions i, fins i tot, plagues de llagosta, en valors globals es produí un augment demogràfic. Aquest fet és conseqüència del comportament de la ciutat de València, que no deixà d'engrandir-se per l'entrada d'immigrants des de la segona meitat del segle XIV, i que va mantenir un ritme continuat de creixement. A la darreria del segle XV, la població valenciana no superava, segons alguns investigadors, els 250.000 habitants, mentre que d'altres eleven la xifra fins als 320.000.

2. *Aspectes polítics*

Al cap de poc de començar el segle, l'any 1410, es produí la mort de Martí l'Humà sense deixar successor, la qual cosa va fer necessari cercar un nou governant. La situació es va resoldre amb el Compromís de Casp, per mitjà del qual, amb Ferran d'Antequera, s'entronitzava la dinastia dels Trastàmara castellans a les terres de la Corona d'Aragó. El monarca només va regnar entre el 1412 i el 1416 i, en aquests quatre anys, es va veure obligat a fer grans concessions a l'Església i al patriciat urbà, amb la qual cosa iniciava un règim basat en la idea pactista, en el fet de donar fortes dosis de poder a les Corts. Va deixar als seus hereus problemes greus per resoldre a Catalunya, mentre que a l'exterior va conquistar Sicília i es van establir les bases de la política expansionista a la Mediterrània, projecte que el seu fill es va encarregar de portar endavant.

Alfons el Magnànim (1416-1458) encetà el govern amb un gran enfrontament amb els estaments de les Corts catalanes. Però, arran d'aquest conflicte, encara que no va accedir a totes les seues pretensions, no va tenir més remei que atendre les reivindicacions de l'Església, va aturar la política de recuperació patrimonial de la monarquia i va prometre la resolució d'alguns greuges, aspectes que li permeteren aconseguir un donatiu per part de les Corts catalanes. Va dissoldre l'assemblea i, ràpidament, inicià la seua activitat marítima tot batallant amb Sardenya, Còrsega, Sicília i Nàpols. En el curs d'aquesta contesa, el 1435 la flota es va dirigir a Gaeta i va sofrir una derrota contra els genovesos a Ponça, on fins i tot el mateix rei va estar fet presoner, encara que després de pagar una forta redempció va ser alliberat. Posteriorment, aquest monarca es va enfrontar al papat, a Venècia i a Florència en l'intent de conquerir Nàpols, cosa que aconseguirà l'any 1442. En aquesta política expansionista va jugar un paper de primer ordre la burgesia valenciana, amb préstecs econòmics considerables que continuà concedint-los el seu successor. En el cas de Catalunya, els préstecs van ser més complicats d'aconseguir.

Cal esmentar que Alfons el Magnànim, després de pujar al tron de Nàpols, va traslladar la cort a València, però no va tornar a les terres peninsulars ni a les Illes, territoris que va deixar a les mans de la seua dona i del seu germà, i intentà ampliar l'àrea d'influència pels Balcans i les illes gregues. Tanmateix, la dedicació mediterrània no va solucionar els problemes casolans, i de fet es produeix una revolta a Mallorca el 1450, i a Catalunya es manté el problema de la remensa i el conflicte, a Barcelona, entre la Biga (oligarques) i la Busca (menestrals).

La política del Magnànim a la Mediterrània occidental cal considerar-la clarament imperialista i agressiva. Per contra, a l'àrea oriental desenvolupà una acció més prudent que pretenia obtenir punts de suport per a les embarcacions i llurs aprovisionaments, aconseguir avantatges comercials i garantir la seguretat de les rutes mercantils.

El successor d'aquest rei serà el seu germà Joan II (1458-1479), durant el regnat del qual s'escriu el *Tirant*. A més, aquesta època coincideix amb l'hegemonia de València dins la Corona d'Aragó i el declivi de Catalunya. Després del segon matrimoni d'aquest monarca, es van iniciar les disputes amb el seu fill, Carles de Viana, empresonat pel pare a Morella i alliberat per la pressió de la Diputació de Catalunya, que es va alçar en armes i forçà la Concòrdia de Vilafranca del Penedès el 1461, per la qual es reduïa l'autoritat reial i es proclamava hereu i lloctinent de la Corona d'Aragó el príncep de Viana. La sobtada mort d'aquest va fer que el centre dels conflictes el marcaren els pagesos de la remensa, confrontació amb la qual es va iniciar a Catalunya la guerra civil (1462-1472).

La greu situació dels pagesos de remensa, el malestar per la crisi econòmica i la lluita entre la Biga i la Busca van generar al Principat de Catalunya una crisi tan important que l'autoritat reial només es va restablir quan, per la Capitulació de Pedralbes, el monarca va entrar a Barcelona. Però així i tot, van fracassar els intents de recuperar els territoris del Rosselló i la Cerdanya, que s'havien perdut al llarg del conflicte per les aliances fetes amb els francesos.

Per aquell temps, el Regne de València, des del punt de vista de la seua administració interna estava subdividit en dues governacions –la de València i la d'Oriola– i, en formar part del territori de la Corona d'Aragó, compartia un mateix rei, amb la qual cosa és evident que una part de l'any no disposava de la presència directa del monarca. Aquesta realitat feia necessària la presència d'un lloctinent general, que va prendre tanta força que va esdevenir un autèntic substitut del monarca i es va arribar a confondre amb el virrei, que era el representant regional del rei.

Pel que fa a la resta de càrrecs i institucions als quals corresponia controlar i evitar els abusos en tots els àmbits de govern, seria extens mostrar les funcions i prerrogatives de tos els fils d'aquest complex teixit, per la qual cosa només destacarem els càrrecs més importants:

- El batlle general, que entre d'altres tenia com a missió la direcció, govern i administració del patrimoni reial al territori.
- El mestre racional, que tenia com a missió el control financer de tots els funcionaris i persones que administraven i tocaven els diners i les rendes del patrimoni reial. Havia d'examinar els comptes de les gestions dels administradors amb una gran capacitat punitiva i judicial.
- El consell, que ostentava la representació de la ciutat i intervenia en els assumptes administratius i econòmics, de fet assessorava en la pràctica diària del govern municipal.
- Els jurats, delegats populars, eren elegits, habitualment, pel mètode de la insaculació. Era l'òrgan executiu suprem per al regiment de la ciutat i actuava sempre en nom del rei.
- El justícia presidia el cos dels jurats i el consell. Era l'encarregat de resoldre les causes civils i criminals que esdevenien en una ciutat i el seu terme municipal.
- El racional, portava els comptes dels municipis, tenia cura del deute públic i cobrava les rendes que li pertocaven per als empleats municipals. El càrrec sempre l'exercia un ciutadà, que era un home de confiança del monarca al si dels governs urbans.

3. La societat: coexistència de cultures o vides paral·leles?

Des de feia molt de temps convivien al nostre territori tres cultures: la cristiana, la musulmana i la jueva. Una coexistència més o menys pacífica, encara que no cal oblidar que la cultura cristiana estava per damunt de les altres dues i que aquesta situació de cert equilibri es va trencar de manera definitiva al segle XV.

Pel que fa a la societat cristiana, una visió esquemàtica de la seua organització, en primer lloc, diferenciaria la població rural i la urbana. En el primer cas, el predomini del camperolat era quasi absolut, amb els senyors, laics o eclesiàstics, en el cim de la piràmide social. Quant a la situació al món urbà, aquesta era bastant més complexa. Al capdamunt se situava la *mà major*, és a dir, el grup oligàrquic integrat per la noblesa, formada per *cavallers* i *generosos*. El seu estat benestant era d'origen rural. Posseïen una gran part de les viles i els pobles, així com les cases i terres, amb una gran quantitat de serfs musulmans. D'altra banda aquest grup de privilegiats es completava amb els *ciutadans honrats*, o patriciat urbà, la burgesia que dominava els governs municipals: industrials, mercaders rics, juristes, metges...

En el nivell descendent següent trobem la *mà mitjana*, composta per mercaders en general, notaris, escrivans, cirurgians, funcionaris i d'altres. A mesura que baixem, la piràmide s'ampliava però així i tot eren una minoria que anhelava poder equiparar-se amb la noblesa, arribar a ser propietaris rendistes.

Per sota d'aquest grup, la base de la piràmide encara és més ampla: s'hi situa la *mà menor o poble menut*, la classe urbana inferior, formada pels menestrals dedicats als oficis artesanals. I ja fora d'aquest esquema, ens quedaria tot un conjunt social integrat pels esclaus i els pobres.

Enfront d'aquesta cultura dominant (independentment de les desigualtats internes), se situen les altres dues ètnies, la jueva i la musulmana o mudèjar, que no deixen de tenir algunes característiques semblants.

Els mudèjars suposaven una part important, des del punt de vista numèric, de la societat valenciana, fins i tot, superior als cristians. Posseïen institucions, lleis, religió, llengua i cultura pròpies, encara que solien estar sotmesos a un senyor feudal, sobretot a les àrees rurals. Allí es dedicaven al conreu de les terres senyorials, generalment amb unes condicions establides per les cartes de població, bastant dures, sempre més coercitives que les dels cristians, que rebien les millors terres i pagaven censos emfitèutics més lleugers. A les ciutats s'agrupaven en barris propis, les moreries, i es dedicaven, majoritàriament, a l'artesania (metalls, cuiros, etc.), així com al treball del teixit, la ceràmica, la talla de la pedra..., i a l'activitat comercial i el transport de productes entre les terres aragoneses i les valencianes.

La comunitat jueva era poc nombrosa. De manera semblant als mudèjars, vivien en barris propis, els calls o jueries, tancats o emmurallats, amb sinagogues, botigues, carnisseries i altres elements que els eren propis i diferenciadors. Les principals ciutats disposaven de jueries, en certa mesura protegides pel rei, encara que des de Pere III, algunes de les menys nombroses van desaparéixer. De tota manera, la major jueria, la de València, no va tenir més enllà de 2.000 habitants. No obstant això, com que les seues operacions comercials generaven importants beneficis, fruïen d'una situació de privilegi en el seu control. Solien destacar en el treball d'orfebreria, així com en les activitats bancàries. Aquest control econòmic va ser una de les causes de la seua mala fama: pels préstecs, arrendaments d'impostos i usures; encara que la major part de la comunitat jueva es dedicava a tasques de transformació en el sector tèxtil, el sabater, la sastreria...

En els moments de crisi, quan les epidèmies es propagaven, els pobres eren sospitosos de contagiar malalties i s'iniciava un procés de criminalització de miserables i marginats, del qual també solien ser víctimes obrers sense treball i d'altra gent amb pocs recursos i, aleshores, solien esclatar revoltes populars contra els rics que podien derivar cap a la persecució de minories ètniques o religioses. Al segle XIV es van produir nombrosos atacs que no dubtem a qualificar de xenòfobs, tant a les jueries com a les moreries. En el primer cas, cal recordar els de l'any 1348 a la de Morvedre i, de manera especial, la patida per la capital l'any 1391, que portarà com a conseqüència la mort dels seus habitants, la conversió forçada al cristianisme o la fugida a altres terres. Malgrat els entrebancs, alguns es mantingueren fidels a les seues creences, ara bé, sotmesos a dures condicions de vida, amb fortes mesures de caire segregacionista o d'*apartheid*, com l'ordenament que forçava els jueus a acudir a les predicacions cristianes o la butla de Benet XIII, que renovava velles mesures com l'ús de distintius, sense oblidar la figura de sant Vicent Ferrer i els seus sermons, que ajudaren a avivar l'antisemitisme. Tots aquests fets van tenir el seu colofó a les darreries del segle XV, amb el decret d'expulsió de les terres peninsulars, dos anys després de la publicació del *Tirant*.

Les moreries no quedaren al marge dels atacs cristians; de fet, els musulmans estaven considerats com un perill potencial, atés el seu fort creixement demogràfic, així com els estrets lligams comercials que mantenien amb les terres musulmanes, sense oblidar la competència professional. D'entre tots, tal vegada l'atac més important va ser el de l'any 1455 a la moreria de València, després del qual ja no tornarà a recuperar-se plenament. Igual que els jueus, estaven obligats a portar signes distintius i tenien vedada la pràctica de determinats oficis. Encara que van perviure més temps, la seua estada a la península va finalitzar amb el decret d'expulsió de l'any 1609, que comportà greus conseqüències per a les terres valencianes.

No es pot finalitzar aquesta panoràmica sense recordar dos aspectes més:

a) L'Església posseïa tot un seguit de privilegis jurídics, socials i impositors. A la mateixa altura que els grans nobles se situaven els bisbes, els abats dels principals monestirs i els comanadors dels ordes militars.
b) Al llarg del segle XV, a la ciutat de València, van sovintejar reiteradament les lluites entre bàndols oposats. Sens dubte, la confrontació més coneguda i intensa fou la que protagonitzaven els Centelles i els Vilaragut.

4. Economia

L'agricultura valenciana era ben important, pròspera i variada tant per la productivitat com per la varietat del seus fruits, la qual cosa permetia, de vegades, compensar les mancances d'uns productes amb l'abundància d'altres. El punt més dèbil era l'escassetat de blat que patia (amb l'excepció de la zona excedentària d'Oriola), en part com a conseqüència de considerar-lo un producte menys rendible que l'arròs, la canyamel, les hortalisses o les plantes industrials. Aquestes deficiències bladeres eren solucionades amb l'arròs o la importació forana.

El comerç era la base fonamental de l'economia valenciana de la baixa edat mitjana. Cal recordar que l'any 1407 es va fundar la Taula de Canvis de la ciutat de València, una mena de banc municipal, complementari de la banca privada per a les operacions mercantils de canvis i dipòsits. El comerç va ser molt intens amb Aragó i Castella. De València eixien teixits, articles de pell, armes, mobles, ceràmica de Paterna d'esmalt blanc i decoració ornamental, figures zoomòrfiques i figuracions humanes, pintades en verd i morat (per a ús comú); mentre que la ceràmica de Manises, de reflexos metàl·lics, va tenir gran renom en els ambients més refinats d'Europa. Així mateix, s'exportaven cera i greixos, matèria primera necessària perquè els menestrals barcelonins feren ciris. Des d'Alacant sortia l'espart necessari per a les cordes, cistelles i altres manufactures, alhora que s'importava blat, oli, vi, llana i pells. Al voltant del Cap i Casal s'estengué una àmplia àrea artesanal i agrícola, i en les principals ciutats i viles del Regne es feien de manera periòdica fires i mercats d'àmbit comarcal.

En aquests anys, eren molt importants els contactes amb les terres italianes incorporades a la Corona d'Aragó, així com els intercanvis de diversa índole amb les terres musulmanes.

És clar que aquesta intensa activitat mercantil va comportar el desenvolupament de drassanes encarregades de la construcció i reparació de tota mena d'embarcacions. Hi havia dues tradicions navilieres en aquell moment: la llatina o mediterrània, és a dir, embarcacions lleugeres, allargades, estretes, de borda baixa amb un sol pal i veles triangulars i rems, com ara la galera, que tenia una capacitat de càrrega d'unes 40 tones, dedicada al combat naval i al transport de mercaderies a llargues distàncies, fonamentalment d'espècies, i el lleny, de menys de 10 tones, que solia dedicar-se a la navegació de cabotatge o al trajecte entre les Illes, Catalunya i València. L'altra tradició era l'atlàntica, amb vaixells més arrodonits, de casc gran per a enfrontar-se a les fortes onades, amb una arboradura que podia arribar als quatre pals, sense rems i amb veles quadrades, encarregades de les mercaderies més voluminoses, amb exemples com ara la nau, entre les 200 i les 400 tones, i la coca, amb una capacitat de càrrega inferior a les 200 tones. Aquestes drassanes aconseguien el fustam necessari tant a les terres de l'interior del Regne com a la zona de Terol, aprofitant el transport fluvial de la fusta pels rius Xúquer i Túria.

5. Aspectes culturals

Pel que fa a la mentalitat de l'època, cal recordar que al llarg del segle XV, l'home i els seus valors ja eren considerats el centre del món i de la vida. L'humanisme italià del segle XIV –antropocentrista, racionalista i hedonista– revaloritza el paper de l'home i la seua llibertat i proclama el pensament –la raó– i el plaer com a principals béns de la vida. Aquesta nova mentalitat es contraposava frontalment a la cultura religiosa tradicional i es va introduir a València, no sense l'oposició de figures tan representatives dels valors medievals –el teocentrisme, la fe en el dogma i l'ascetisme– com sant Vicent Ferrer o Francesc Eiximenis.

Pel que fa a l'arquitectura del moment, destacà la gòtica, aportada pels conqueridors, especialment els catalans, encara que continuaren emprant-se les tècniques tradicionals del món islàmic, com ara els murs de tàpia i les obres de maons i de rajoles. Seguint el model francès, l'arquitectura gòtica valenciana presenta particularitats pròpies, com a la resta de l'àmbit mediterrani espanyol, en especial la unitat d'espai, és a dir, el fet que l'interior de l'edifici es pot veure conjuntament des de qualsevol posició en què se situe l'observador. En són exemples emblemàtics la Llotja, l'església de Sant Martí o la de Sant Nicolau a València, així com el Salvador de Borriana.

El segle XV veurà una minva en la construcció d'edificis eclesiàstics, mentre que augmentaran en gran manera les obres civils com els palaus, les llotges, les drassanes... amb les seues torres i portes característiques. Cal destacar en aquest període les obres realitzades a la Seu de València, on es va acabar el Miquelet i es va eixamplar la Catedral, i també aleshores, a la darreria del segle XV, es van aixecar la Llotja i una gran quantitat de palaus gòtics nobiliaris, com el dels Català-Valeriola (a la plaça de Nules), el dels Escrivà (plaça de Sant Lluís Beltran), el dels Almiralls d'Aragó (carrer del Palau), etc.

Pel que fa a la pintura, hem de fer esment que la importància de València capital enlluerna i impossibilita veure altres àrees, com ara el nord de Castelló que propicià l'aparició d'un nucli pictòric important. En iniciar-se el segle XV es va introduir el gòtic internacional i, més tard, arribaran les influències de la pintura flamenca de Van Eyck. Les figures més destacades seran Starnina, Marçal de Sas, Pere Nicolau, Gonçal Peris i Jacomart.

El segle XV és considerat el segle d'or de la nostra literatura on destaquen especialment els autors valencians, com Ausiàs March que va apostar de forma decidida per escriure els seus poemes en català, amb la qual cosa va fer que la nostra llengua ocupara el lloc que fins aleshores semblava reservat en exclusiva per a la llengua dels trobadors, el provençal. Amb el regnat d'Alfons el Magnànim es va iniciar la introducció del Renaixement a les terres valencianes. Els dos intel·lectuals valencians més importants de la cort van ser dos cavallers: Jordi de Sant Jordi i Ausiàs March. De la segona meitat del segle cal recordar figures tan destacades com Jaume Roig, que en el seu *Espill* fa una crítica furibunda del gènere femení; Isabel de Villena, autora d'una vida de Crist –*Vita Christi*– contada des d'un punt de vista femení; Bernat Fenollar, Joan Moreno o el mateix Joanot Martorell. Cal recordar que a València s'instal·la la primera impremta de la península Ibèrica i s'hi imprimeix el primer llibre l'any 1474, les *Obres e trobes en llaor de la Verge Maria*. L'aparició de la impremta va ser una autèntica revolució cultural, ja que va permetre una millor difusió de les obres.

6. Els personatges

ALFONS IV DE CATALUNYA I V D'ARAGÓ, EL MAGNÀNIM (cc1396-1458). Rei de la Corona d'Aragó, casat amb Maria de Castella. Aconseguí fer més gran la Corona amb territoris importants com Nàpols. Passà la majoria del seu regnat a terres italianes. Efectuà una política imperialista molt ambiciosa destinada a protegir el comerç amb Orient.

AUSIÀS MARCH (cc 1400-1459). Poeta i cavaller. Va destacar en els fets d'armes de 1420 i va ser nomenat falconer reial.

Els seus poemes han estat admirats al llarg dels segles. Amb Joanot l'unia el fet d'haver estat cunyats durant un temps. Isabel Martorell fou la seua primera esposa.

Carles de Viana (1421-1461). Infant d'Aragó i príncep de Viana. Era fill de Joan II i Blanca de Navarra que, en morir, el va convertir en hereu del seu territori. Les disputes amb son pare després que aquest es casés en segones núpcies, l'obligaren a exiliar-se a Nàpols i, finalment, a patir empresonament a Morella.

Jaume de Vilaragut (?). Cavaller valencià que actuà com a corsari i a qui s'atribueixen diversos fets d'armes espectaculars com, la captura de la nau *Doria*, buc insígnia de l'armada genovesa o la fuga de la presó d'Alexandria només dos dies després d'haver estat capturat per l'emir d'Avatòlia.

Joan II (1398-1479). Rei de la corona catalanoaragonesa i de Navarra. Fill de Ferran d'Antequera, heretà els dominis del seu germà Alfons el Magnànim. Els conflictes amb el seu fill Carles de Viana, fill del primer matrimoni, provocaren molts incidents en tota la Corona.

Joan de Mompalau (1395-?). L'unia un parentesc llunyà amb els Martorell. És el causant d'un dels episodis més coneguts dels Martorell. Manté relacions amoroses amb Damiata Martorell i després nega haver fet promesa de matrimoni. Açò desencadenarà el viatge de Joanot a Anglaterra.

Joan Roís de Corella (1433-1497). Escriptor valencià coetani de Martorell. De la seua obra destaquen el *Debat epistolar amb el príncep de Viana* o les diverses proses amoroses basades en les *Metamorfosis* d'Ovidi. És el major i millor conreador de l'estil anomenat valenciana prosa.

Isabel Loris. Esposa o filla de Francesc Berenguer. Se sap que va conéixer Martorell en la darrera etapa de la seua vida, quan aquest havia tornat a València. Apareix citada al *Tirant* com a personatge que influí en la publicació del llibre. S'ha trobat en uns papers que li pertanyien, un manuscrit amb un fragment del *Tirant*.

MARIA DE CASTELLA (1401-1458). Esposa d'Alfons el Magnànim i filla d'Enric de Castella. Durant les nombroses absències del seu marit, va governar els estats catalanoaragonesos i hagué d'atendre les lluites amb Castella i els problemes interiors com ara les bandositats nobiliàries.

RICHARD BEAUCHAMP, comte de Varoic (Worwik). Descendent directe del personatge que inicia l'acció del *Tirant* i suposat mestre del protagonista. Martorell va conéixer el comte a Anglaterra durant els seus viatges i la narració dels fets d'armes del seu avantpassat acaba sent l'origen del *Tirant*.

SILVESTRE VILAPLANA (Alcoi, 1969) és professor de secundària, ha publicat llibres de poemes, guardonats amb diversos premis, i ha conreat també la narrativa. Ha publicat, entre altres, *Els dimonis de Pandora* (Bromera, 2000), *La mirada d'Al-Azraq*, Premi de Narrativa Jove de Novel·la 1998, *Les urpes del diable* i *L'anell del pescador*. Amb *Les cendres del cavaller* va guanyar el XV Premi de Novel·la Ciutat d'Alzira i va ser distingit amb el Premi de la Crítica Serra d'Or Juvenil 2006.

ÍNDEX